창귀무쌍 6

2024년 3월 7일 초판 1쇄 인쇄
2024년 3월 12일 초판 1쇄 발행

지은이 송장벌레
발행인 김관영

기획 박경무 강민구 임동관 조익현
책임편집 김홍식
마케팅지원 유형일 장민정

발행처 (주)로크미디어
출판등록 2003년 3월 24일
주소 서울시 마포구 마포대로 45 일진빌딩 6층
Tel (02)3273-5135 **Fax** (02)3273-5134
홈페이지 rokmedia.com **E-mail** rokmedia@empas.com

값 9,000원

ISBN 979-11-408-1396-4 (6권)
ISBN 979-11-408-1784-9 04810 (세트)

송장벌레 신무협 장편소설

차례

첫 수업 (2)

봄비가 내리는 밤.

추이가 관사의 창밖을 바라보고 있을 때.

똑똑똑―

누군가가 현관문을 두드렸다.

"들어와라."

추이의 목소리가 울린 뒤, 문이 열렸다.

시비 영아가 추이를 보며 밝게 웃었다.

"안녕하세요, 서문 부교관님."

"무슨 일이지? 청소는 끝났을 텐데."

"앗! 네! 그게, 부교관님 앞으로 막 편지가 도착해서요!"

"우편물 수거 시간은 다음 날 정오다."

"그건 아는데…… 그래도 빨리 전해 드리고 싶어서요! 급한 일이실까 봐."

우편물을 정오에 일괄적으로 수거, 배달하는 것은 시비의 편의를 위해서이다.

하지만 영아는 자신이 모시는 이에게 작은 것이라도 도움이 되기를 원하는 눈치였다.

"고맙다."

"……!"

영아는 추이의 미소를 보고 멈칫했다.

처음 만났을 때만 해도 무섭다고 느껴졌던 그의 미소가 이제는 참 따뜻해 보인다.

동시에, 영아는 마음이 아파졌다.

이렇게 인품 좋고 착한 이의 얼굴에 저런 무시무시한 화상 자국이라니.

얼마나 아팠을까, 그리고 앞으로 얼마나 아프게 될까.

그 점을 생각하자 영아는 괜스레 눈에 눈물이 차오른다.

'아이고, 나도 참 주책이야. 시비 주제에 감히 누굴 동정한다고…….'

하지만 영아는 이미 마음속으로 굳게 다짐했다.

자신이 앞으로 얼마나 더 그를 모시게 될지는 모르겠지만, 모시는 동안에는 최대한 열과 성의를 다하여 그를 보필하겠다고.

한편. 추이는 영아가 건넨 편지를 받아들었다.

영아가 종종걸음으로 방을 나간 뒤, 추이는 편지를 펼쳤다.

안녕 예쁜아?

발신인은 나와 있지 않았지만 누가 보냈는지 바로 알 수 있었다.

네가 시킨 대로 이 근방에 집 하나를 사 뒀어.

추이는 원래 등천학관에 들어오기 전부터 견술과 작별할 생각을 하고 있었다.

하지만 견술은 헤어지기 싫다면서 부득불 추이에게 달라붙었고 결국은 이렇게 되었다.

어떤 집 사라고 딱히 말한 게 없어서 일단 내 취향대로 샀어! 이 집 되게 좋아. 그러니까 너도 관사 생활이 별로면 여기로 출퇴근 해! 나 심심해~ 밤이 외로워~ 이제 고향에도 못 돌아가는데…… 李李孕~

그 뒤부터는 거의 대부분 징징대는 내용들이었다.

그나마 쓸모 있는 내용은 말미의 한두 줄뿐.

암튼, 여기서 계속 기다리고 있을 테니 뭐 부탁할 일 있으면 언제든 편히 연락해! 참, 사매도 필요한 게 있으면 돕겠대!

그 내용을 마지막으로 편지는 끝나 있었다.
"덜떨어져 보이긴 해도…… 조심성 하나는 좋군."
추이는 편지 내용을 꼼꼼하게 다시 훑었다.
편지 그 어디에도 '수적'이나 '장강수로채'에 관련된 이야기는 없다.
그저 애인에게 추파를 던지는 편지로만 보일 뿐이다.
그러나 이 안에는 추이가 필요로 하는 정보들이 다 담겨 있었다.

1. 등천학관에 들어오기 전, 추이가 견술에게 시켰던 것들이 잘 이행되었다.
2. 그 내용이란 등천학관 근처의 큰 저택을 사서 그 안에 돈을 비롯한 중요한 것들을 은닉해 놓으라는 것이다.
3. 추이와 견술이 불을 지르고 떠난 쾌활림에서 관의 조사가 이루어지고 있다. 다만 그곳으로 다시 돌아가지만 않는다면 신경 쓸 일은 없어 보인다.
4. 사 놓았던 저택을 통해 장강수로채의 적향과 접선, 언제든 장강수로채의 힘을 빌릴 수 있다.

추이가 등천학관 근처에 사 놓은 집은 장강수로채와 접선을 하는 비밀 장소임과 동시에 관과 무림맹의 수사망을 피하기 위한 눈속임이기도 했다.

툭—

추이는 편지를 벽난로 속으로 던져 넣었다.

지글지글지글지글……

잿더미 속 불씨에 닿은 편지가 하단 쪽부터 천천히 타들어가기 시작했다.

추이는 의자에 기댄 채 내일의 일을 떠올렸다.

'……교칙을 어기지 않고 쪽지시험의 평균을 십 점 이상 올리라 이거지?'

강의를 듣는 학생들의 명부가 눈에 들어온다.

평균 점수를 견인해 올리는 이들은 총 넷.

십세상단의 신세림(申勢琳): 優/秀/秀/秀/優/優/秀/秀/秀/秀/秀/秀……

송가장의 송우(宋禑): 美/優/優/優/優/優/優/秀/秀/秀/優/秀……

대경전장의 태진철(太振哲): 美/優/優/美/優/優/秀/秀/優/秀/秀/秀……

영준표국의 금희지(金喜知): 優/美/優/優/美/優/秀/優/秀/優/秀/優……

수우미양가(秀優美良可)의 판단 기준 중 수(秀) 등급 아니면 우(優) 등급이 대부분이다.

이 넷이 지금껏 받아 간 학점들의 총합이 제일 높은 생도들이었다.

추이의 시선은 명부 하단으로 향했다.

사마세가의 사마여리(司馬余離): 秀/秀/秀/秀/秀/秀/優/美/良/可/可
/可……

평균 점수를 제일 크게 갉아먹고 있는 생도의 이름.

하지만 그녀의 성적에는 특이한 점이 있다.

학기 초, 여섯 번의 시험에서 거둔 성적이 모두 수(秀) 등급이다.

그 잘난 신세림조차도 세 번이나 수(秀) 등급을 놓쳤거늘.

사마여리의 성적이 급하강하기 시작한 칠 회 차의 시험부터 상단의 네 명이 급격히 성적을 올린 것도 확인되었다.

일반적인 부교관이었다면 오합지졸들의 무리이니 편차가 심한 것도 이해가 간다며 대충 넘어갔겠지만, 추이는 이 현상을 조금 다르게 보고 있었다.

'반 평균을 올리는 것이 생각보다 쉬워질 수 있겠군.'

사실 반 평균을 올리는 방법은 간단하다.

성적이 낮은 생도를 강의에서 쫓아내고 성적이 높은 생도를 중점적으로 수업을 이끌어 나가면 된다.

하지만 추이는 그보다 더욱 간편한 방법을 알고 있었다.

'……군에 있을 때랑 살문에 있을 때 종종 써먹었던 수지.'

군영의 제할, 나락곡의 적야차직을 역임했던 추이가 아닌가.

아랫것들을 굴리는 수많은 방법들이 뇌리를 스쳐간다.

'그리고 사마여리. 이 생도에게는 앞으로 각별한 주의를 기울일 필요가 있다.'

추이가 피를 보는 삼천이십일 가지 방법과 피를 보지 않는 천구백구십일 가지의 방법들 중 어떤 것을 고를지 고민하고 있을 때.

똑똑똑-

또다시 누군가가 현관문을 두드렸다.

문을 열어 보니.

"……?"

추이의 눈에 영아의 얼굴이 보였다.

영아는 다소 난처한 기색이었다.

"저, 서문 교관님. 손님이 찾아오셨는데요."

"손님? 나를 찾아올 사람은 없는데. 그리고 관사에 객이 방문할 수 있는 시간은 초경(初更)까지가 아니냐. 지금은 사경(四更)이다."

"그, 그렇기는 한데……."

"……?"

추이가 관사의 규칙을 언급했음에도 불구하고 영아는 머뭇거리는 모습이었다.

"관례적으로 항상 이 시간에 방문하시는 분이라……."

"……."

추이는 영아가 하는 말을 바로 알아들을 수 있었다.

밝은 대낮 놔두고 굳이 밤늦은 시간에 돌아다니는 이들은 관직에 있는 자들을 제외하고 나면 몇 없다.

도둑, 탈옥수, 간첩, 색마, 방화범, 살수, 사냥꾼…… 그리고 뇌물을 유통하는 암상인들.

"들어오라고 해라."

추이가 고개를 끄덕이자 영아는 머리를 꾸벅 숙여 보이고는 복도를 달려간다.

이윽고, 영아는 한 초로의 사내를 방문 앞까지 안내했다.

"그럼 두 분 어른, 말씀 나누십시오."

영아는 다시 한번 고개를 꾸벅 숙여 보이고는 문을 닫았다.

"……."

추이는 촛불 너머에 있는 사내를 바라보았다.

검은 피풍의를 걸치고 머리에는 죽립을 쓰고 있는 중년인.

그는 넉살 좋게 인사를 건넸다.

"새로 오신 부교관님이시군? 어째, 적응은 잘하고 계시오? 나는 중간상인 왕횡보(王橫步)라 하오. 앞으로 자주 볼 텐데, 그냥 편하게 왕형이라고 불러 주시면 되겠소."

"중간상인이라. 누구와 누구의 중간에 있지?"

"그야 우리 새로 부임해 오신 부교관님이랑 부교관님과 돈독한 관계를 맺고 싶어 하시는 학부모님들 사이에 있지. 허허허—"

추이의 예상이 맞았다.

왕횡보, 그는 학부모들의 뇌물을 교관이나 부교관에게 전달하는 암상인이었던 것이다.

한마디로 '촌지 배달꾼'이라는 뜻.

그는 수염을 쓸어 보이며 웃었다.

"허허허— 앞으로 쭉 길게 볼 사이에 허례허식은 됐고, 바로 물건부터 확인하시면 되겠소."

왕횡보는 짊어지고 있던 커다란 봇짐을 바닥에 내려놓았다.

그러고는 추이의 앞에 무릎을 꿇은 자세로 앉아 그것들을 끌렀다.

보자기가 펼쳐지고 그 속의 물건들이 훤히 드러났다.

왕횡보가 제일 먼저 집어 든 것은 자루에 여러 개의 보석이 박힌 단검이었다.

"보시오. 영롱하지 않소? 역시 무인은 칼이 좋아야 하지. 근데 칼이야 뭐, 날이랑 자루만 있으면 되는 것이니. 필요할 때마다 이 보석들을 한 알 한 알 빼다 쓰면 비상금 만들기 딱이겠소."

그는 단검을 들고 허공에 한 번 슥슥 휘둘러 본 뒤 내려놓았다.

그다음으로는 두꺼운 책 한 권이었다.

"이 책은 말이오, 요즘 유행한다는 춘화첩인데. 어우, 대단히 노골적이더이다. 보다 보니 얼굴이 화끈거려서 혼났소. 그런데 말이오. 낯부끄러운 것을 꾹 참고 이 책을 중간까지만 넘겨 보면? 짜잔- 이렇게 책갈피가 나온다오. 두둑한 액수가 적혀 있는 어음으로 만든 책갈피지."

왕횡보는 책장에 그려져 있는 나체들을 쭉 넘겨 보이고는 다음 물건을 집어 들었다.

그것은 사과 궤짝이었다.

"몸에 좋고 맛도 있는 사과. 아침에 사과 한 알씩만 먹으면 의원이 따로 필요 없다지. 그런데 그것은 나 같은 평범한 사람한테나 그렇고~ 우리 부교관님께서는 귀하신 몸이시니 어지간한 사과들로는 몸보신이 안 되시지. 자, 여기 위에 평범한 사과들을 치우면. 보시오. 궤짝 밑에 어떤 사과들이 있는지. 순은으로 만든 사과들이외다. 하하하-"

사과 궤짝 다음엔 옷이었다.

왕횡보는 사슴 가죽에 천을 덧대 만든 도포를 들어 올렸다.

"이 도포를 한마디로 말씀드릴 것 같으면. 중고요, 중고. 주인이 몇 번 입었던 것이지. 그래서 생활 흔적이 아주 조금은 묻어 있을 수 있소. 어디보자…… 에잉, 선물로 뭐 이런 걸 보냈담? 여기 옷깃에 밥알도 묻어 있고, 옷자락에 국물 같은 게 튄 자국도 있고, 뒤에는 흙탕물 얼룩도 있고, 주머니 속에 전표도 수십 장이나 들었고…… 뭐, 중고니까 이렇게 다 생활 흔적이 조금씩은 있을 수밖에 없지 않겠소? 어디까지나 깜빡해서 생겨난 생활 흔적들이 말이오. 어허허허─"

이 외에도 자잘한 뇌물들이 계속해서 이어졌다.

마지막, 최종적으로 남은 뇌물은 바로 하나의 열쇠였다.

왕횡보는 그 열쇠를 추이의 손에 쥐여 주며 말했다.

"저기 등천학관의 남문 쪽에 마차 한 대가 놓여 있을 거요. 그리 크지는 않은 수레인데. 그 안에 현금이 가득 차 있소이다."

"그게 내 것인가?"

"여부가 있겠소이까. 보통 마차로 현금을 날라서 뇌물로 바치는 것을 '차떼기' 수법이라고 하는데…… 이렇게 마차까지 통째로 넘기는 것은 나도 듣도 보도 못했소. 지금껏 살면서 본 모든 성의 표현들 중에 가장 세련되었구려. 나도 나름이 바닥에서 원로 격이라고 자부하는 사람인데 허 참……."

왕횡보는 끌끌 웃으며 이 모든 것들을 추이의 앞으로 밀어 놓았다.

"아무튼, 여기 이것들을 뭐라고 부르는지 아시오?"

"뇌물."

"에헤이! 큰일 날 소리! 자, 따라 해 보시오. '성의'."

"성의."

"오옳치, 잘하시네. 우리 부교관님."

추이의 대답을 들은 왕횡보는 사람 좋은 웃음을 지었다.

뇌물이 아니라 성의(誠意).

심지어 전달해 주는 이의 인상도 세상 선하고 넉살 좋아
보인다.

"다 성의의 표현인 게지요. 인간이 왜 인간이겠소? 사람들
사이에 어우러져 살아야 진짜 사람 아니겠소. 이게 다 다 같
이 잘살자는 취지요. 부교관님은 급여 외에 비상금이 생겨서
좋고, 이걸로 위에 또 '성의 표현'을 하셔서 쭉쭉 올라가시면
되는 거고. 우리 생도들은 학점 잘 받아서 좋고. 우리 학부모
님들은 자식 잘되는 거 보니 좋고. 나는 내 고객들이 좋아서
좋고. 모두가 좋은 일만 있지 않소?"

"이것들을 다 누가 보냈지?"

"아하, 당연하신 질문. 똑똑히 알아 두셔야지. 누가 성의
를 보였고, 누가 성의를 보이지 않았는지 말이오."

왕횡보는 추이에게 명단 한 장을 건넸다.

그것을 읽어 본 추이는 고개를 끄덕였다.

"수업을 듣는 생도들의 이름이 골고루 다 있군."

"너무 많을까 봐 굵직굵직한 이름들만 위에 따로 **빼놨소**. 보시기 쉬울 거요."

왕횡보의 말대로였다.

명단 상위에는 익숙한 이름 넷이 보인다.

심세상단의 신세림, 송가장의 송우, 대경전장의 태진철, 영준표국의 금희지.

성적도 좋고 성의 표시도 확실한 네 생도의 이름과 출신을 보는 순간, 추이는 확실하게 정했다.

"……."

삼천이십일 가지와 천구백구십일 가지 방법들 중 각각 한 가지씩을 골라 합치기로.

촌지

사마여리. 그녀는 기숙사 욕실에 가만히 앉아서 거울을 들여다보고 있었다.

'……그만할까.'

사람에게는 누구나 살아가는 목적이 있는 법이다.

그것이 개인의 영달이든, 부모에 대한 효심이든, 배우자에 대한 사랑이든, 자식에 대한 책임감이든 말이다.

하지만 그런 것이 사마여리에게는 하나도 없었다.

아니, 정확하게는 '없어졌다'.

"후우……."

그녀는 바가지를 들어 머리에 물을 끼얹었다.

물론 그녀가 처음부터 좌절과 절망 속에서 살아왔던 것은 아니었다.

아주 부유하지는 않으나 그래도 나름 지역에서는 이름이 알려져 있었던 세가.

그리고 집안의 무남독녀 외동딸인 그녀를 믿어 주고 지지해 주는 부모님.

그들의 신뢰와 사랑을 바탕으로 등천학관에 입학한 사마여리는 언젠가 반드시 자신을 키워 주신 부모님의 은혜에 보은하고자 했다.

……하지만. 비극이라는 것은 늘 그렇듯, 어느 날 갑자기 예고도 없이 방문한다.

부모님이 정체모를 복면인들에게 살해당하고 그로 인해 집안이 완전히 몰락하지만 않았어도 사마여리는 끝까지 노력했을 것이다.

"……."

상념의 끝에서는 늘 시야가 뿌옇게 물든다.

사마여리가 멍한 표정으로 천장을 응시하고 있을 그때.

"야! 너 왜 안 나와!"

욕실 밖에서 카랑카랑한 목소리가 들려왔다.

신세림. 그녀가 바로 사마여리와 같은 방을 쓰는 생도였다.

"욕실 하루 종일 쓰니? 여기 너 혼자 살아? 어!? 이 미친 년아!"

점차 짜증이 묻어나는 그녀의 목소리에 사마여리는 황급히 욕실에서 나왔다.

"미, 미안해."

"어우, 짜증 나. 빨리 나와!"

신세림은 사마여리를 밀치고는 욕실로 들어갔다.

문을 닫기 전까지 그녀의 투덜거림이 계속해서 들려온다.

"거지 같은 년. 시비가 됐어야 마땅할 년이 뭔…… 꼴에 생도라고 아침저녁으로 쳐 씻는 것 봐. 어휴, 아니꼬와. 야! 너 이 앞에다가 수건 두 장이랑 향유 가져다 놔라? 그리고 벗은 옷은 다 창가에 있는 빨래통에 갖다 놓고. 아, 그리고 시비 년들 보면 빨래 좀 바로바로 들고 가라 해. 아님 니가 빨래터로 직접 들고 가서 빨아 오든지!"

"으응……."

들어간 지 일각도 채 되지 않아 욕실을 빼앗긴 사마여리는 축 처진 발걸음으로 나와 몸의 물기를 닦았다.

그러고는 마치 신세림의 계집종이라도 된 양 빨래들을 주섬주섬 챙겼다.

이 시점의 사마여리는 미처 자괴감을 느낄 여유조차도 없었다.

'어차피 다음 학기 등록금도 못 낼 텐데…… 이쯤에서 그냥 학관을 떠나는 게 맞나?'

하지만 당장 등천학관에서 나간다고 해도 갈 곳이 없다.

부모님은 돌아가셨고, 가솔들은 그나마 남아 있던 재산들을 가지고 뿔뿔이 흩어진 데다가, 남겨진 집에는 취소된 사업의 위약금을 받으러 온 빚쟁이들만 득실거린다고 들었다.

그야말로 오도 가도 못 하는 상황 속, 사마여리는 퇴거가 예정된 기숙사에서 하루하루를 시한부로 살아가고 있는 것이다.

이윽고, 강의 시간이 다가오자 사마여리는 주섬주섬 짐을 챙겼다.

그때.

퍽―

목욕을 마치고 나온 신세림이 그녀의 어깨를 치며 지나갔다.

그녀는 벌레를 내려다보는 듯한 시선으로 사마여리를 내려다보았다.

"야. 너는 나보다 먼저 씻었는데도 출발이 늦냐? 굼벵이 같은 년."

"미, 미안해."

"미안하면 그냥 퇴실해. 욕실 좀 혼자 쓰게. 아, 이놈의 학관은 뭔 놈의 공평이니 평등이니 하면서 자꾸 거렁뱅이랑 같은 방을 쓰라 그래? 그냥 돈 더 내고 일 인실 쓰고 싶은데. 짜증 나게―"

그때, 신세림의 옆으로 다른 생도들이 나타났다.

송우, 태진철, 금희지. 모두 신세림과 친한 이들이다.

사마여리를 따돌리고 괴롭히는 주축 사 인방이 모두 모인 것이다.

"뭐야 세림. 오늘은 거지 년 데리고 등교해? 웬일로 자비롭네?"

"오~ 사마여리. 선택 잘했다. 거렁뱅이 년은 일찌감치 부잣집 아가씨 밑에 붙어서 시녀 노릇 하는 게 상책이지. 뭐해? 가방이라도 얼른 뺏어서 들어 드려~ 너는 애가 왜 그렇게 눈치가 없냐."

"킁킁− 근데 뭐야? 아, 얘 머리에서 냄새 나. 머리 제대로 안 감나 봐. 물만 묻히고 다니니까 머릿결이 이 모양이지."

곳곳에서 쏟아지는 비아냥거림이 칼처럼 심장을 푹푹 찌른다.

"……."

사마여리는 기죽은 표정으로 고개를 숙였다.

그러자 금희지가 깔깔 웃으며 그녀의 머리카락을 확 잡아 당긴다.

"야, 왜 사람 말 자꾸 무시해. 이따가 또 여기다가 대고 국그릇 엎어 줄까?"

"어어…… 미, 미안해. 그게 아니라…… 오늘은 씻을 시간이 없었어서……."

"뭐야? 그럼 세림이가 욕실을 너무 오래 쓴다는 건가?"

"그, 그런 뜻이 아니고…….."

사마여리가 당황한 표정으로 고개를 돌렸다.

그때.

짜ㅡ악!

신세림의 손바닥이 사마여리의 뺨을 올려붙였다.

사마여리가 울상이 된 눈을 들어 손을 저었다.

"아, 아니야 세림아. 네가 욕실을 오래 쓴다는 뜻으로 한 말이 아니라 그, 그냥…….."

지금 여기서 오해를 풀지 못하면 기숙사로 돌아가고 난 뒤에도 계속 괴롭힘당한다.

그래서 사마여리는 필사적으로 자신의 의도를 설명했다.

하지만 신세림은 의아하다는 듯 두 눈을 크게 뜰 뿐이다.

"어? 뭐가? 나는 그것 때문에 때린 거 아닌데?"

"응? 그, 그러면?"

"뭘 그러면이야? 그냥 때린 거지. 그~ 냥."

신세림이 씩 웃으며 손바닥으로 사마여리의 뺨을 재차 후려쳤다.

그러자 옆에 있던 다른 생도들도 폭소를 터트렸다.

"와, 신세림 진짜 악독하다. 마교인이 따로 없네 그냥. 하여간 여자들 싸움이 더 무섭다니까."

"이 거지 년 표정 병 찐 것 좀 봐. 가관이구만."

"아~ 여리야! 웃어! 웃어야지! 표정관리! 표정관리! 그러다 한 대 더 쳐맞을라!"

신세림 패거리를 비롯한 다른 생도들까지 한 번씩 돌아본다.

조소, 경멸, 무관심, 그리고 저 위치에 서 있는 것이 자신이 아니라 다행이라며 안도하는 듯한 시선들.

그런 상황 속에서 사마여리는 다시 한번 고개를 푹 숙였다.

'정말 그만할까……'

하지만 학관을 나가면 무엇을 할 수 있을까?

나간다면 당장 어디로 가야 하는 것일까?

눈에 눈물이 핑 돈다.

사마여리는 유년시절을 떠올렸다.

언제부터였을까? 사람을 대할 때 시선을 똑바로 마주할 수 없었던 것이.

어려서부터 수줍음이 많고 매사에 자신이 없었던 그녀.

방 바깥으로 나가는 것 자체를 무서워하는 딸자식에게 변화의 기회를 선물해 주겠다며 등천학관에 거액의 기부금을 냈던 부모.

그때까지만 해도 사마여리는 희망을 가졌었다.

세상에서 최고로 손꼽히는 후기지수들만 모여든다는 등천학관에 입학할 수 있다면 소심하고 음울한 자기 자신을 바꿀 수 있을 것이라는 기대를 품었었다.

……하지만 모든 것은 물거품이 되었다.

유일한 아군이었던 부모님이 이 세상에서 사라지고 난 뒤, 부모님의 온기를 느낄 수 있는 흔적은 등천학관의 한 학기 어치 등록금으로만 남아 버렸다.

이제 등천학관에서 보낼 수 있는 남은 시간은 부모가 마지막으로 남긴 유산이나 다름없는 것이 되었다.

이것을 그저 헛되이 낭비할 수는 없었다.

'그래. 이번 학기까지만 버티자…….'

사마여리는 두 눈을 꼭 감았다.

비록 새 교과서를 사거나 준비물을 마련할 돈은 없지만 그래도 꿋꿋하게 버텨 보기로 했다.

'어차피 졸업은커녕 진급도 못 할 판인데 학점은 받아 봐야 아무 소용 없을 거고.'

물론 학점을 잘 받고 싶다고 해도 그것은 애초에 불가능하다.

교관이나 부교관의 뒷주머니에 찔러줄 촌지 봉투 한 장 만들지 못하는 마당에 학점은 무슨 놈의 학점이란 말인가.

주작관에서 강의를 하는 대부분의 교관, 부교관들은 뒷구멍을 통해 알음알음 촌지를 받고 그 액수대로 생도들의 학점을 점지해 준다는 것쯤은 세상물정에 어두운 사마여리조차도 알고 있는 현실이었다.

'……그래도 추천장 정도는 받아 둬야 나중에 등천학관을

나가서 일을 구할 때도 유리할 텐데.'

하지만 추천장은 아무나 써 주나?

그것도 다 촌지의 두께 순서대로 써 주는 것이다.

지금 상황에서 사마여리가 할 수 있는 것은 그저 출석뿐이었다.

물론 같은 생도들에게 극심한 따돌림을 당하고 있는 그녀에게는 이마저도 큰 산이었지만.

……이윽고, 강의실이 가까워진다.

사마여리는 조심조심 걸어서 강의실 뒷문을 열었다.

문을 열자마자 위에서 물 바가지가 쏟아지거나 모래 함이 쏟아지는 것이 예사였기에 그녀는 항상 주눅이 들어 있었다.

끼이익-

다행스럽게도 이번에는 문 위에 아무런 함정도 설치되어 있지 않았다.

사마여리는 혹시나 발을 걸어오는 생도가 있을까 주저주저하며 조심스럽게 책상 맨 뒷자리로 향했다.

그리고 늘 앉던 그늘지고 구석진 곳의 의자를 뒤로 뺐다.

의자에 착석하는 바로 그 순간.

철푸덕!

엉덩이 쪽의 촉감이 이상하다.

"……?"

사마여리는 천천히 시선을 내렸다.

교복 하의에 걸쭉한 오물이 묻어났다.

지독한 냄새가 나는 것을 보니 아마도 개의 분변인 것 같았다.

바로 그 순간.

"어머? 여리야? 너 엉덩이에 그게 뭐야? 그 냄새나는 얼룩 말이야! 너 지금 교복 바지에 똥 싼 거야?"

신세림이 강의실이 떠나가라 소리친다.

주변에 있던 생도들이 킥킥 웃기 시작했다.

"아이고, 여리야. 또 쌌니? 똥은 뒷간에서 싸는 거라고 그렇게 가르쳐 줬잖아."

"냅둬. 사마세가에서는 똥오줌 가리는 법을 안 가르쳐 주나 보지."

"아쉽다. 네 부모님이 살아생전에 등천학관을 너무 맹신하셨나 보네. 여기서는 그런 기초적인 것까지는 안 알려 주는데."

그러자 강의실 주변에 있던 다른 생도들까지도 웃거나 혀를 차기 시작했다.

심지어 코를 감싸 쥔 채 사마여리에게 욕설을 내뱉는 이들도 있었다.

"……. ……. ……."

고개를 숙인 사마여리의 두 눈에서 눈물이 방울져 떨어지기 시작했다.

한 무리가 있으면 반드시 따돌림당하는 한 명이 있다.

어째서일까?

어째서 인간들은 꼭 누군가를 따돌리는 것일까?

그것은 정말 인간이 타고나면서부터 가지고 태어나는 본성일까?

사마여리는 황급히 자리에서 일어났다.

하지만 신세림은 사마여리의 가슴팍을 발로 걷어차서 그녀를 다시 한번 의자에 주저앉혔다.

"야. 곧 강의 시작인데 어딜 나가려고 그래?"

"세림아…… 나 이거…… 이것만 좀 씻고 오게 해 줘…… 제발……."

"안 돼. 곧 부교관님 오실 시간이잖아. 너 원래 이렇게 예의가 없었니? 저번에는 의자 가지러 가서 안 돌아오더니만. 자꾸 그렇게 강의 결석하면 안 되는 거야."

신세림은 입가에 비죽 건 미소로 사마여리를 윽박질렀다.

"강의 끝날 때까지 여기 얌전히 앉아서 뭉개고 있어. 알겠어?"

"……."

"정 냄새날 것 같으면 네가 의자 위를 착 덮고 있으면 되겠네. 그 큼지막한 궁둥이 뒀다가 뭐 할 거야, 안 그래?"

바로 그때.

끼기긱! 쿵—

강의실 문이 열리며 서문경이 나타났다.

"……!"

사마여리를 비웃고 있던 몇몇 생도들이 긴장한 표정으로 재빨리 고개를 돌렸다.

하지만 신세림을 포함한 네 명은 여전히 히죽이죽 웃고 있을 뿐이다.

아니나 다를까.

"…….'

서문경은 울상이 된 사마여리를 보고서도 아무런 조치를 취하지 않았다.

그저 묵묵히 그 앞을 지나 교단으로 오를 뿐이다.

'아…….'

사마여리가 품었던 최후의 기대마저 산산조각 났다.

그녀는 눈물 그렁그렁한 얼굴을 아래로 향하게 하고는 두 손으로 무릎을 꽉 움켜쥐었다.

한편, 신세림은 친구들을 돌아보며 눈을 찡긋하고 있었다.

"것 봐. 어젯밤에 푼 약이 확실히 먹혔다니까."

송우, 태진철, 금희지는 엄지를 척 세워 보이며 낄낄 웃었다.

바로 그때.

"신세림."

교단 앞에 선 서문경의 입이 열렸다.

"송우. 태진철. 금희지."

이윽고, 앞머리 사이로 서문경의 눈이 붉게 번뜩였다.

"이상. 호명한 네 명은 앞으로 나오도록."

추이, 아니 서문경 부교관이 명단에 적혀 있는 이름들을 부른다.

"신세림. 송우. 태진철. 금희지. 이상, 호명한 네 명은 앞으로 나오도록."

그 말에 강의실의 생도들이 술렁거리기 시작했다.

금희지가 신세림의 팔짱을 끼며 말했다.

"뭐야? 갑자기 우릴 왜 불러? 혹시 저 거지 년 괴롭혔다고?"

"그럴 리가 있니. 부교관이 할 짓이 없어서 저딴 거지 년 뒷배 노릇을 하겠어? 어젯밤에 울 엄마 아빠가 촌지 살포한 효과겠지."

"아아— 맞다! 그게 어제였구나! 그럼 뭐 우리는 왜 부르는 거지? 아, 우리한테 추천장이나 표창장 같은 거 주려고 그러나?"

"그게 아니면 뭐겠니. 하여간, 촌놈일수록 촌지의 효과가 빠르다니까. 하긴, 관첩 샀던 본전 뽑고 손익분기점 넘기려면 빡세게 수금 돌아야지 어쩌겠어. 이해해~"

그러자 옆에 있던 송우와 태진철 역시도 낄낄 웃었다.

"참 나. 돈 받아먹은 지 얼마나 됐다고 벌써 반응이 오냐?

역대급이다 진짜. 촌지 효과 확실하구만?"

"어휴, 추천장이나 표창장을 이렇게 대놓고 받으니까 좀 쑥쓰러운데? 뭐, 성적우수자 상장 같은 거겠지? 이따 아버님한테 전서구 띄워야겠다. 촌지 좀 자주 멕이라고."

이윽고, 네 명의 생도들이 교단으로 나간다.

신세림, 송우, 태진철, 금희지. 그들은 고개를 높게 들고는 목에 빳빳하게 힘을 주었다.

제일 앞으로 나선 신세림은 눈앞에 있는 서문경을 바라보며 생글생글 웃고 있었다.

'생긴 건 토악질나게 생겨서는 의외로 말귀 알아듣는 게 빠르네. 앞으로 조련하기 쉽겠어. 계속 학점을 날로 먹는 게 가능하겠군.'

아니나 다를까, 서문경은 눈앞에 있는 생도 네 명을 대놓고 칭찬한다.

"너희들은 지금껏 성적이 아주 좋더군."

"과찬이세요. 호호―"

"어머님 아버님께도 꼭 전해 드려라. 어제 보내 주신 성의는 잘 받았다고."

"그럼요. 그래야지요. 잘 전해 드릴게요. 성의. 호호호―"

신세림은 성의라는 단어를 입에 담으며 강의실 내부의 생도들을 흘끗 돌아보았다.

부끄러움은커녕 자랑스러운 기색이었다.

'……부모 잘 만나는 것도 실력이야. 꼬우면 너네도 촌지 먹이든가?'

신세림과 시선을 마주친 생도들은 하나같이 슬쩍 고개를 숙인다.

불의를 목도하고도 화를 내기는커녕 자신은 왜 불의를 저지를 만한 힘이 없을까 하고 한탄하는 듯한 기색들이었다.

그때.

그르르륵―

서문경이 별안간 교단 뒤에 있는 무언가를 끌어당겼다.

덩그렁…… 텅!

그것은 사람 몇 명은 너끈히 들어갈 수 있을 정도로 커다란 무쇠솥이었고 안에는 장작이 가득 들어 있었다.

언제 이런 것을 강의실에 가져다 놓았을까?

생도들은 의아한 표정으로 서문경과 무쇠솥을 번갈아 바라보았다.

이윽고.

"금희지."

서문경이 사인방 중 한 명을 불렀다.

"넹?"

금희지가 순진무구한 얼굴을 들어 대답했다.

서문경은 그녀를 바라보며 말했다.

"어제 어머님 아버님이 보내 주신 '성의'. 잘 받았다."

"아휴 뭘요."

"아주 좋은 단검이더군. 봐라. 자루에 홍옥과 백옥이 교대로 박혀 있지. 한눈에 보기에도 아주 값비싸 보이는군."

"……?"

서문경은 별안간 솥에서 자루 하나를 끄집어냈다.

그러고는 자루 속에서 보석으로 치장되어 있는 단검 하나를 꺼내 들었다.

서문경은 그 단도를 이리 들여다보고 저리 들여다보며 생도들 앞에 훤히 드러내 놓았다.

"이런 좋은 것을 주시다니, 그 성의가 참 갸륵하군."

"어…… 저…… 부교관님. 고마우신 것은 알겠는데, 이렇게 대놓고 감사해하실 것까지는 없답니다."

금희지는 애써 미소 지은 채 서문경의 귓가에 대고 작게 속삭였다.

세상에 뇌물을 저렇게 대놓고 자랑하는 미친놈은 처음 본다.

설마 다른 생도들에게도 촌지를 바칠 거면 이 정도는 되어야 한다고 으름장을 놓으려는 것일까?

하지만 서문경은 아랑곳하지 않은 채 다음 이름을 불렀다.

"다음. 태진철."

"예?"

"책 잘 받았다고 부모님께 전해 드려라."

"예에— 뭐…… 그깟 책 한 권이 뭐라고요."

"뭐긴. 춘화첩 사이에 잔뜩 구겨 박아 놓은 어음 다발이 지."

"……!"

서문경은 태진철이 보고 있는 앞에서 책 한 권을 꺼내 들었다.

그리고 책장을 파라락 넘기기 시작했다.

안에 들어 있던 어음들이 허공으로 팔랑팔랑 날아다닌다.

"어, 어엇!? 아니 이걸 왜 여기서 꺼내시는!?"

태진철은 황급히 엎드려서 바닥에 떨어진 어음들을 주우려 했다.

그때.

…휘이이이이잉!

어디선가 차가운 강풍 한 줄기가 불어왔다.

그것은 태진철의 손에 들어가려던 어음들을 모조리 한곳으로 쓸어 갔다.

팔락팔락팔락팔락팔락팔락!

바람에 휩쓸린 어음들은 마치 보이지 않는 손에 의해 움직이는 것처럼 모조리 솥 안으로 빨려들어간다.

실로 귀신이 곡할 노릇이었다.

태진철이 뭔가에 홀린 듯 멍한 표정을 짓고 있는 동안, 서문경은 무심한 어조로 다음 이름을 호명한다.

"다음. 송우."

"어, 어어……."

넷 중 제일 겁이 많은 송우는 벌써부터 얼굴빛이 파랗게 질려 있었다.

서문경은 그런 송우의 어깨를 두드리며 말했다.

"사과 궤짝 속의 은덩이, 감사하다고 전해 드려라."

"저, 저희 부모님은 그런 거 안 보내셨는데요?"

"너희 송가장의 직인이 새겨져 있는 은덩이야. 나는 누구에게 받은 성의인지 똑똑히 기억한다."

서문경은 송우의 눈앞으로 은사과 몇 알을 흔들었다.

반짝반짝 빛나고 있는 사과의 밑면에는 송가장 가주의 직인이 떡하고 찍혀 있는 것이 보였다.

그 은사과들은 모든 생도들이 보는 앞에서 솥 안으로 떨어져 내렸다.

…땅그랑! …땅그랑! …땅그랑! …땅그랑! …땅그랑!

은과 쇠가 부딪치는 소리가 날 때마다 송우의 얼굴이 점점 밑으로 숙여졌다.

아까 목에 빳빳하게 힘을 주고 다닐 때와는 백팔십도 다른 태도였다.

이윽고, 서문경이 고개를 돌렸다.

"다음. 신세림."

"……."

서문경의 부름에도 신세림은 대답하지 않았다.

다만 팔짱을 낀 채 서문경을 노려보고 있을 뿐이었다.

그러거나 말거나, 서문경은 신세림의 앞으로 도포 한 벌을 흔들어 보였다.

"부모님께 말씀드려라. 옷 잘 받았다고. 더불어, 안에 들어 있는 전표 다발도."

"지금 뭐 하시는 건가요, 이게?"

"누가 성의 표현을 했는지 확실하게 해 두는 것이야."

"좀 모자라신 분인가요? 이게 어떻게 성의에 대한 답이 될 수 있죠? 어떻게 이렇게 은혜를 원수로 갚으시냐구요!"

신세림이 버럭 소리 지른다.

강의실 분위기가 순식간에 싸늘해졌다.

하지만 그러거나 말거나, 서문경은 손에 든 옷과 전표 다발을 모두 무쇠솥 안으로 털어 넣었다.

무쇠솥 안에는 어느덧 잡다한 것들이 가득 쌓였다.

보석으로 치장된 단검, 두꺼운 책과 어음들, 은괴로 만들어진 사과, 커다란 도포와 전표 다발……

이윽고, 수많은 생도들의 시선이 쏠린 가운데 서문경이 말을 이었다.

"어젯밤. 심세상단의 신세림, 송가장의 송우, 대경전장의 태진철, 영준표국의 금희지, 이 네 생도의 부모들이 내게 이런 '촌지'들을 보냈다. 자기 아들내미, 딸내미를 잘 부탁한다는 말과 함께 말이지."

공개적인 장소에서 나온 촌지 발언.

그리고 대놓고 전시되는 부정한 물증들.

신세림, 송우, 태진철, 금희지의 표정이 비로소 새빨갛게 달아올랐다.

방금 전까지 기세등등하던 태도는 온데간데없었다.

서문경은 말을 이었다.

"물론 이 외에도 자잘자잘한 성의들이 많이 표현되었다. 그래서 나도 그 수많은 성원들에 응답하기 위하여 이 자리를 만들었지."

무쇠솥 안에는 벌써 이런저런 재물들이 가득 쌓였다.

서문경은 그것을 교탁 위에 올린 채 말했다.

"부모들에게 가서 전해라. 새로 온 부교관은 성의 표현을 이런 식으로 한다고."

동시에, 서문경의 손가락 끝에서 작은 불길 하나가 솟구쳤다.

내공이 일류의 경지를 넘어야만 발현할 수 있다는 삼매진화(三昧眞火)였다.

…콰르르르르륵!

무쇠솥 속에서 뜨거운 불길이 일어났다.

그것은 안에 든 것들을 모조리 태우고 녹이며 활활 피어나기 시작했다.

"······."

"······."

"······."

강의실 안의 모든 생도들이 넋을 놓고 불길을 바라본다.

그것은 앞으로 불려 나와 있는 신세림, 송우, 태진철, 금희지 역시도 마찬가지였다.

쿠르르르륵— 부글부글부글부글······

전표와 어음이 타들어가고 은이 녹아내리는 소리.

"잘 들어라. 나는 '부탁(付託)', '선물(膳物)', '정(情)', '의리(義理)' 같은 것은 모른다."

그 사이로 서문경의 목소리가 착 가라앉고 있었다.

"하지만 말이야. '청탁(請託)', '뇌물(賂物)', '부정(不正)', '비리(非理)'에 대해서는 잘 알지."

덥수룩한 앞머리 사이로 보이는 서문경의 눈이 섬뜩한 핏빛으로 타오른다.

"이 자리에서 선언한다. 내 수업 때 촌지 같은 걸 가져오지 마라."

서문경이 뿜어내는 압도적인 기세 앞에 생도들은 얼어붙는다.

"만약 또 그딴 걸 내미는 놈이 있다면, 부교관의 권한으로 그 즉시 징계위원회에 회부하겠다. 교칙 제 삼십삼 조가 무엇인지 다들 알고 있겠지?"

특히나 맨 앞으로 나와 있던 송우, 태진철, 금희지 셋은 두 다리를 덜덜 떨며 사타구니를 노랗게 물들이고 있었다.

이윽고, 서문경의 시선이 교탁 앞의 생도 네 명을 향했다.

"교칙 제 삼십삼 조. 등천학관 내의 모든 교직원 및 생도들은 직무 관련 여부 및 기부·후원·증여 등 그 명목에 관계없이 금품 등을 받거나 요구, 약속해서는 아니 된다. 이를 어길 시에는 퇴학 또는 백 년 이상의 정학에 처해진다."

그들의 앞에서는 무쇠솥 속의 금과 은, 돈들이 이글이글 타오르고 있었다.

서문경이 말했다.

"학점을 잘 받고 싶으면 공부를 열심히 해라. 정 뒷돈을 쓰고 싶다면 내가 아니라 다른 급우들에게 나누어 주고 너희들보다 낮은 성적을 내도록 사주해. 앞으로는 그 편이 빠를 것이다."

"……."

제일 선두에 있던 신세림이 서문경의 시선을 느끼고는 흠칫 고개를 든다.

그 앞으로.

탁-

서문경이 전표 한 장을 튕겼다.

불붙은 전표가 팔랑팔랑 날아들어 신세림의 얼굴 앞에서 재로 변해 흩뿌려졌다.

그리고 재만큼이나 맵고 퍼석한 서문경의 목소리가 나지
막하게 이어졌다.

　"좆같으면 부모님 모시고 오든가."

　사마여리. 그녀는 현재 삼십삼 층에 있는 서문경 부교관의
집무실에 있었다.

　집무실·안은 살풍경하다.

　책상 하나, 등잔 하나, 의자 둘, 산더미처럼 쌓인 서류들
이 공간을 구성하고 있는 전부였다.

　서문경은 사마여리를 불러다 놓고 자신의 맞은편 의자에
앉혀 놓았다.

　"……."

　"……."

　둘 사이에 한동안 침묵이 이어졌다.

　사마여리는 찻잔을 만지작거렸다.

　"……."

　헝클어진 머리, 앞 머리카락에 절반도 넘게 가려진 얼굴,
침울한 분위기.

　자신의 처지를 잘 알고 있는 사마여리는 아까부터 고개를
들지 못한 채 찻물에 비친 자기 얼굴만 바라보고 있는 중이

다.

'왜 부르셨는지는 뻔하지. 나라도 나를 불렀을 거야…….'

촌지 한 장 기대할 수도 없는 거렁뱅이.

생도들의 평균 성적을 떨어트리고 있는 구멍.

원래 이 강의를 담당하고 있었던 부교관은 그녀를 그렇게 칭했었다.

그래서 사마여리는 아까부터 고개를 들지 못하고 있었다.

이번에 새로 부임해 온 서문경 부교관 역시 자신을 질책하고 경멸할 것이 분명하기 때문이다.

……하지만.

"마지막에 제출한 시험 답안이 좋더군."

"……?"

서문경의 입에서 나온 말은 다소 뜻밖이었다.

사마여리의 앞으로 종이 몇 장이 툭 떨어졌다.

그녀는 눈치를 보며 쭈뼛쭈뼛 손을 뻗어 그것을 집어 들었다.

"……!"

그것들은 지난 시험에서 사마여리가 작성해 제출한 답안지였다.

서문경이 말했다.

"경공술의 근간을 이루는 것이 바로 보법(步法)이지. 걸음을 뜻하는 보(步)는 발(止)을 적게(少) 써서 먼 거리를 가는 것

을 전제로 한다. 발(止)이라는 글자 자체가 두 개의 발을 엇갈
리게, 역 팔(八) 자를 그리며 번갈아 디뎌 놓는 형상이니 경공
의 시작점을 두 발의 교차점으로 잡는 발상은 아주 정확하다
고 볼 수 있다."

"……! ……!"

자신이 제출한 답안지는 수우미양가(秀優美良可) 중 가(可)
등급을 받았었다.

하지만 서문경은 그 답안지에 대한 평가를 수(秀) 등급으로
수정했다.

"과제는 보법의 '보(步)'가 들어가는 고사를 찾아서 그것을
구결로 만들어 자신만의 새로운 보법을 만들어 오는 것이었
지. 네가 제출한 보법의 구결을 음차하여 풀이하니 이런 형
태가 나오더군."

"……! ……! ……!"

사마여리의 두 눈이 더욱 커졌다.

자신이 과제에 숨겨서 제출했던 뜻을 알아보는 이가 있을
줄은 몰랐다.

이윽고, 서문경이 말했다.

煮豆燃豆萁

-콩대를 태워 콩을 삶으니

豆在釜中泣

-가마솥 속의 콩이 우는구나

本是同學級

－본디 같은 학급에서 수학했으나

相煎何太急

－어찌 이리도 급히 삶아 대는가

사마여리는 입을 다물지 못한다.

어찌나 놀랐는지 늘 앞머리에 가려져 있던 두 눈이 휘둥그레져 있었다.

"……조자건(曹子建)의 칠보시(七步詩)라."

서문경은 조용히 답안지를 덮었다.

그러고는 사마여리에게 말했다.

"같은 수업을 듣는 이들 중 너를 괴롭히는 이들이 있나?"

"……."

사마여리는 고개를 푹 숙인 채 말이 없다.

서문경은 한동안 더 기다렸으나 그녀는 끝끝내 입을 열지 않았다.

결국 서문경 쪽에서 먼저 입을 열었다.

"말하기 싫으면 말하지 않아도 괜찮다. 다만."

"……."

"내가 이 강의를 맡게 된 이상, 적어도 과제와 시험의 채점만큼은 엄격하게 이루어질 것이다. 형편없는 답안지와 제출하지도 않은 과제로 받았던 학점들은 몰수할 것이고, 반대로 좋은 답안지와 성실한 과제는 평가가 상향 조정될 것이야."

그 말에 사마여리의 가녀린 어깨가 움찔 떨렸다.

서문경은 다시 한번 말했다.

"그리고. 교과서나 참고서 같은 것은 이 방에 많으니 언제든 와서 가져가라. 교직원용으로 신청하면 무료로 배급받을 수 있으니까."

그러자 비로소 사마여리의 입이 열렸다.

"가, 감사합니다. 하지만 괜찮아요."

그녀의 목소리가 가늘게 떨리며 이어졌다.

"저, 저는 이렇게 받아도…… 드, 드릴 수 있는 것이 어, 없어서……."

하지만 서문경은 사마여리의 거절을 거절했다.

"생도는 공부나 열심히 하면 된다. 주긴 뭘 줘."

"!"

사마여리의 표정에 놀람이 번진다.

지금껏 그녀에게 이런 말을 했던 교관, 부교관이 한 명도 없었던 탓이다.

모든 수업에서 만났던 교관, 부교관들은 항상 촌지를 요구했고 그것을 주지 않으면 차갑게 냉대했다.

과제를 제출해도 안 받아 주었고 시험 답안지는 읽어 보지도 않은 채 최저 학점을 매겼다.

그래서 그것을 당연하다고 생각했다.

촌지를 준 이들이 위에 서고, 촌지를 못 주는 이들은 아래에 깔리는 것을 말이다.

……하지만. 하지만 지금 눈앞에 있는 사람은 지금껏 만나 봤던 이들과는 뭔가가 다른 것 같았다.

촌지를 받지 않고 시험을 공정하게 채점한다.

어려운 처지에 있는 제자들에게는 교재를 아무런 대가 없이 나눠 준다.

순간, 사마여리는 무의식적으로 생각했다.

어쩌면 눈앞의 이 사람은 자신이 등천학관에 머무를 수 있을 짧은 기간 동안 조금이나마 의지할 수 있는 유일한 사람이지 않을까.

그것은 벼랑 끝에 내몰린 가녀린 짐승이 생의 마지막 순간에 품을 법한, 실로 막연하고도 의존적인, 거의 귀의(歸依)에 가까운 감정이었다.

교직원용 관사.

땅거미가 지는 뒤뜰의 숲에서 소쩍새가 운다.

추이는 방 중앙에 홀로 앉아 있었다.

보글보글보글보글……

탁자 위에 놓인 유리병에서 자색의 연기가 뿜어져 나오고 있었다.

그 안에는 하얀 가죽 한 장이 불었다가 건조되었다가를 반복하며 점차 살색으로 물들어 가고 있는 것이 보인다.

추이는 그것을 꺼내어 정교한 손동작으로 오려 내었다.

가죽은 동그랗게 재단되었고 이내 눈, 코, 입 구멍이 뚫린다.

"……."

추이는 지금 사람의 얼굴 하나를 만들어 내고 있었다.

특수한 약품들을 섞은 뒤 새끼 돼지의 피부를 담가서 제작하는 면구.

이것은 서문경의 얼굴을 만들었을 때보다 훨씬 더 정교한 기술이 요구된다.

추이가 지금 제작하고 있는 것은 바로 사마여리의 얼굴이었다.

큰 눈, 반쯤 감겨 있는 눈꺼풀, 처져 있는 눈꼬리, 오똑한 코, 통통한 볼살, 오밀조밀한 입술.

그다음으로는 체형을 위장하기 위한 도구가 준비되었다.

흉부와 둔부에 넣을 다량의 보형물과 헝클어진 머리카락을 연출할 인조 가발.

그리고 주작관 일 계급 여자 생도의 교복.

이걸로 준비는 모두 끝났다.

"……여장 경험이 있어서 다행이군."

예전, 추이는 장강수로채에 잠입하기 전 적향과 함께 기녀 변장을 했던 적이 있었다.

그때의 경험이 지금 추이가 사마여리의 모습으로 변장하는 것에 큰 도움을 주었다.

드르륵—

추이는 영아에게 사 오라고 했던 분첩(粉貼)을 꺼내 화장, 아니 분장을 시작했다.

이윽고, 거실 중앙에 있는 동경에 한 여생도의 모습이 비친다.

키는 조금 작지만 틀림없는 사마여리의 모습이었다.

아마 밤에 마주하게 된다면 제아무리 고수라고 해도 분간이 거의 불가능할 것이다.

그럼에도 불구하고 추이는 꼼꼼하게 외모를 점검했다.

무결점(無缺點). 전직 살수의 날카로운 눈으로 몇 번을 점검해도 허점이 보이지 않는다.

추이는 비로소 천천히 고개를 끄덕였다.

"……그나저나. 이 여자가 등천학관 소속이었을 줄이야."

지금부터 떠올리는 것은 회귀하기 전의 오래된 기억이다.

지난 삶의 추이는 사마여리에 대해 들어 봤던 적이 있었다.

때는 황실 비무연, 홍공이 정식으로 세상에 모습을 드러냈을 때의 이야기.

추이가 변방의 전장에서 한창 말단 병졸로 구르고 있을 때의 일이기도 하다.

그 당시, 홍공은 왼팔 격이었던 북궁설의 강시들을 이용해 비무장을 쑥대밭으로 만들었다.

압도적인 무력.

극복할 수 없는 공포.

항거하는 것이 불가능한 폭력.

그 당시 혈마 홍공이 보여 주었던 무위는 가히 설화 속의 악신(惡神)에 버금가는 것이었다고 했다.

추이는 이 모든 것들이 끝난 이후에나 강호에 출도했지만 홍공에 대한 무시무시한 소문은 그때까지도 계속 전승되고 있었다.

그리고. 추이가 강호에 나왔을 때에는 이미 죽고 없었던 홍공이 계속해서 악명을 떨칠 수 있었던 것은 전적으로 한 여자 때문이었다.

악뇌(惡腦).

'악신의 두개골'이라는 별명으로도 불렸던 군략가.

그녀는 무림맹과 사도련이 자웅을 겨루던 황실 비무연에 처음으로 모습을 드러냈다.

바로 홍공의 오른편에 서서 말이다.

무공도 무공이었지만 그녀의 악마적인 두뇌는 정말로 무시무시한 것이었다.

진법은 와룡선생(臥龍先生) 제갈량의 환생이라 불릴 만했고, 용병술은 국사무쌍(國士無雙) 한신의 그것이었으며, 군주를 보좌하여 패도의 길을 닦아 놓는 것은 간축객서(諫逐客書)를 쓴 이사보다도 능숙했다.

　심지어 그 미모 또한 달기(妲己)나 포사(褒姒)에 비견될 정도로 경국지색이라 그녀의 미인계에 당해 목숨을 잃은 정도의 영웅들만 해도 그 수가 부지기수였다고 한다.

　이후 그녀는 북궁설과 함께 홍공의 왼팔, 오른팔로 불리며 중원 전체를 공포에 떨게 만들었다.

　홍공이 먼 변방의 전장에서 목이 잘려 죽은 이후에도 쭉 말이다.

　'……홍공이 그런 유능한 부하를 어디서 얻었는지는 끝끝내 알려지지 않았었지.'

　그뿐만이 아니다.

　악뇌는 출신도, 고향도, 본명도 모든 것들이 장막 뒤에 숨겨져 있는 여자였다.

　추후 홍공이 남긴 잔당을 죽이고 다니던 추이는 그녀와 잠깐 대면했던 적도 있었다.

　추이는 악뇌에게 왜 죽고 없는 홍공에게 아직도 충성하고 있는지를 물었고, 악뇌는 그 질문에 이렇게 대답했던 적 있다.

　'오직 그분만이 나를 사람으로 대해 주셨다.'

그때는 그것이 무슨 말인가 싶었었다.

하지만 오늘 사마여리의 답안지를 보니 이제야 비로소 알겠다.

煮豆燃豆萁

-콩대를 태워 콩을 삶으니

豆在釜中泣

-가마솥 속의 콩이 우는구나

本是同學級

-본디 같은 학급에서 수학했으나

相煎何太急

-어찌 이리도 급히 삶아 대는가

이것은 악뇌가 황실비무연에 등장했을 때, 북궁설에 의해 죽어 나가는 등천학관의 생도들을 내려다보며 읊었던 시구였다.

이것을 일 계급 생도의 답안지에서 발견하는 순간, 추이는 그동안 자신이 느꼈던 묘한 낯익음의 정체를 깨달을 수 있었다.

악뇌. 본명 사마여리.

그녀는 사도도 마교도 아닌 정도의 등천학관 출신이었던 것이다.

"이렇게 놓고 보니 조금 더 명확하게 알아보겠군."

추이는 자신이 만든 사마여리의 면구를 자세히 들여다보았다.

얼굴을 가리고 있던 앞머리가 없으니 이제야 좀 비슷하다.

기억 속의 악뢰보다 훨씬 더 앳된, 아직 홍공의 마기에 찌들지 않은, 그런 순수하고 맑은 인상이 면구에 그대로 재현되어 있었다.

"홍공의 왼팔은 끊어 놓는 데 애를 먹었지만…… 오른팔은 그렇지 않을 수도 있겠군."

추이는 동경 속에 비친 자신의 모습과 사마여리의 모습이 별 차이가 없음을 확인하고는 고개를 끄덕였다.

그러고는 이내 관사의 창문을 열고 바깥을 향해 훌쩍 뛰어올랐다.

달조차 뜨지 않은 어둠 저 너머, 일 계급 생도들의 기숙사가 있는 방향으로.

아침이 밝았다.

사마여리는 침상에서 눈을 뜨는 즉시 조심스럽게 일어났다.

"……."

방에서 나와 보니 거실은 조용하다.

건너편의 방은 신세림의 방인데 어제부터 방문 열리는 소리를 못 들었다.

'외박했나 보네.'

신세림은 어제부터 쭉 기숙사 방에 돌아오지 않았다.

그녀는 종종 밤에 친구들이랑 모여서 밤새 술을 마시고 놀았는데 어제는 그대로 외박을 한 모양이다.

사마여리는 안도의 한숨을 내쉬었다.

신세림이 없으면 괴롭힘당할 일도 없다.

간만에 마음 놓고 씻을 수 있을 것 같았다.

'오늘은 서문 부교관님께 가서 상담을 한번 받아 볼까? 혹시 교재를 나누어 주실지도 몰라.'

속으로 이런저런 생각을 하던 사마여리는 잠시 고개를 절레절레 저었다.

'……어차피 교재를 받아 봐야 또 잃어버리겠지.'

그녀는 마음속으로 신세림, 송우, 태진철, 금희지 등의 얼굴을 떠올렸다.

경멸과 조소는 아무리 받아도 익숙해지지가 않는다.

교과서를 태우거나, 머리카락을 인두로 지지거나, 벌레나 오물 같은 걸 얼굴에 끼얹거나, 뺨이나 가슴을 얻어맞거나 하는 것들은 참을 수 있었지만…… 거듭되는 부모 욕과 출신에 대한 조롱은 정말이지 참기가 힘들었다.

더군다나, 그들은 자신들의 촌지를 거부한 서문경 부교관에게도 거대한 악감정을 품고 있을 것이다.

　'부교관님…… 괜찮으실까?'

　사마여리는 그 와중에도 서문경을 걱정했다.

　신세림을 비롯한 네 명은 그들만으로도 골치 아픈 상대이지만, 사실 그들보다는 그들의 뒷배경이 더 골치 아프다.

　그들의 부모는 각각 유명한 문파, 세가, 상단, 표국의 주인이었고 대단한 교육열과 자식 사랑을 가지고 있었다.

　등천학관의 교관, 부교관들에게 촌지를 뿌리는 것은 물론, 촌지의 약빨이 먹히지 않으면 어떤 비열한 권모술수를 동원해서라도 압박을 넣어 올 작자들.

　사마여리는 어제 촌지들이 불타고 난 직후, 신세림이 자신을 노려보며 했던 말을 떠올렸다.

　'착각하지 마라. 그렇다고 해서 너 좋은 날이 오는 것은 아니니까. 저 부교관이나 너나 곧 모가지야. 내일부터 각오하라고.'

　신세림의 서슬 퍼런 눈길이 떠오르자 사마여리는 몸을 오싹 떨었다.

　내일부터 각오하라고 했으니 아마 오늘부터는 더 심해질 것이다.

　평소대로의 괴롭힘에 화풀이가 더해질 것이 분명했다.

　'……오늘은 일찍 강의실로 가자.'

사마여리는 오늘 하루 동안 최대한 신세림 패거리를 피해 다니기로 마음먹었다.

일단 신세림이 기숙사로 돌아오기 전에 먼저 방을 나가서 강의실에 먼저 도착해 있으면 된다.

그러면 의자를 갖다 버리거나 개똥을 묻혀 놓는 행동은 할 시간이 없으리라.

이윽고, 사마여리는 욕실에서 나와 몸의 물기를 닦았다.

신세림이 없으니 씻고 싶은 만큼 씻을 수 있었다.

'그래도 머리카락은 여전히 개털이네.'

사마여리는 곱슬거리는 머리카락을 수건으로 꾹꾹 눌러 물기를 짜냈다.

이윽고, 그녀는 아침 일찍 강의동을 향해 발걸음을 옮겼다.

등교길에 아는 사람을 마주칠까 봐, 그녀는 최대한 그늘진 곳, 구석진 곳으로 숨어서 이동했다.

하필 첫 수업이 '경공과 심법 (二)'이었던지라 그녀는 최대한 일찍, 최대한 구석진 자리를 찾아 강의실로 들어갔다.

'휴. 의자는 그대로 있네.'

사마여리는 자신의 지정석을 찾았다.

다행스럽게도 의자는 버려져 있지도, 똥이 묻어 있지도 않았다.

그래도 혹시 음식물 쓰레기나 재 같은 것이 묻어 있지 않을까 해서, 사마여리는 의자에 앉기 전 주변을 꼼꼼하게 훑어본 뒤 자리에 앉았다.

바로 그때.

끼이이이익……

누군가가 강의실 문을 열고 들어왔다.

'어? 이 시간에 오는 사람이 있나?'

사마여리는 자기만큼이나 일찍 강의실에 오는 사람이 있다는 사실에 놀라서 고개를 들었다.

그런데.

"빠, 빨리 챙겨서 나가자."

"나는 다 버리고 가도 괜찮은데……."

"제발 기다려 줘. 짐만 빨리 가지고 나올게."

강의실에 들어온 세 사람은 사마여리도 익히 아는 얼굴들이었다.

송우, 태진철, 금희지.

항상 신세림과 어울려 다니던 세 명이 도둑처럼 몰래 강의실에 들어온 것이다.

그들은 항상 앉는 자신들의 지정석 쪽으로 가더니 필기구와 책 등 짐을 정리했다.

그리고 쥐새끼처럼 살금살금 강의실을 나선다.

"……?"

사마여리는 의아한 표정으로 그들을 바라보았다.

순간.

"흐익!?"

사마여리와 눈을 마주친 금희지가 비명 아닌 비명 소리를 냈다.

그러자 옆에 있던 송우와 태진철 역시도 화들짝 놀란다.

그들은 하나같이 얼굴이 퉁퉁 부어 있었고 이빨이 죄다 나갔다.

한쪽 팔은 부러졌는지 퉁퉁 부어서 부목을 대고 있었고 반대쪽 다리 역시도 비슷한 상태인지라 멀쩡한 손에 목발을 짚었다.

무엇보다도.

"꺄아아아악! 사, 사마여리!?"

"왜, 왜, 왜 여기서까지 기다리고 있는 거야!? 잘못했다고 했잖아! 살려 줘 제발!"

"잘못했습니다잘못했습니다잘못했습니다잘못했습니다잘못했습니다잘못했습니다잘못했습니다잘못했습니다잘못했습니다잘못했습니다잘못했습니다잘못했습니다잘못했습니다……."

송우, 태진철, 금희지는 사마여리와 눈이 마주치자마자 귀신을 목격한 사람처럼 비명을 질러 대기 시작했다.

"……?"

사마여리가 뭐라 반응할 틈도 없었다.

그 셋은 사마여리의 눈조차도 제대로 마주치지 못했다.

그러고는 손에 들고 있던 것들을 모두 내던져 버리고는 꽁무니가 빠지게 줄행랑쳤다.

"뭐, 뭐야?"

사마여리는 뭔가 싶어 자리에서 일어났다.

그러고는 그들이 일제히 떨어트리고 간 물건을 내려다보았다.

그것은 흰 봉투 안에 들어 있는 서류였다.

봉투의 겉면에는 다음과 같은 세 글자가 적혀 있었다.

〈자퇴서〉

정확히 반나절 전. 어두운 밤.

데-엥……

멀리서 자시(子時)의 시작을 알리는 종소리가 들려온다.

기숙사동의 옥상에 일 계급 생도 몇 명이 모여 있었다.

여생도 둘, 남생도 둘. 도합 넷.

그들은 신세림, 송우, 태진철, 금희지 패거리였다.

"아 씨- 진짜 별 미친놈 다 보겠어 진짜."

신세림. 그녀가 화주가 든 호로병을 홀짝이며 말했다.

기숙사에는 주류 반입이 금지되어 있었지만 이들은 그런 것 따위는 신경 쓰지 않았다.

송우가 신세림의 말에 고개를 끄덕였다.

"이름이 서문경이랬던가? 진짜로 미친놈 같더라. 촌지 태우는 건 완전 선 넘었지."

"부족하니 더 달라고 시위하는 거 아니야? 그게 아니고서야 그런 미친 짓을 하겠어?"

태진철 역시도 맞장구를 쳤다.

신세림의 옆에 딱 달라붙어 있던 금희지가 불안한 듯 입을 열었다.

"눈을 보니까 진짜배기 또라이 같던데. 우리가 괜히 잘못 건드리는 게 아닐까?"

"그래 봤자 부교관 나부랭이야. 진짜 능력 있는 놈이었으면 처음부터 부교관이 아니라 교관으로 왔겠지."

신세림이 이를 뿌득 갈며 말을 이었다.

"두고 봐. 이미 전서구 띄웠어. 울 엄마 아빠가 내 편지 읽으면 당장 여기로 쳐들어올 거야. 그리고 학장한테 찾아가서 정식으로 항의하고 그 미친 새끼 모가지를 짤라 버리겠지. 지금까지 울 엄마 아빠가 여기에 갖다 바친 기부금이 얼만데?"

"오오– 멋있다 신세림!"

송우, 태진철, 금희지가 신세림을 추앙한다.

이윽고, 신세림이 술병을 들어 올렸다.

"우리들의 자존심을 위하여! 서문경 그 새끼의 파면을 위하여!"

"위하여!"

신세림 패거리 네 명은 신명나게 외치며 술병을 들어 올려 건배를 했다.

바로 그때.

끼기기기기긱―

옥상의 철문이 서서히 열렸다.

신세림을 비롯한 네 명이 황급히 술병을 등 뒤로 숨긴다.

"뭐야? 누가 왔어?"

"문 꽉 잠가 놨는데? 사감인가?"

"아냐. 사감한테는 이미 촌지 먹여 놨잖아. 걔는 여기 안 올라와."

"그럼 누가 온 거야? 여긴 우리 말고 아무도 안 오잖아."

다들 경계심 가득한 표정으로 한마디씩을 늘어놓는다.

그때, 철문 너머로 익숙한 그림자 하나가 늘어졌다.

저벅―

옥상으로 모습을 드러낸 이는 그들 넷이 익히 잘 아는 사람이었다.

"뭐야? 사마여리?"

신세림이 황당하다는 듯 코웃음을 쳤다.

나머지 셋의 얼굴에서도 경계심이 사라졌다.

"뭐야? 저 미친년이 여길 어떻게 왔지?"

"깜짝 놀랐네. 심장 떨어질 뻔. 나 지금 사마여리한테 쫀 거야?"

"야 이 개쌍년아! 깜짝 놀랐잖아! 뒤질래!?"

신세림, 송우, 태진철, 금희지는 별안간 옥상에 나타난 사마여리를 향해 살기를 뿜어냈다.

그런데, 사마여리의 반응은 지금까지와는 조금 다른 것이었다.

까닥까닥-

그녀는 신세림 패거리를 향해 우뚝 서더니 손가락을 움직였다.

이리 오라는 신호다.

신세림이 헛웃음을 머금었다.

"저게 돌았나. 어디서 오라가라야?"

송우, 태진철, 금희지 역시도 황당하다는 듯한 반응이었다.

하지만 사마여리는 여전히 손가락을 까닥거리고 있다.

제일 먼저 반응한 것은 송우였다.

그는 낄낄 웃는 표정으로 자리에서 일어났고 사마여리를 향해 곧장 다가갔다.

"미친년이, 겁대가리를 상실했나. 갑자기 왜 그렇게 용감

해졌나? 어? 새로 온 부교관이 네 편들어 주는 것 같아서 그래? 어? 똥 좀 한 번 더 먹어 봐야 분수를 깨닫겠어?”

송우는 사마여리의 앞으로 다가갔다.

그리고 손가락을 뻗어 그녀의 이마를 꾹 누르려 했다.

하지만.

…우득!

사마여리의 이마를 누르려던 송우의 손가락은 정반대 방향으로 꺾였다.

“어?”

송우는 무슨 일이 벌어졌는지 미처 자각하지 못했다.

그저 이상한 방향으로 휘어져 있는 자신의 검지를 바라볼 뿐이다.

이윽고.

“으아아아아아아아악!?”

뼈가 부러진 것에서 발생하는 통증이 송우의 팔 전체를 마비시킨다.

“이, 이 미친년이 내 손가락을!?”

송우가 막 사마여리를 향해서 고개를 쳐드는 순간.

쩌−걱!

사마여리의 작은 손바닥이 위에서 아래로 휘둘러졌다.

그 한 방에, 송우의 이빨 스물여덟 개가 모조리 입술 밖으로 튀어나왔다.

후두둑— 후두둑— 후두둑— 후두둑— 데굴데굴데굴데굴……

　송우가 입에서 침과 피를 질질 흘리며 거꾸러졌다.

　그러고는 급살에 맞은 개구리마냥 뒤집어져서는 몸을 바들바들 떨기 시작했다.

　"……?"

　"……?"

　"……?"

　신세림, 태진철, 금희지가 멍한 표정을 지었다.

　그들 역시도 지금 일이 어떻게 돌아가고 있는지 미처 깨닫지 못한 상태였다.

　그런 상황 속에서.

　저벅— 저벅—

　사마여리가 이쪽을 향해 걸어오기 시작했다.

　태진철이 비로소 현실을 자각했다.

　"뭐, 뭐야? 너 지금 송우를 팬 거냐? 내공까지 써서? 이 미친년이!"

　등천학관 내에서 내공을 써서 싸우는 것은 엄격히 금지된다.

　참관인이 있는 정식 비무를 제외하고 말이다.

　하지만 생도들 간에 규칙을 피해 벌이는 결투나 비무는 종종 일어나는 것이 현실이었다.

"오냐! 네가 내공을 쓴다면 나도 쓴다! 이 망할 년아!"

태진철이 두 주먹을 말아 쥐고는 내공을 불어넣었다.

이윽고, 태진철의 정권이 일직선 궤도로 뻗어 나간다.

그것은 정확히 사마여리의 가슴을 향하고 있었다.

그러나.

…뚝!

갑자기 위로 솟구쳐 오른 사마여리의 무릎에 의해, 태진철의 팔은 중간에 ㄱ자로 꺾여 버렸다.

"억!?"

그가 미처 비명을 내뱉기도 전에, 사마여리는 태진철의 목덜미를 잡아챘고 그대로 그의 몸을 지면에 내리꽂았다.

단단한 돌바닥에 태진철의 몸이 등부터 떨어져 내렸다.

뼈―엉!

가죽 북이 터져 나가는 듯한 굉음과 함께 태진철의 허리가 활처럼 휘었다.

"끄르르르르르륵……."

눈이 돌아가고 입에서 게거품이 올라오는 꼴이 심상치 않다.

하지만 사마여리는 그런 태진철의 가슴팍을 밟고 계속해서 걸어올 뿐이다.

저벅― 저벅― 저벅―

그 앞에는 아직도 멍하니 서 있는 신세림과 금희지가 있었다.

"꺄아아아악!"

금희지가 비명을 지르며 허리춤의 칼을 빼 들었다.

단단한 흑목의 심(心)을 깎아 만든 목검이었다.

"주, 죽여 이 미친년아!"

목검이 위에서 아래로 내리그어진다.

제대로 맞는다면 사람의 머리통쯤은 우습게 깨트릴 수 있는 일격이었다.

하지만.

터-억!

금희지의 목검은 사마여리의 손에 너무도 쉽게 붙잡혀 버렸다.

"······!"

사마여리의 눈빛을 마주한 금희지가 뱀 앞의 개구리처럼 빳빳하게 굳는다.

덥썩-

이윽고, 사마여리의 손아귀가 금희지의 머리카락을 왕창 휘어잡더니.

떠걱-

그대로 금희지의 발목을 걷어차 부숴 버렸다.

"꺄아아아악!"

발목이 꺾인 채로 머리채를 잡힌 금희지가 목검을 휘두르려 했지만, 그것은 이미 사마여리의 손에 단단히 붙잡혀 있었다.

…쾅!

금희지가 돌바닥에 얼굴을 찧고 데굴데굴 구른다.

그녀는 뭉개진 코와 이마, 입술에서 피를 쏟으며 꺼이꺼이 울고 있었다.

저벅— 저벅— 저벅— 저벅—

이윽고, 사마여리는 신세림의 앞에서 멈췄다.

신세림이 비웃듯 말했다.

"니가 이제 미쳤구나?"

여느 때와 다름없는 어조.

하지만 정작 그녀의 입꼬리는 파들파들 떨리고 있었다.

아까부터 짚고 있던 짝다리는 어느새 가지런히 모여 있는 채였다.

사마여리는 아무런 말도 하지 않았다.

다만 지금까지처럼 손바닥을 높이 들어 올렸고.

짜—각!

신세림의 뺨을 후려갈겼을 뿐이다.

사마여리의 손바닥에 한 대 맞는 순간, 신세림은 두 가지 사실을 알 수 있었다.

첫째. 사마여리는 지금껏 내공을 사용하지 않았다.

둘째. 그럼에도 불구하고 이년의 손바닥은 쇠망치로 후려 맞은 듯 아프다.

그리고 신세림이 퉁퉁 부은 얼굴로 고개를 드는 순간, 곧바로 세 번째 사실이 그녀의 뇌를 강타했다.

"……!"

다시금 천천히 위로 올라가고 있는 사마여리의 손바닥.

셋째. 사마여리는 한 대 때리고 말 생각이 없다.

그것을 깨달은 신세림이 황급히 입을 열었다.

"자, 잠까……!"

하지만 그녀에게는 말을 할 수 있는 여유가 주어지지 않았다.

쩌-억!

장작을 패는 도끼날처럼 떨어져 내린 사마여리의 손바닥이 신세림의 반대쪽 뺨에 내리꽂혔기 때문이다.

당연하게도 두 번이 끝이 아니었다.

짜-악! 쩍- 짜-각! 뻐-엉!

손바닥과 뺨이 만나면 만날수록 뭔가가 부러지고, 끊어지고, 터져 나가는 듯한 소리들이 빗발친다.

신세림은 피거품을 물며 눈을 까뒤집었다.

그러자.

촤—악!

사마여리는 호로병에 든 화주를 신세림의 입에 처넣고 그
녀를 깨웠다.

"우웨에엑! 끄윽! 끅! 끄으으으으……."

"아, 아파…… 아파아…… 아아아아……."

"히끅— 흐끅— 흐으으으으으…… 으허어어엉!"

기절해 있었던 송우, 태진철, 금희지 역시도 마찬가지로
눈을 떴다.

"……."

사마여리는 여전히 아무런 말도 하지 않고 있었다.

죽은 시체의 얼굴마냥 차갑고 딱딱하게 굳은 무표정으로
눈앞의 넷을 내려다볼 뿐.

그리고 그 이질적인 눈빛 앞에 네 명은 더더욱 오싹한 공
포를 느끼고 있었다.

이윽고.

짜—악!

아무런 예고도 없이, 묻지마 폭행이 또다시 시작되었다.

지금껏 아무런 이유도 없이 사마여리를 괴롭혀 왔던 것처
럼, 그들 역시 오늘 이런 일이 벌어지고 있는 이유를 알지 못
했다.

짜—악! 쩍!

사마여리는 내공 한 줌 쓰지 않고도 내공을 써서 덤비는 네 명을 제압했다.

그것도 당장이라도 패 죽일 듯 무시무시한 기세로.

"대, 대체 왜 그래 갑자기……."

짜ㅡ악! 쩍! 쩌-걱!

"우, 우리가 잘못했어. 그동안 미안했어. 우리가 다 잘못했……."

짜ㅡ악! 쩍! 쩌-걱! 퍽!

"우리가 뭘 하면 될까? 우리가 뭘 해야 용서해 줄……."

짜ㅡ악! 쩍! 쩌-걱! 퍽! 빠각!

"제발 그만둬…… 부탁……."

짜ㅡ악! 쩍! 쩌-걱! 퍽! 빠각! 짜ㅡ악!

장작이 쪼개지는 듯한 소리가 연달아 터져 나왔고 어느 새부터인가 흘러나오던 애원 소리도, 곡소리도 모두 끊겨 버렸다.

"……."

"……."

"……."

"……."

신세림, 송우, 태진철, 금희지, 이 넷은 몸을 새우처럼 말고 신음만 흘릴 뿐 아무것도 할 수 없었다.

그저 이 지옥 같은 시간이 어서 지나가기만을 바랄 뿐.

하지만.

짜ㅡ악! 쩍! 쩌ㅡ걱! 퍽! 빠각! 짜ㅡ악! …쩍!

고통은 끊기지 않는다.

절대로 익숙해지게 내버려두지 않겠다는 듯, 시간이 지나면 지날수록 더더욱 모질고 가혹해지고 있었다.

그러는 동안 신세림, 송우, 태진철, 금희지의 외모는 많이 바뀌었다.

이빨은 성한 것이 없었고 양쪽 볼이 어깨 넓이를 넘을 정도로 빵빵해졌다.

얼굴 크기는 전의 세 배가 넘게 부풀어 올랐고 팔과 다리 하나씩은 못 쓰게 되었다.

"제, 제발 그만……."

"사, 사려주해호……."

"자모해허효…… 자르못해슴미다……."

하지만.

"…….."

사마여리는 네 명의 애원이 들리지도 않는지 무표정한 얼굴로 발걸음을 옮긴다.

그리고 여전히, 기계적으로, 손바닥을 들어 올려 네 명의 뺨따구를 번갈아 후려치기 시작했다.

짜ㅡ악! 쩍! 쩌ㅡ걱! 퍽! 빠각! 짜ㅡ악! …쩍! …쩍! …쩍! …쩍! …쩍! …쩍! 짜ㅡ각!

그제야 신세림, 송우, 태진철, 금희지는 앞서 느꼈던 것들에 이어지는 사실 하나를 추가로 더 깨달을 수 있었다.

넷째. 밤은 길다.

⁂

…화르륵!

관사의 벽난로에서 고기 타는 냄새가 난다.

면구, 가발, 옷들이 장작 사이로 타들어가고 있었다.

추이는 화장을 지운 뒤 맨얼굴로 화광을 쬐었다.

사마여리로 변장했었던 증거물들은 이것으로 완전히 소실되었다.

그녀를 괴롭히던 가해자들 넷 중 셋은 자퇴서를 제출한 뒤 기숙사에서 방을 빼 버렸다.

이제 등천학관에서 사마여리를 대놓고 괴롭히는 이들은 거의 다 사라진 것이다.

'맨 처음에는 그냥 죽여 버릴까도 생각했지만……'

추이는 회귀하기 전에 만났던 악뇌(惡腦) 사마여리의 얼굴을 머릿속에 떠올렸다.

수많은 시체들을 내려다보던 그 무감정한 눈동자.

그때의 무시무시한 풍경을 떠올리면 아직도 등골이 오싹

하다.

'하지만 지금은 아직 홍공의 마기에 잠식당하지 않은 상태니 굳이 살수를 쓸 필요까지는 없을지도 모르겠군.'

추이는 다른 쪽으로 생각했다.

……만약 사마여리가 등천학관에 적응할 수 있게 돕는다면?

……나아가 무림맹의 고위직으로 쭉쭉 출세할 수 있게 후원한다면?

……그렇게 해서 그녀가 혈교에 투신하게 되는 미래를 원천적으로 차단한다면?

'북궁설을 죽임으로써 홍공의 왼팔을 끊어 놓았지만, 사마여리는 살려 놓는 편이 낫겠다. 홍공의 오른팔을 끊어 놓는 것을 넘어, 그 오른팔로 목을 조르게 만드는 격이니…….'

적에게 유능한 부하가 있다면 그를 죽이는 것보다 내 편으로 포섭하는 것이 더 큰 피해를 주는 길이다.

홍공의 밑에서 나쁜 쪽으로 무시무시하게 개화했던 그 재능이 이쪽에서는 어떤 형태로 피어나게 될지는 모르겠지만 말이다.

'……그 천부적인 자질이 어디 가지는 않겠지.'

그래서 추이는 사마여리가 이곳 등천학관에서 정을 붙이고 지낼 수 있게 최소한의 도움을 제공할 생각이었다.

바로 그때.

똑똑똑—

누군가가 관사의 현관문을 두드렸다.

추이는 서문경의 면구를 얼굴에 잘 고정시킨 채 문을 열었다.

그곳에는 영아가 추이의 눈치를 보고 있었다.

"아, 안녕하세요. 서문 부교관님."

"이 시간에 무슨 일이냐?"

"다름이 아니오라…… 어떤 학부모님들께서 방문을 하셨거든요. 서문 부교관님과 심야 면담 약속이 잡혀 있다고……."

그런 약속은 없다.

애초에 등천학관에는 심야 면담이라는 개념 자체가 없었다.

'어지간히 급했나 보군.'

중간상인 왕횡보를 거치지 않고 직접 찾아올 정도면 대충 짐작이 간다.

누가 무슨 목적으로 찾아왔는지 말이다.

추이는 탁자 위에 있던 명단을 보았다.

신세림(申勢琳), 송우(宋禑), 태진철(太振哲), 금희지(金喜知).

송가장의 송우, 대경전장의 태진철, 영준표국의 금희지는 이미 자퇴서를 내고 등천학관을 떠났다.

사마여리로 변장한 추이에게 정말 '죽기 직전까지' 두들겨 맞은 뒤, 극도의 공황장애와 대인기피증에 걸려서 더 이상 학업을 이어 갈 수 없게 되어 버렸다나.

하지만 그럼에도 불구하고 이 패거리의 대장 격이었던 신세림, 그녀는 끝끝내 등천학관을 떠나지 않고 있었다.

게다가 신세림은 이대로 질 수 없다고 생각했는지 부모까지 호출한 모양이다.

'……심세상단이라.'

저 아래 호남에서 꽤나 위명세를 떨치고 있는 상단이란다.

다만 추이가 지난 삶에서 들어 본 적이 없는 것을 보면 앞으로 얼마 가지 못하고 사라져 버릴 운명인 듯하다.

"들어오라고 해라."

"네!"

추이가 고개를 끄덕이자 영아가 뒤로 돌아 뛰어갔다.

이윽고, 추이의 관사에 여러 명의 사람들이 들어섰다.

제일 앞에 있는 것은 뚱뚱한 체구의 남자.

그 옆에 있는 것은 표독스럽게 생긴 인상의 여자.

뒤에는 흑색 피풍의를 걸친 떡대들 다섯 명이 가슴을 떡 벌린 채 추이를 노려보고 있었다.

뚱뚱한 남자와 표독스럽게 생긴 여자가 말했다.

"긴말 않겠소. 나 심세상단의 신쌍섭이요. 세림이 애비."

"이 사람의 아내이자 세림이 모친 되는 왕소소라고 해요.
반가워요."

신쌍섭과 왕소소. 그 둘은 추이를 향해 눈을 부릅떴다.

신상썹이 대놓고 말했다.

"밤도 늦었는데 말이 길어지면 쓰나. 내 단도직입적으로
말하겠소."

그는 추이를 향해 거드름이 묻어나는 어조로 물었다.

"얼마를 원하오?"

"……."

추이는 입을 다문 채 대답하지 않았다.

그러자 옆에 있던 왕소소가 남편의 말을 받아 이었다.

"제 남편이 조금 과격하죠? 죄송해요. 하지만 저희도 답답
해서 그랬어요."

"……."

"저번에는 저희 잘못이 맞아요. 성의 표현이라고 해 놓고
서는 고작 옷 한 벌에 전표 몇 장만 들어 있어서 불쾌하셨을
것 같아요. 충분히 이해해요. 그건 저희들 실수였어요. 원래
는 더 크기가 있는 것을 보내 드렸어야 했는데 그만 다른 사
람에게 갈 것과 바뀌는 바람에……."

뇌물을 줬는데 불쾌해한다? 그것은 딱 하나를 의미한다.

뇌물의 액수가 모자라다는 뜻이다.

그렇다고 해서 대놓고 '너 정도한테는 그 액수면 충분할

줄 알았다'고 말할 수야 있나.

"원래 우리 부교관님께 드릴 것은 이거였어요. 다른 사람에게 표현하려고 했던 성의와 바뀌어서, 이거 참 실례가 많았습니다."

왕소소는 추이의 앞으로 무엇인가를 내려놓았다.

그것은 주먹만 한 크기의 금두꺼비였다.

신쌍섭이 금두꺼비를 앞으로 밀며 본론을 끄집어냈다.

"우리 딸이 맞았소."

"……."

"이건 학관 폭력이오. 요즘 같은 시대에 학폭이라니? 이 무슨 미개하고 야만적인 일이란 말이오? 그것도 중원 최고의 지성이라는 이곳 등천학관에서! 이게 말이나 되는 소리오 이까?"

신쌍섭의 말에 왕소소 역시도 고개를 끄덕이며 말을 이었다.

"우리 딸을 괴롭히고 폭행한 그 사마여리라는 계집을 퇴학시켜 주세요. 저희들은 그거면 돼요."

부조리한 이들은 자신이 부조리한 줄 모른다.

자신이 입었다고 생각하는 피해의 이면에 어떠한 이유들이 있는지 관심도 없을 것이다.

추이는 사무적인 어조로 대답했다.

"따님이 폭행당했을 당시 사마여리 생도는 기숙사에 있었습니다. 이는 기숙사동의 생활 사감과 시비들, 그리고 다른 생도들의 증언으로 확인된 사실. 즉, 현장부재증명(現場不在證明)이 확실한 사안이라는 뜻이지요."

"그럼 내 딸의 진술은? 사마여리, 그 미친년한테 얻어맞았다고 일관성 있게 진술하고 있는 내 딸은 뭐가 되는 거요?"

"폭행 현장에서는 다수의 술병들이 발견되었습니다. 구조될 당시 신세림 생도, 송우 생도, 태진철 생도, 금희지 생도에게서는 독한 술 냄새가 났다는 하인들과 의원들의 증언도 있었습니다."

"그, 그럼? 그럼 내 딸이 친구들이랑 술 처먹고 쌈박질을 하다가 그랬다는 거요? 그게 쪽팔려서 지금 거짓말을 하는 거라고?"

"거짓말이라기보다는 만취 상태에서 환각을 보았을 가능성이 크지요. 취객이 비틀거리다가 가만히 있는 나무나 바위와 싸우고, 그러다가 여기저기 부딪치고 넘어져서 이빨이 깨지고 팔다리가 부러지는 경우는 흔하지 않습니까? 그것이 학관 측의 입장입니다."

"이보시오! 지금 그게 말이 된다고 생각해!? 어!?"

신쌍섭의 볼살이 푸들푸들 떨린다.

왕소소 역시도 눈에 핏발이 섰다.

"우리가 매년 등천학관에 기부하기로 한 액수가 얼마인지 알면 그런 말씀 못 하실 텐데요?"

"저는 학관 측의 입장을 전달해 드릴 뿐입니다."

"그러니까. 학관 측의 입장이 그렇더라도, 우리 서문 부교관님 선에서 해 주실 수 있는 일이 있으실 것 아녜요?"

왕소소가 고개를 돌렸다.

험상궂은 외모를 가진 떡대 다섯이 추이를 둘러쌌다.

그런 상황 속에서.

…쿵!

왕소소가 탁자 위로 금두꺼비 한 마리를 더 올려놓았다.

그녀는 마치 피에 굶주린 암호랑이처럼 으르렁거린다.

"학관 측에서 뭐라 씨부려쌌든 간에 저희는 상관 안 해요."

"……."

"그저 사마여리, 그 개 같은 년만 퇴학시켜 주세요."

"……."

"과제를 무리하게 내든, 성적을 개같이 주든, 회초리로 체벌을 하든, 사고로 위장해 불구를 만들든, 부교관의 지위를 이용해서 가슴을 더듬든 엉덩이를 주무르든! 어떻게든 해서 그년을 쫓아내라고! 저희가 교관 부교관들 뭐, 당신 하나만 찾아갈 것 같아요!?"

왕소소의 말에 신쌍섭 역시도 계속해서 콧김을 뿜어낸다.

"우리는 절대, 절대, 절대로 그냥 넘어가지 않을 거요. 어떻게 해서든 내 딸 때린 그년 인생을 나락으로 보낼 거야. 그러니 협조하시오. 그러지 않겠다면 당신도 우리의 적으로 간주하겠소."

"……."

추이는 면구를 쓰고 있기를 참 잘했다고 생각했다.

그렇지 않으면 입가에 지어지는 이 미소를 참기가 참 어려웠을 것 같았기 때문이다.

"알겠습니다."

추이는 고개를 끄덕였다.

"확실히, 제가 너무 가볍게 생각했었군요."

추이의 말을 들은 신쌍섭과 왕소소의 표정이 그제야 조금 풀어졌다.

"홍─ 이제라도 얘기가 통해서 다행이오. 그래도 등천학관의 부교관직에 계시는 분이니 뭐, 오해만 풀리면 대화는 빠르겠지."

"그럼 다시는 제 딸과 그년이 얼굴 마주 보는 일 없도록? 확실하게 나락으로 보내 주시는 걸로?"

심세상단 부부의 말을 들은 추이는 흔쾌히 고개를 끄덕였다.

"아주 끔찍한 꼴로 만들어 놓겠습니다. 두 번 다시 마주칠 일 없도록."

양자 간의 대화가 아주 흡족하게 마무리되는 순간이었다.

심세상단의 주인 신쌍섭과 그의 아내 왕소소는 등천학관에서 멀찍이 떨어져 있는 최고급 여관으로 돌아갔다.

그곳에는 신세림이 초조한 얼굴로 기다리고 있었다.

"아빠, 어떻게 됐어? 잘 처리됐어?"

"오구오구― 우리 딸. 당연하지요. 아빠가 싹 다 처리해 놨어요~"

신쌍섭은 신세림을 끌어안으며 자신만만하게 말했다.

신세림은 아빠를 밀어내며 오만상을 찡그렸다.

"아~ 아빠는 못 믿어. 엄마, 어떻게 됐어?"

"네 아빠가 뭘 했겠니. 엄마가 다 했지. 에휴."

왕소소가 탁자 앞에 앉아 머리카락을 쓸어 넘겼다.

그녀는 신세림을 바라보며 비릿하게 미소 짓는다.

"일단 금두꺼비 두 마리 먹여 놨으니까, 뭔가 조치가 있기는 있을 거다. 좀 쎈 걸로."

"서문경 그 미친 새끼한테는 촌지 안 통해 엄마."

"촌지 안 통하는 선생이 어딨니? 촌지가 모자라니까 안 통하는 거지. 내 살아생전 돈 싫어하는 선생은 본 적이 없다얘."

"하긴. 그런 그래. 근데 금두꺼비 두 마리만 먹였어? 원래 세 마리 먹인다며? 여차하면 네 마리까지도 먹일 거라고 했었잖아."

"두 마리만 올렸는데도 눈 돌아가는 게 보이더만. 딱 그 정도 되는 그릇인 게지. 서로 크기, 넓이, 깊이 다 아는 데…… 굳이 넘치게 줄 필요 뭐 있니?"

"역시 엄마가 최고야! 짱 든든해!"

신세림이 왕소소를 끌어안는다.

왕소소는 부드러운 미소로 신세림을 마주 안아 주었다.

"치사하게 모녀간만 그렇게 끌어안기야? 어디, 나도! 에 잇!"

"아이─ 참! 당신은 잠깐 좀 저리 빠져 있어 봐요!"

"맞아, 아빠! 이건 여자들끼리의 단합이라구!"

신쌍섭 역시 호탕한 웃음을 지으며 왕소소와 신세림을 끌어안는다.

왕소소와 신세림은 짐짓 투덜거리면서도 깔깔 웃는다.

겉으로 보기에는 참 화목하고 정겨운 가족이었다.

하지만 뒤이어 오가는 대화는 그다지 살갑지만은 않았다.

"그래서. 사마여리 그년은 어떻게 되는 거야?"

신세림이 묻자 신쌍섭와 왕소소가 대답했다.

"일단 서문경, 그 작자를 시켜서 철저하게 괴롭혀 줄 거다. 과제고 시험이고 그년 성적은 이미 망했다고 봐야지. 거기에 가슴이나 궁둥이 좀 주무르고 여차저차 하라고 시켰으니 아마 달포도 못 버티고 학관을 뛰쳐나갈 게야."

"일단 학관 밖으로 나온다? 그럼 끝이지. 미리 포섭해 놓은 왈패들 시켜다가 확 납치해서 두들겨 패고 약 좀 먹인 다음에 어디 싸구려 창관에다가 팔아 버릴 거야. 엄마도 여자라서 잘 알잖니. 어떻게 해야 여자의 삶이 나락으로 가는지."

신쌍섭과 왕소소의 대답을 들은 신세림의 얼굴이 확 밝아졌다.

"그 말 진짜지?"

"그럼 진짜지. 서문경, 그 작자가 마지막에 뭐라고 했는줄 아니?"

"몰라. 뭐라고 했는데?"

"'아주 끔찍한 꼴로 만들어 놓겠습니다. 두 번 다시 마주칠 일 없도록'이라고 했단다."

"우와! 정말? 진짜 기대된다. 역시 울 엄마 아빠가 최고야."

자식은 부모 잘 만났다며 좋아하고 부모는 자식이 마냥 예뻐서 좋아한다.

참 단란하고 화목한 가정 분위기였다.

…콰쾅!

갑자기 웬 복면인 하나가 창문을 부수고 뛰어들어 오지만 않았더라면 말이다.

"뭐, 뭐야!? 경호원!"

신쌍섭이 황급히 자리를 박찼다.

동시에, 문 너머에 있던 떡대 경호원들이 우르르 몰려 들어왔다.

하지만.

"호호호─"

복면인은 손으로 입가를 가리며 그저 웃을 뿐이다.

이윽고.

…뻑! …뻑! …뻑! …뻑! …뻑!

다섯 명이나 되었던 경호원들이 복면인의 주먹질 다섯 대에 모두 뻗어 버렸다.

"……."

"……."

"……."

신쌍섭, 왕소소, 신세림은 멍한 표정으로 이 난데없는 참사를 바라본다.

그리고 그들의 앞에서.

훌렁─

복면인이 복면을 벗었다.

맨얼굴을 대놓고 드러내는 괴한.

그의 입가에는 진득하고 비릿한, 실로 변태 같은 미소가 잔뜩 걸려 있었다.

이윽고, 괴한은 심세상단의 주인네 내외를 바라보며 밝게 외친다.

"안녕? 나는 장강에서 왔고, 이름은 견술이라고 해!"

복면인이 복면을 벗고 이름과 얼굴을 깐다는 것이 무슨 의미일까?

그것을 신쌍섭, 왕소소, 신세림은 아직 모르고 있었다.

······그리고 이것은 견술을 보낸 추이조차도 몰랐던 사실이었지만.

"지금부터 너희를 아주 끔찍한 꼴로 만들어 줄게! 두 번 다시 마주칠 일 없도록!"

그는 꽤나 교육열이 대단한 인물이었다.

아침.

사마여리는 식당 앞에 서서 고민하고 있었다.

오늘의 식사 구성은 청경채와 닭고기 완자, 우육면, 그리고 청어구이였다.

하지만.

"······비싸네."

사마여리의 수중에는 밥을 사 먹을 만한 돈이 없었다.

앞으로 금전적인 지원을 기대할 수 없는 만큼, 등천학관에서 남은 시간을 버티려면 정말로 아끼고 아껴야 한다.

꼬르륵—

하지만 배가 고픈데 밥을 먹지 않을 수도 없는 노릇이다.

그래서 사마여리는 하루에 한 끼만 먹기로 했다.

최소한의 금액으로 최소한의 음식만을.

사마여리는 주방 앞에 있는 직원에게 물었다.

"저…… 밥 한 그릇이랑…… 여기, 총각무만 하면 얼마인가요?"

"네? 글쎄요. 그렇게 사 드시는 분이 없어서…… 한번 물어볼게요."

직원은 뒤에 있는 다른 직원에게 무어라 묻더니 이내 심드렁한 어조로 대답했다.

"철전 세 푼이래요."

"그렇군요. 여기 있습니다."

"예. 금방 퍼 드릴게요."

이윽고, 밥과 반찬이 나왔다.

반찬의 가짓수가 적어서 그런가 나오는 속도도 빨랐다.

사마여리는 식판을 들고 탁자에 앉았다.

그녀의 식판에는 그녀의 주문대로 밥 한 그릇과 소금에 절인 총각무 한 덩이만이 놓여 있을 뿐이다.

"……잘 먹겠습니다."

그래도 사마여리는 좌절하지 않았다.

학관 밖에는 이마저도 없어서 굶는 사람들이 태반이라는

것을 잘 알고 있기 때문이었다.

그때.

쿵쿵-

막 식사를 시작하려던 그녀의 코끝에 웬 냄새가 스친다.

"……."

사마여리는 고개를 돌렸다.

텅 빈 자리에 주인 없는 식판 하나가 남겨져 있었다.

누군가가 식사를 하다가 남기고 간 듯, 식판 위에는 고기 완자들이 자소 지저분하게 흐트러져 있었다.

순간, 사마여리의 머릿속에 한 가지 생각이 들었다.

'저거…… 가져가서 먹어도 될까?'

주변의 시선이나 자존심 같은 것은 떠오르지도 않는다.

며칠 동안 제대로 된 것을 먹지 못한 배는 고기 냄새를 맡자마자 자기주장을 심하게 펼치고 있었다.

'어, 어차피 버리고 간 것 같은데…… 저대로 음식물 쓰레기가 될 바에는 내가 먹어도 괜찮지 않나?'

사마여리는 저도 모르게 군침 한 방울을 흘렸다가 깜짝 놀라 손등으로 입을 닦았다.

이윽고, 그녀의 두뇌가 맹렬하게 회전한다.

'그래. 국사무쌍 한신도 옛날에는 빨랫터의 노파에게 밥을 빌어먹었댔어. 그뿐이야? 월왕 구천은 살아남기 위해서 똥도 먹었다잖아. 지금 누가 남기고 간 저 고기완자를 먹는 것은 부끄러운 일이 아니야. 당장의 체면과 자존심 때문에 굶어죽느니 저것을 먹고 훗날을 도모할 힘을 비축하는 것이 더 현명한 거라구!'

그 옛날 과하지욕(袴下之辱)과 구천상분(句踐嘗糞)의 고사가 사마여리의 머릿속에 떠오르고 있었다.

…꿀꺽!

사마여리는 슬쩍 옆자리로 이동했고, 주변의 눈치를 살핀 뒤 또다시 슬쩍 옆자리로 이동했다.

그러고는 슬그머니 손을 뻗어 주인 없는 식판의 모서리 끝을 살며시 잡아당겼다.

이윽고, 아직 따듯한 고기완자가 그녀의 앞에 놓인다.

'이게 얼마 만의 고기냐…….'

사마여리는 두 눈에 눈물이 핑 도는 것을 느꼈다.

이윽고, 그녀는 젓가락을 뻗어 탱글탱글한 고기완자 한 알을 집어 들었다.

그리고 뜨거운 김이 올라오는 밥 위에 그것을 얹어 놓은 뒤 크게 한 숟가락을 떴다.

"앙—"

토실토실한 볼 속으로 하얀 쌀밥과 고기완자, 그리고 갈색의 양념장이 뒤섞인다.

"으으으음……."

사마여리는 하마터면 울 뻔했다.

역시 사람은 고기를 먹어야 한다.

천만년 만에 들어온 고기와 양념장에 그녀의 손이 홀린 듯 움직였다.

냠냠냠냠냠냠냠냠–

볼이 터질 듯 빵빵하진 상태로 사마여리는 계속해서 젓가락질을 했다.

식판 위의 완자들은 어느덧 순식간에 동이 나 버렸다.

바로 그때.

"……컥!?"

사마여리는 입안에 들어가 있던 밥과 고기들을 모조리 뱉어 버릴 뻔했다.

"……."

서문경. 어느새 다가온 그가 사마여리의 앞에 가만히 서 있었기 때문이다.

손에는 물이 담긴 잔을 든 채로.

"이, 이거…… 부교관님…… 식사셨나요?"

끄덕–

서문경은 대답 대신 고개만 주억거린다.

아마도 식사 중에 잠깐 일어나서 물을 뜨러 갔던 모양이다.

순간.

…화악!

사마여리의 얼굴에 산불이 번졌다.

그녀는 귀 끝부터 목까지 새빨갛게 변한 채로 굳어 버렸다.

"자……."

사마여리는 천신만고 끝에 자신의 심경을 표현할 수 있었다.

"자결하겠습니다."

"……."

"저, 저는 영락없이 버, 버리신 줄로만 알고…… 아아…… 완자가 아까워서…… 아아아…… 죄송해요오…… 제가 무슨 짓을……."

사마여리는 젓가락과 밥그릇을 내려놓고는 두 손으로 얼굴을 감쌌다.

그 순간.

"많이 먹어라."

서문경은 식판을 사마여리의 앞으로 더 가까이 밀어 주었다.

그러고는 반대쪽 손에 들고 있던 새로운 식판을 그녀의 앞으로 놓아주었다.

고기 완자와 생선구이, 그리고 하얀 쌀밥이 가득 쌓여 있는 식판이었다.

"……!?"

사마여리는 깜짝 놀란 표정으로 고개를 들었다.

그러자 서문경이 고개를 끄덕였다.

"앞으로 배가 고프면 언제든 찾아와라. 이 정도는 사 줄 수 있다."

"저, 정말…… 제가 그래도 될까요?"

"그래."

사마여리가 용기 내서 던진 질문에 서문경은 무심한 어조로 말을 이었다.

"딱히 그럴 일이 있을 것 같지는 않지만."

"……?"

사마여리는 서문경이 자리를 떠나며 남긴 말을 알아듣지 못하고 고개를 갸웃했다.

앞으로 등천학관을 떠나기 전까지는 매일매일 끼니를 걱정해야 하는 처지인데 왜 그럴 일이 없을 것 같다는 걸까?

'그래도 다행이다. 좋은 분 같아…….'

사마여리는 손으로 가슴을 쓸어내렸다.

부모님이 돌아가신 이후 주변의 무관심과 냉대, 괴롭힘을 오직 혼자서 견뎌 내야 했다.

그동안 익숙해졌다고 생각했으나 사실 그녀는 차츰차츰 무너져 내리고 있던 중이었다.

그리고 와중. 그녀는 유일하게 자신을 사람답게 대해 주는 사람을 만났다.

"……"

저 멀리, 작아지는 서문경의 뒷모습이 그녀의 가슴속에 한 줄기 빛과도 같이 스며들고 있었다.

꿈틀

사마여리는 아침식사를 마친 뒤 강의동으로 등교했다.

그녀가 막 '기초 병법 (中)' 강의를 듣기 위해 강의실을 찾았을 때.

"⋯⋯?"

사마여리는 강의실 앞 게시판에 사람들이 우글우글 모여 있는 것을 발견했다.

"⋯⋯!"

그녀의 시선은 맨 아래에 있는 대자보에 머물렀다.

〈자퇴서- 신세림: 상기명 본인은 외상 후 공포 장애로 인해 더 이상 학업을 이어 나가기가 어려운 바, 자발적인 의지로 등 천학관 입학을 포기함을 밝히며⋯⋯〉

그것은 심세상단의 무남독녀 외동딸인 신세림이 등천학관을 자퇴하며 붙여 놓은 방이었다.

하지만 그녀는 죽으면서도 혼자 죽지 않았다.

〈……저는 지금껏 수많은 뇌물을 통하여 부정한 청탁을 해 왔던 바, 이로 인한 피해 급우들께 사죄드리고자 합니다. 지금 껏 제가 부정한 청탁을 통해 관계를 맺어 왔던 이들은 황사오 교관, 조대수 교관, 대오도 부교관, 강백구 부교관, 유사하 부교관……〉

그것은 지금껏 신세림에게 부정 청탁을 받고 출석 인정이나 고학점 등 온갖 특혜를 몰아주었던 교관, 부교관들을 고발하는 대자보였다.

생도들은 그 대자보를 보며 수군거리고 있었다.

"세상에. 천하의 등천학관에서 이런 일이 벌어지다니. 믿을 수가 없다."

"청룡관, 현무관, 백호관에서는 상상도 못 할 일이네."

"역시나 떨거지 집합소인 주작관이라고 해야 하나."

"미꾸라지 한 마리가 온 물을 흐려 놓는 법이지."

"아니, 그럼 오늘 수업은 중단되는 거야?"

"당연하지. 기초 병법을 강의할 교관이 대자보에 저격당했는데. 수업에 나타나겠냐?"

아무래도 오늘 강의는 취소될 모양이다.

사마여리는 조용히 뒷걸음질을 쳐 복도에서 벗어났다.

그때, 비상구 계단에 뚫린 창문 너머로 그녀는 익숙한 뒷모습을 발견했다.

"……!"

항상 피하기만 했던 그 뒷모습을 오늘은 뒤따라갔다.

사마여리가 막 일 층에 도착했을 때, 상대방은 등천학관의 남쪽 후문을 나서려 하고 있었다.

"애!"

사마여리가 소리쳤다.

그러자 뒷모습만 보이던 여생도가 발걸음을 멈췄다.

신세림. 그녀가 고개를 돌려 사마여리를 쳐다보고 있었다.

사마여리가 어디서 났는지 저 스스로도 모를 용기로 물었다.

"가, 갑자기 왜 자퇴를 하는 거야? 무슨 일 있었어?"

"……."

자신을 그토록 괴롭히던 악의 축이 이렇게 쉽게 사라질 리가 없다.

그래서 사마여리는 물었다.

이것이 정말 현실인지, 아니면 꿈을 꾸고 있는 것인지를 확인하기 위함이었다.

그리고 신세림의 대답은 이것이 현실이라는 것을 차갑게 방증했다.

"어제 우리 상단에 도둑놈들이 들었어."

"……!"

"엄마 아빠도 납치되어서 죽지 않을 정도로만 두들겨 맞았고."

"……."

"우리 집안은 이걸로 기둥뿌리 다 뽑혔어. 도둑놈들에게 전 재산 다 털리고, 배상해야 할 위약금도 천정부지야."

"……."

"부모님은 맷독이 올라서 거동도 못 해. 정신도 다들 이상해졌어. 아빠는 똥오줌도 못 가리고 맨날 벽에다가 꽃 그림만 그려. 엄마는 한 살배기 아이가 되어 버려서 맨날 엄지손가락만 빨아. 둘 다 이제부터는 내가 보살펴 줘야 해. 나는 그래서 자퇴하는 거야."

대답하고 있는 신세림의 표정은 시종일관 멍했다.

마치 수천만 번씩 달달 외운 것을 암송하는 듯한 표정.

마치 무언가에 세뇌라도 당한 듯한 모습이었다.

"너에게도 미안하게 됐어. 앞으로 평생 속죄하면서 살아갈게. 내가 널 괴롭혔던 것 이상으로 괴로워하면서. 평생에 걸쳐, 고통스럽고, 구질구질하게, 그렇게 벌레처럼 살면서 두 번 다시 네 눈앞에 안 나타날게. 다시 한번 정말 미안해."

"저, 저기? 세림아? 너 왜 그래…… 조금 이상해. 원래 이런 성격 아니었잖아."

"정말 미안해. 정말, 정말 미안해. 정말."

"괜찮은 거야? 너 지금 양쪽 눈의 눈동자가 따로 놀고 있어. 침은 갑자기 왜 흘리는…… 어엇!?"

"미안해미안해미안해미안해미안해미안해미안해미안해미안해미안해……."

별안간, 신세림은 대화를 멈추더니 몸을 마구 떨기 시작했다.

당황한 사마여리가 앞으로 다가가자.

"흐아아아아아아아아아악! 미안해애애애! 살려줘어어어!"

신세림은 오줌을 지리며 도망치기 시작했다.

"……?"

사마여리는 이 상황이 당최 어떻게 돌아가고 있는 것인지 알지 못했다.

다만.

'사과…… 받은 건가?'

뭔가가 해결된 것 같기도, 해결되지 않은 것 같기도 한 혼란스러움에 고개를 갸웃할 뿐이었다.

……하지만.

그녀의 혼란스러움은 여기서 끝이 아니었다.

푸드덕!

강의실로 돌아가려던 사마여리의 어깨에 웬 전서구 한 마리가 내려앉았다.

"어? 이건……."

등천학관의 몇몇 생도들은 한 달에 한 번, 특별한 전서구의 방문을 받는다.

몸에 붉은 깃털이 나 있는 이 전서구의 발에는 붉은 봉인지가 감겨 있는 다소 특별한 편지가 묶여 있다.

그것은 바로 '후원 증서'였다.

등천학관의 생도들은 자신들의 재능을 눈여겨본 후원자들에게 후원금을 받을 수 있었다.

이는 후원자와 생도 사이의 일대일 관계이며 후원자는 자신의 신원을 밝힐 수도, 밝히지 않을 수도 있다.

"누, 누가 나 같은 것한테 후원을? 착각이겠지."

하지만 편지의 겉면에는 분명 '주작관—일 학년 생도—사마여리'라는 글귀가 적혀 있었다.

"……등천학관의 후원 구조는 정말로 엄격해서 지난 수십 년간 단 한 번도 실수가 없었다고 들었는데. 서, 설마 진짜인가?"

사마여리는 쿵쾅거리는 심장을 억지로 내리눌렀다.

'누가 나를 놀리려고 터무니없는 소액을 후원한 것이 아니라면…… 그럼 적어도 내일 밥값을 걱정하지는 않아도 되겠다.'

지금껏 사마여리를 괴롭혀 왔던 가해자들이 모조리 자퇴한 지금, 그녀에게 이런 장난을 칠 사람은 딱히 없었다.

이윽고, 사마여리는 비둘기의 발목에 묶여 있는 후원 증서를 꺼내어 펼쳤다.

그리고 이내.

"……!"

사마여리는 '터무니없는 액수'가 적혀 있지는 않을까 했던 막연한 불안감을 현실로 마주하게 되었다.

⟨*후원금 예탁증서: 은자(銀子) 십만 관(貫)*⟩

후원 증서에는 쌀 이십만 석을 사고도 남는, 어지간한 중견 문파의 일 년 총수입과도 맞먹는 액수가 적혀 있었던 것이다.

야심한 밤.

추이는 관사의 창문을 가만히 바라보고 있었다.

휘이이잉―

차가운 바람 한 줄기가 불어와 등잔의 촛불을 꺼 버렸다.

끼이이이익……

창문을 고정해 두던 나무토막이 빠지자 경첩이 신음을 낸다.

"호호호―"

어느새 바람 소리에 묘한 웃음소리 하나가 섞여 들었다.

견술. 창문을 통해 관사 안으로 들온 그가 추이를 마주 보고 있었다.

추이가 견술을 향해 말했다.

"심세상단. 깔끔하게 잘 정리했더군."

"그럼. 누구 솜씬데."

"다음부터는 저택에서 연락을 기다려라. 직접 찾아오지 말고."

"담장 넘어오기 쉽드만. 그래도 뭐, 앞으로 주의할게."

견술은 쿡쿡 웃으며 추이의 앞에 앉았다.

그러고는 묻지도 않았던 그동안의 썰을 풀어놓았다.

"네 지시대로 전서구를 띄웠어. 장강수로채에."

"어떻게 됐지?"

"어떻게 되긴 뭘 어떻게 돼. 해 사매, 아니 채주가 부하들 이끌고 나서 그 심세상단인지 뭔지를 아주 개박살 내 줬지."

견술은 통쾌하다는 듯 손뼉을 쳤다.

"그 새끼들, 그동안 부정하게 축적해 놓은 재물이 아주 산더미더만? 불법 고리대부업에, 불법 추심에, 불법 땅 투기에, 배임, 횡령, 탈세, 뭐 걸면 걸리는 대로 다 나왔다나 봐."

"그다음은?"

"뻔하지 뭐. 의적이라고 해서 뭐 별게 있나? 그냥 실컷 두들겨 패 주고, 방 붙이고, 그 돈들 싹 다 갖다가 불쌍한 사람들 나눠 주고 그랬대. 죄다."

"관아에서는 별말 없나?"

"이야, 나는 우리 새 채주님이 관졸들 구워삶는 재주가 있는 줄 몰랐네. 오히려 반기더래. 자기들 업무 덜어 준다고."

견술의 말을 들은 추이는 천천히 고개를 끄덕였다.

심세상단은 망했다.

기둥뿌리 하나 남기지 않고 사라졌다.

이로써 사마여리를 괴롭히던 가해자들은 모두 응당한 벌을 받은 셈이다.

견술이 물었다.

"아 근데, 심세상단주 가족들에게 뜯어냈던 몸값은 어디로 부친 거야? 웬 계집애 하나한테 후원했다면서?"

"그럴 만한 일이 있다."

"오호— 뭐야. 네가 키우는 아이인가 보지? 이쁘냐?"

"알 것 없어."

추이는 신쌍섭과 왕소소에게 뜯어냈던 돈의 일부를 사마여리에게 후원했다.

물론 익명으로 말이다.

'적어도 밥을 못 사 먹는 일은 없겠지.'

추이는 사마여리가 안정적으로 등천학관에서 자리 잡을 수 있게 앞으로도 꾸준히, 음지에서 도울 생각이었다.

그것이 결과적으로 보면 홍공의 오른팔을 끊어 놓는 일이기 때문이다.

한편.

바스락—

추이는 품속에서 무언가를 꺼내 들었다.

그것은 추이가 직접 작성한 하나의 명부였다.

명부를 넘겨받은 견술은 그것을 주루룩 훑어보았다.

"흐응— 등천학관의 교관, 부교관, 생도…… 어랍쇼? 등천
학관이 다가 아니네. 소림사, 화산파, 무당파, 종남파, 개
방…… 이 근방 굵직한 문파들의 땡중, 말코, 거지들까
지…… 뭔데 이게?"

"앞으로 네가 죽여야 할 목록."

"……!"

견술이 고개를 들었다.

추이의 표정은 여전히 무심하다.

"못 하겠어?"

"……아."

"그럼 우리 사이는 여기서 끝내지."

"니? 누가 못한대? 그냥 좀…… **빡셀** 것 같아서 말이지.
으으음—"

견술은 명부를 한동안 들여다보던 끝에 다시 한번 물었다.

"근데 여기 적힌 놈들, 왜 죽이려는 건데?"

"알 것 없다."

추이는 이번에도 선을 그었다.

추후 홍공의 끄나풀이 될 것들을 미리 청소해 놓는 것이라고 말해 봤자 설득력이 없기 때문이다.

벅벅벅—

견술은 머리를 긁었다.

"아~ 우리 예쁜이랑 같이 다니기 참 어렵네, 거."

"싫으면 언제든지 그만둬라."

"아냐. 빡세 보이긴 한데, 재밌어 보이기도 해. 뭔가 이유가 있으니까 꼽은 놈들일 거 아냐? 호호호—"

견술의 투정은 반이 엄살이다.

그는 추이를 향해 눈을 찡긋하며 말을 이었다.

"이놈들 다 죽이고 오면 내 실력도 좀 늘어나 있겠지."

"그때까지 살아 있다면 말이야."

"그럼 그때는 너를 죽일 수도 있으려나?"

"그렇게 되기를 기원하지."

"앙— 싸늘해. 우리 예쁜이는 다 나쁜데 그게 제일 나쁘다구~"

견술은 추이의 무미건조한 대답에 심통이 난 듯 자리에서 일어났다.

"그럼 한동안은 또 바쁘겠구만. 명부에 실린 이름 다 지우면 보자고."

"잠깐."

"……?"

추이가 창밖으로 나가려던 견술을 불러 세웠다.

이윽고, 추이의 입술이 움직인다.

"죽……."

순간 견술의 표정이 기대감으로 물들었다.

'죽지 마라' 따위의 말을 기대하는 듯한 눈치였다.

하지만.

"……을 것 같다 싶으면 명부는 소각하고 죽어라."

"됐네요! 확 방을 붙여 버릴까 부다!"

추이의 대답을 들은 견술은 정말로 삐쳐서는 창밖으로 뛰쳐나갔다.

어느 어두운 밤에 벌어진 일이었다.

등천학관의 학장실에서는 때 아닌 절규가 터져 나오고 있었다.

"이, 이건 무효예요오오옷!"

파라척결(爬羅剔抉) 당결하.

그녀는 '경공과 심법 (二)' 수업에서 진행된 쪽지시험 결과를 보고 울상을 짓고 있었다.

저번 달 대비 수강생들의 평균 절대평가 성적은 이십 점이 넘게 향상되었다.

그것은 바로.

⟨경공과 심법⟩
⟨수강생 수: 一⟩
⟨수강자: 사마여리⟩

수업을 듣는 이들이 모종의 사유로 죄다 강의를 포기해 버렸기 때문이다.

그 때문에 수강생은 오직 한 명 사마여리밖에 남지 않게 되었고, 그녀는 주변 상황이 안정적으로 변하자 놀라운 학업 성취도를 보이며 단숨에 성적을 끌어 올렸다.

당결하는 시험 결과를 집어 던지며 외쳤다.

"수강생들이 다 탈주하고 한 명밖에 없잖아요―오! 이러면 평균 점수가 무슨 의미가 있어용!?"

"평균은 평균입니다. 그리고 자퇴자들의 대자보 때문에 본 수업의 수강생들뿐만 아니라 타 수업의 교관, 부교관들까지도 줄줄이 옷을 벗었지요. 이 모두 저와는 무관한 현상입니다."

따지고 보면 맞는 말이다.

추이는 촌지 폭로 사건과는 아무런 관계가 없었으니까.

어디까지나, 표면적으로는 말이다.

"쩝― 그건 그런뎅…… 에효……."

당결하는 아쉽다는 듯 입맛만 쩝쩝 다시고 있었다.

이윽고, 그녀는 포기했다는 듯 의자에 몸을 눕혔다.

"그래. 알겠어용. 내기는 내기니까 이행해야죠. 애초에 내 별호부터가 파라척결인뎅."

파라척결.

숨어 있는 인재를 발굴하여 등용한다는 뜻과 남이 숨기고 있는 비밀스러운 결점을 손톱으로 후벼서 폭로한다는 뜻을 가진 별호이다.

애초에 그런 별호를 가진 위인이 왜 주작관을 저토록 썩어 가게 두었는지는 모르겠으나.

"감사합니다."

추이는 잠자코 혜택을 받기로 했다.

'면책특권자(免責特權者)'.

이것으로 추이는 일 년간 무슨 짓을 저질러도 등천학관에서 짤리지 않는 무적의 부교관이 되었다.

"에궁…… 이거 한 해에 세 명밖에 임명 못 하는 건데…… 아껴두고 아껴 두었던 이 특권을 완전 초짜 신입에게 쓸 줄이야……."

당결하는 한숨을 쉬며 눈물지었다.

바로 그때.

…탁!

추이가 책상 위에 무언가를 올려놓았다.

그것은 황금으로 이루어진 열쇠였다.

당결하가 물었다.

"이게 뭔가용?"

"촌지입니다."

"……?"

당결하의 눈이 가늘어졌다.

"저는 이런 거 싫어하는데용?"

"돈 싫어하십니까?"

"좋죵. 미치도록 좋은데. 부정하게 버는 돈은 싫어용. 도박해서 따는 돈이 제일 조와!"

당결하는 황금열쇠를 쳐다보지도 않았다.

하지만.

"학장님께 드리는 촌지가 아니라 제가 받은 촌지입니다."

"……?"

"이번에 제게 들어온 뇌물 중 출처를 알 수 없는 것이지요. 마차 안에 가득 실린 전부 다 황금입니다."

"……!"

이어지는 추이의 말에 당결하의 눈이 번쩍 뜨인다.

추이는 계속해서 말했다.

"촌지들 중 보석 박힌 단검, 어음이 든 춘화첩, 은덩이가 든 사과 궤짝, 돈다발이 든 옷은 모두 출처를 소상히 밝힌 뒤 태워 버렸지만…… 이 촌지만큼은 출처를 알 수 없어서 어쩌지 못했습니다. 액수가 너무 막대하기도 하고요."

당결하가 침을 꿀꺽 삼킨다.

"그러니까 요약하자면……."

"눈먼 돈이라는 겁니다."

"그래요! 제가 말하고 싶은 게 그거였어용! 근데 그걸 왜 저한테……?"

그러자 추이는 당연한 걸 왜 묻느냐는 듯 대답했다.

"아무도 출처를 모르는 돈이니 직통으로 신고하는 것입니다. 저는 이날 이후로 이 사건을 완전히 잊을 테니 이것은 학장님이 알아서 처분해 주시면 될 것 같습니다."

"……!"

당결하의 눈이 별안간 또랑또랑하게 빛나기 시작했다.

눈먼 돈.

누가 먹든 간에 아무도 뭐라 할 사람이 없는.

안 그래도 도박 자금이 없어서 늘 똥 마려운 강아지처럼 끙끙거리던 그녀이다.

그러던 차에 이런 눈먼 거금이 수중에 들어오니 도박 생각이 안 날 수가 없는 것.

하지만 학장으로서의 그녀의 양심은 차마 그 열쇠를 받을 수 없게 만들었다.

"으구구구구구그그그그가가가구국그기기기긱긱게게게게게계엑게게게게엑……."

당결하는 눈앞에 있는 황금 열쇠를 두고 쪼그라들었다 펴졌다를 반복하며 갈등하기 시작했다.

그리고 이내.

"으아아앙— 그럼 이건 등록금 못 낸 성적 우수 생도들한테 장학금으로 줄래요—오!"

결국 도박사의 야망과 교육자의 양심 중 양심 쪽이 이긴 모양이다.

추이는 천천히 고개를 끄덕였다.

사실 이 황금열쇠를 추이에게 보낸 이는 바로 추이 본인이었다.

'……뇌물은 이런 식으로 먹이는 거지.'

아무도 자금의 출처를 문제 삼지 않는, 실로 깨끗한 형식의 뇌물.

심지어 추이는 학장에게 돈을 먹이면서도 본인의 도덕성과 표상을 잃지 않았다.

그리고 면책특권을 깔끔하게 인정받기까지 했으니 원하는 성과는 모두 얻어 낸 셈이다.

당결하는 그런 추이를 향해 눈을 흘겼다.

"치사해요오— 자기 돈도 아니면서 촌지 먹인 척 거드름이나 피우고."

"송구합니다."

"송구하면 이거나 받아용."

이윽고, 당결하는 추이의 앞으로 무언가를 던져 놓았다.

"?"

추이가 받아 든 것은 '수강신청서'였다.

당결하가 말했다.

"앞으로 계속 그 누구지? 사마여리랬나? 그 생도 한 명만 가르친다는 건 말이 안 되잖아요. 그죠?"

"다른 생도들도 가르치라는 것입니까?"

"이번 뇌물 수수 사건 때문에 교관, 부교관들이 우수수 짤렸잖아용. 그것 때문에 곧 강의가 다 개편될 거여요. 이제 곧 다른 관, 다른 계급의 생도들도 맡으셔야 할 겁니당."

이제는 다른 관, 다른 계급의 생도들에게도 경공을 가르쳐야 하게 생겼다.

"……."

추이는 강의 수강을 희망하는 신청서들을 무표정한 얼굴로 넘겨 보았다.

이윽고, 수십 장의 신청서 중 낯익은 이름 하나가 추이의 눈에 띄었다.

〈청룡관 이 계급 생도- '남궁율'〉

파촉설산에서의 결전 이후로 한동안 잊고 살았던 이름.

팔락- 팔락- 파스락-

몇 장을 더 뒤로 넘기니 다시 한번 낯익은 이름이 등장한다.

〈백호관 일 계급 생도- '호예양'〉

아주 오래된 인연이었다.

경공 시합

'경공과 심법 (二)'.

수많은 생도들이 이 수업에 몰리게 되었다.

한번 개설된 강의 중간에 새로운 수강생들이, 그것도 이처럼 한꺼번에 우르르 들어오게 되는 것은 극히 드문 일이었다.

물론 이 강의가 엄청난 명강의라거나, 혹은 학점이 엄청나게 후하다거나 해서 인기가 많은 것은 아니다.

학과 관 통폐합.

뇌물 수수로 인해 옷을 벗은 교관, 부교관들의 강의가 정상적으로 수업을 하고 있는 다른 교관, 부교관들의 강의와 통합되었기 때문이었다.

신세림, 송우, 태진철, 금희지가 붙이고 간 대자보의 위력은 생각보다 훨씬 더 컸다.

당결하 학장은 옳다구나 싶어서 이참에 대대적인 숙청을 시작했고 그 결과 지금껏 생도들에게 촌지를 받아 왔던 이들, 그리고 그들과 얽혀 있었던 고위층들까지 모조리 잘려 나갔다.

서로 좋게 좋게 가는 관시(關係) 문화의 특성상 당연한 결과였다.

……그리고.

꼬리에 꼬리를 물며 폐강된 수업들 중에는 공교롭게도 경공에 관련된 수업들이 많았고, 그것을 수강하고 있던 생도들은 관과 계급에 구분 없이 하나의 수업으로 몰려들었다.

그것이 바로 '경공과 심법 (二)' 수업.

현재 서문경이 담당하고 있는 강의인 것이다.

"참, 난데없이 이게 뭔 일이냐. 잘 듣고 있던 강의들이 통폐합이라니."

"설마 촌지 문화가 청룡관, 백호관에까지 뻗어 있을 줄은 몰랐는데 말이지."

"유일하게 피해가 없었던 곳이 현무관인가. 거긴 정말 대단하네."

"인간 청죽(靑竹)들만 있는 곳이잖아. 충분히 그럴 만하지."

"역시 오만한 값을 해, 현무관 놈들은."

강의가 시작되기 일각 전부터 생도들은 강의실에 우글우글 모여 있었다.

이번 강의실은 수백 명이 넘게 앉을 수 있는 구십구 층의 초대형 강의실.

창문 밖에는 건너편 관으로 이어지는 거대한 구름다리가 보인다.

이번 수업부터 생도들은 저곳에서 경공 실습을 하게 될 것이다.

한편, 강의실 구석에는 한 떼의 생도들이 모여 있었다.

"율아. 여기 좀 시끄럽지 않니? 어휴, 어수선해."

"그러게 이게 무슨 일이야. 저런 어중이떠중이들이랑 같이 수업을 들어야 한다니."

"현무관, 백호관이야 뭐 백번 양보해서 그렇다고 쳐. 주작관은 대체 뭐야?"

"뭐 좋지. 밑바닥 깔아 줄 애들이 있다면야."

청룡관에서도 유독 영향력이 센 생도들이 한 곳에 몰려 있다.

그들은 모두 한 곳만을 바라보고 있는 중이었다.

그리고 여기 청룡관의 최상위 정점에 앉아서 다른 생도들을 무심하게 바라보는 여생도 한 명이 있었다.

"……."

백설처럼 흰 피부와 일자로 곧게 뻗은 눈썹.

선명한 도화빛이 감도는 입술.

보는 이로 하여금 절로 경탄이 나오게 만들 정도의 미모였다.

시선에서부터 우아한 기품과 차가운 성정이 느껴지는 그녀를 다른 생도들은 동경하면서도 어려워한다.

검화(劍花) 남궁율.

"……."

그녀는 아까부터 입을 다문 채 아무런 말도 하지 않고 있었다.

다른 사람이 이렇게 했다가는 냉담하거나 불친절하다는 듯한 인상을 주겠지만, 남궁율의 미모는 이질적일 정도로 아름다웠기에 아무도 그런 종류의 불쾌감을 느끼지 않고 있었다.

요컨대. 말을 걸었는데 대답을 듣지 못해도 화가 전혀 안 나고 그것이 오히려 당연스럽게 느껴지는, 그저 먼발치에서 바라만 봐도 좋을 정도의 미모와 기품인 것이다.

"율 소저는 오늘도 예쁘시다 진짜……."

"어떻게 멍하니 있는 것도 저렇게 우아할까……."

"오늘은 꼭 말 한번 걸어 봐야지."

"관둬 인마, 쟤 옆에 다가가기도 전에 시녀 군단한테 막힐 거다."

"가만 보면 남자보다 여자들한테 인기가 더 많은 것 같아."

여자고 남자고 가릴 것 없이 그녀를 동경하고 추앙한다.

관과 계급, 교관과 생도에 상관없이 모두가 그녀와 가까워지고 싶어 했다.

미모와 힘, 지식, 남궁세가라는 압도적인 배경까지, 모든 걸 다 가지고 있는 완벽한 우상이니 충분히 그럴 만했다.

……하지만. 모든 이들의 시선을 한 몸에 받고 있는 남궁율 본인은 정작 이 모든 것들에 관심이 없었다.

원래도 관심이 없긴 했지만 이번 방학 동안 현장 체험 학습을 길게 다녀온 탓이 컸다.

이 모든 것은 그 과정에서 만났던 단 한 사람 때문이었다.

'……답답해.'

남궁율은 작게 한숨 쉬었다.

이 드넓은 등천학관이 너무나도 작게 느껴진다.

'그 사람'과 누볐던 무림천하(武林天下), 강호비경(江湖祕境)들을 떠올리면 이곳은 좁아 터진 닭장이나 다름없었다.

이곳에서 수없이 꽥꽥대는 닭, 병아리들과 비교하면 남궁율이 떠올리고 있는 그는 한 마리의 고아한 학, 아니 봉황이었다.

'교주고슬(膠柱鼓瑟)의 뜻을 아느냐?'

'비슷한 정신머리를 가진 것들끼리 오래 엮이다 보면 정신적인 유전병이 생긴다.'

'사귀고 배움을 꼭 정도 안에서만 한정 짓지 말라는 것이다. 외부의 젊은 피가 쓸 만해 보인다면 얼마든지 수혈해 올 수 있어야 해. 그래야만 격변하는 무림의 파도에서 살아남을 수 있다.'

'무림은 바다와도 같다. 잔잔할 때는 더없이 잔잔하여 낚싯대를 드리우고 술 한잔 걸치기 좋지만…… 한번 폭풍우가 불면 하늘과 바다가 뒤섞일 정도로 무섭게 격동하지.'

머릿속에 절로 남궁천의 말이 떠오른다.

'……이제 할아버님이 하셨던 말씀의 뜻을 이해하겠어.'

남궁율은 이미 등천학관에서 배울 것들을 모두 배웠다.

아니, 어쩌면 입학할 당시부터 이미 이곳에서 배울 것은 없었다.

그녀의 무재(武才)는 이미 어지간한 교관, 부교관들을 뛰어넘는 단계였고 익히고 있는 가문의 비전들만 따져도 능히 홀로 강호행에 나설 수 있는 수준이었다.

'자퇴하고 본가로 돌아갈까? 그리고 바로 그분을 따라서 강호로…….'

마음 같아서는 당장이라도 그렇게 하고 싶다.

하늘을 훨훨 날아서 그의 뒤를 쫓아가고 싶었다.

하지만 아직 그럴 수는 없었다.

그렇게 하기에는 현실의 자잘한 굴레들이 그녀를 속박하고 있었으니까.

그 자잘한 속박이란…….

"남궁 소저. 혹시 이번 '검림회(劍林會)'에 출석하시는지?"

저 옆에 이름 모를 남생도가 물어보는 이런 질문 따위의 것들이었다.

"……."

남궁율은 귀찮음을 내색하지 않고 고개를 끄덕였다.

그러자 남생도는 밝은 표정으로 안도의 한숨을 내쉬었다.

"하하— 다행이오. 결국 이 모용 모의 간절한 부탁을 들어주시는구려. 고맙소. 나의 체면을 배려해 준 점에 다시 한번 감사를 표하오. 그럼 회의 때 봅시다!"

저 모용 모라는 사람이 누군지도 모르겠으나 남궁율은 일단 고개를 끄덕였다.

검림(劍林).

그것은 남궁율이 속해 있는 동아리의 이름이었다.

하지만 말이 동아리일 뿐.

검림은 소속되어 있는 생도들의 수가 자그마치 수백 명에 이르는 초거대 생도 연합인지라 교관들도 감히 함부로 대하지 못했다.

청룡관, 현무관, 백호관의 생도들이 교류를 위해 만든 연합 동아리이기에 당연히 구성원은 주로 청룡관, 현무관, 백호관의 생도들이다.

이들 전원은 검(劍)을 애병으로 여기고 그 깊이를 논하는 것을 주 활동으로 삼고 있었다.

남궁율은 일 계급 생도였을 때부터 이 검림의 차기 수장으로 손꼽혔던 유력한 후보자였고, 그 때문에 처리해야 할 업무들이 상당히 많았다.

등천학관의 검림을 이끈다는 것은 생도로써 굉장한 명예이기 때문에 예전의 남궁율은 제법 이 일에 심도 깊게 몰두하곤 했으나.

'이제는 다 부질없고 귀찮게 느껴져. '진짜'들은 학관 바깥에 있는걸?'

저번의 강호행에서 많은 것들을 피부로 직접 느껴 봤던 남궁율은 학관 내의 모든 일들에 권태와 싫증을 느끼고 있었다.

바로 그때.

웅성웅성—

강의실 내의 분위기가 살짝 변했다.

"……?"

모든 것들에 권태감을 느끼고 있던 남궁율조차도 그 변화에는 살짝 반응했다.

생도들의 시선이 다른 쪽을 향해 집중되고 있었다.

저벅— 저벅— 저벅—

일 계급의 여생도 하나가 강의실 안으로 들어온다.

그녀 역시도 남궁율에 필적할 정도로 많은 수의 생도들을 이끌고 있었다.

흑비단 같은 머릿결과 백옥처럼 흰 피부.

반달 모양의 짙은 눈썹과 먼지가 쌓일 정도로 긴 속눈썹.

호기심과 생기로 반짝이는 눈동자에서 마치 강아지와 같은 친근함이 느껴지는.

백호관의 일 계급 생도 호예양.

그녀가 남궁율의 반대편에 자리를 잡고 있었다.

"……."

남궁율은 잠시 호예양을 바라보았다.

옆에 시녀처럼 앉아 있던 여생도 하나가 남궁율의 귓가에 대고 속삭인다.

"쟤가 걔야. 백호관의 천재."

"……아."

남궁율 역시도 익히 소문을 들어 안다.

계급의 구분 따위는 개나 줘 버린 채 오로지 실력만으로 부딪치는 백호관의 악바리들.

그중에서도 유독 뛰어난 자질을 선보이며 선두를 달리는 후배가 있다고 했다.

'기운 넘치는 팔팔한 후배'.

'선배들까지 밟아 가면서 치고 오르는 승부사'.

'뒷배도 없는 주제에 재능 하나는 천부적인 독종'.

호예양에 대한 소문들은 무수했다.

하지만 그것들 중 가장 최근의 소문은 바로 이것이었다.

'도화(刀花) 호예양', 그리고 '도산(刀山)의 유력한 차기 수장'.

남궁율의 별호인 '검화(劍花)'와 대치되는 별호인 '도화(刀花)'.

호사가들이 어떤 그림을 그리기 위해서 호예양의 별호를 그렇게 지었는지 남궁율은 빤히 알고 있었다.

'아마 검림을 견제하려는 도산의 의도겠지.'

도산(刀山)은 검림(劍林)과 마찬가지로 호예양이 속해 있는 거대 동아리의 이름이다.

약간 다른 점이 있다면, 도산의 구성원들은 전원이 도(刀)를 애병으로 여기고 그 깊이를 논하는 것을 주 활동으로 삼고 있다는 점.

그리고 검림의 수장이 대대로 청룡관에서 배출되어 왔던 것처럼, 도산의 수장은 대대로 백호관에서 배출되어 왔다는 점이다.

검림의 검화 남궁율과 도산의 도화 호예양.

그 둘이 같은 공간에 자리잡자 장내의 분위기가 묘하게 양분되기 시작했다.

검화 남궁율은 주변의 분위기를 차갑고 정숙하게 가라앉힌다.

도화 호예양은 주변의 분위기를 활기차고 생기 넘치게 띄

운다.

검화 남궁율은 아름다움은 객관적인 것이며 특정한 신체적 조건으로 정의 내릴 수 있다.

도화 호예양의 아름다움은 주관적인 것이며 특정한 신체적 조건으로 정의 내릴 수 없다.

말하자면. 남궁율은 주변인들로부터 절로 경외감을 일으키고, 호예양은 주변인들로 하여금 절로 말을 걸어 호감을 표하도록 만든다.

둘은 재능이 뛰어나고 용모가 아름답다는 점에서 서로 닮았으나 가지고 있는 매력은 서로 극명하게 대치되는 것이었다.

그리고 지금.

서로 다른 두 우상을 중심으로 집결하고 있는 양쪽 세력 간에 작은 신경전이 발발했다.

그 옛날 오(吳)와 초(楚)의 거대한 전쟁이 국경선 뽕나무를 두고 싸운 양가의 하녀들로부터 비롯되었듯, 이 두 집단 간의 싸움 역시도 너무나도 사소하고 유치하게 시작되는 것이다.

"뭐, 도산이 검림 많이 쫓아오기는 했는데. 그래도 경공은 검림이 아직 많이 위에 있지?"

"뭔 헛소리가 들려? 도산이 무슨 검림을 쫓아가? 검림이 도산을 거의 다 따라온 거지. 경공은 뭐 당연히 도산이 위고."

어디에나 자기 집단에 과몰입을 하는 광신도들은 있는 법.

강의실 중간, 최전선에 앉아 있던 극성 동아리원들이 서로 맞붙었다.

"뭐라는 거야. 저 느려 터진 도산 놈들이."

"검림 놈들이 경공 얘기가 나왔을 때 낄 수가 있나? 세상 많이 좋아졌군."

"오, 혓바닥 하나는 천하무적이야 역시. 진짜로 붙어 볼 용기도 없는 것들이."

"남말하고 앉아 있군그래. 어디 한번 진짜로 떠 볼까?"

"밖으로 나와 너."

"나오라면 못 나올 줄 알고 그러는 것 같은데, 너 사람 잘못 골랐다."

도산의 남생도 하나와 검림의 여생도 하나가 씩씩거리며 자리에서 일어났다.

그것은 이내 도산과 검림, 양 집단 간의 자존심 싸움으로 번졌다.

강의실 안의 분위기가 순식간에 과열되었다.

정리를 위해서는 생도들 중 영향력이 있는 인물들이 직접 나서서 이 소란을 진정시킬 수밖에 없었다.

별수 없이, 검림 쪽에서 남궁율이 나섰다.

"그만들 해."

그 말에 검림 쪽 극성들의 기세가 한풀 잠잠해졌다.

"그래요. 이쯤 합시다. 더 했다가는 큰일 나겠습니다."

도산 측에서는 호예양이 나섰다.

그 말에 도산 쪽 극성들의 기세도 한풀 잠잠해졌다.

하지만.

그것은 자기 측에게만 유순해진 것일 뿐, 상대측을 향한 반감은 여전하다.

맨 처음 도화선에 불을 붙였던 도산 쪽의 한 생도가 남궁율을 향해 말했다.

"경공으로는 검림 쪽이 밀린다는 것을 인정하시면 그만하겠습니다."

"저 미친놈이! 야! 덜떨어진 도산 놈들 주제에 뭔 자꾸 개소리야!"

검림 쪽의 생도가 발끈하여 대신 대답했다.

그 말에 또다시 분위기가 험악해졌다.

바로 그때.

끼이이이익—

강의실 앞문이 열렸다.

'경공과 심법 (二)' 강의를 담당하는 부교관이 모습을 드러냈다.

서문경.

작은 키에 화상 자국으로 일그러진 얼굴.

그의 등장에 생도들이 일순간 잠잠해졌다.

"……."

"……."

"……."

서문경을 바라보는 생도들의 시선은 그다지 곱지 않았다.

체구가 왜소하고 얼굴이 흉측하게 생겼기 때문도 있지만, 사실 그것이 다는 아니다.

여색만 밝히는 촌구석 파락호 출신.

돈으로 등천학관의 부교관직을 샀다는 소문이 벌써 여기 저기 퍼진 탓이었다.

하지만 그러거나 말거나, 서문경은 담담한 태도로 걸어가 교단 앞에 섰다.

그러고는 백묵을 들어 칠판에 오늘의 강의 주제를 적어 놓 았다.

경공의 기본.

그러자 생도들 몇몇이 픽픽 웃으며 속삭였다.

'촌뜨기 왈패가 뭘 안다고.'

'그래. 기본기 아니면 가르칠 밑천이 없겠지.'

'뭘 알아야 가르치지. 심화 과정을 감히 다룰 깜냥도 안 될 테니까.'

'솔직히 시간이 아까운데 이거. 휴— 통폐합 아니면 주작관

의 강의는 들을 일도 없는데.'

서문경이 판서를 하고 있음에도 아무도 필기할 준비를 하지 않는다.

생도들이 그에게 기대하는 바가 아무것도 없다는 것을 뜻했다.

이윽고, 서문경이 입을 열었다.

"오늘 수업은 실습 형식으로 진행된다. 수강생들은 두 명씩 짝지어 경공 실습을 하고, 그 이후에 문제점들을 분석할 것이다."

그 말에 몇몇 생도들이 대놓고 비웃음을 지었다.

'직접 시범을 보여 주긴 창피한가 보지?'

'그렇겠지. 생도 수준이랑 비교해서 별로 나을 게 없을 테니까.'

'어쩌면 상급 생도보다도 못할 수도 있겠는데.'

'우리가 시범을 보여 주면 뭐, 문제점을 분석할 안목은 있고?'

생도들의 생각이 어떻든 간에, 조를 짜는 제비뽑기는 절차대로 진행되었다.

각 관의 생도들은 숫자가 적힌 제비를 뽑았고 같은 숫자를 뽑은 이들은 창밖의 밧줄 다리 위에서 경공술 대결을 하게 된다.

그 이후 서문경이 승자에게는 아쉬웠던 점을, 패자에게는 패배의 원인을 분석해 주는 것이 실습의 주 골자였다.

이윽고 같은 숫자를 뽑은 서로 다른 관의 생도들이 서로를 마주하게 되었다.

공교롭게도.

"……또 만났네요."

"그러게 말입니다, 선배님."

첫 번째 주자는 청룡관의 남궁율과 백호관의 호예양이었다.

도산검림(刀山劍林)에서의 용호상박(龍虎相搏).

검화와 도화가 이렇게 곧바로 맞붙게 되자 생도들의 관심은 온통 그리로 몰렸다.

아무도 서문경 따위를 안중에 두고 있지 않은 상황 속에서.

"가벼운 마음으로 하죠."

"네. 너무 무겁지 않게 생각하도록 하겠습니다."

남궁율과 호예양은 서로를 향한 은근한 호승심을 드러내고 있었다.

청룡관. 검림 소속의 임서기(삼 계급 생도) 묘용모요(慕容矛要).

그는 준수한 외모와 유려한 화술을 지닌 화화공자(花花公子)

답게 등천학관 내의 모든 미녀들에 대한 지식을 탐재하고 있었다.

"오호통재라……."

모용모요는 부채로 얼굴을 가린 채 탄식했다.

"오합지졸들의 다툼이 결국 두 꽃들의 싸움으로 번졌으니 이 어찌 그 옛날 춘추전국시대의 일을 논하지 않을 수 있으랴? 오나라와 초나라의 국경 지대에 뽕나무 밭이 있었다. 누에를 치는 아낙들이 이 뽕나무 밭의 뽕잎을 두고 머리채를 쥐어뜯으며 싸웠는데, 이는 결국 오왕 합려와 초소왕 진의 전쟁으로 번졌도다. 수많은 영웅들이 죽어 나간 후에도 주인은 끝끝내 정해지지 않았고, 결국 뽕나무밭은 푸른 창해로 변해 버렸나니. 지금 우리가 먼 옛날을 바라보며 탄식하듯, 언젠가는 먼 미래의 누군가가 우리를 바라보며 탄식할 것이라. 이 얼마나……."

"어이, 모용씨. 입 다물고 관전이나 해."

옆에 있던 생도들이 핀잔을 주자 모용모요는 잠시 입을 다물었다.

그러는 동안, 남궁율과 호예양은 밧줄로 이루어진 긴 다리 앞에 섰다.

등천학관 강의동의 외형은 다소 특이하게 되어 있다.

동서남북의 방위에 뿌리내린 채 하늘 끝까지 닿을 듯 자라난 네 그루의 신목.

그 신목들의 기둥 사이와 나뭇가지들 위에 건축자재들을 올려 축조한 건물이 바로 이 강의동이다.

따라서 네 그루의 신목들과 그것들의 나뭇가지들 사이에는 수많은 다리들이 거미줄처럼 정교하게 연결되어 있었는데, 여기의 이 밧줄 다리 역시도 그러한 구조물들 중 하나였다.

하지만. 아무리 정교하게 건설되었다고 해도 위험한 것은 위험한 것이다.

휘이이이이잉—

구십구 층이나 되는 높이다 보니 바람 한 번만 불어도 나뭇가지들이 미묘하게 움직이며 밧줄이 흔들린다.

경공을 수련하기에 딱인 환경이긴 하지만 까딱 잘못했다가는 아주 위험한 상황이 벌어질 수 있는 것이다.

"너무 무리하지 말아요."

"예, 선배님. 배려해 주셔서 감사합니다."

검림의 대표 남궁율과 도산의 대표 호예양은 서로를 향해 호승심을 피워 올리고 있었다.

'범행기(梵行期)에 기운 넘치는 후배가 있다고 했는데, 어느 정도인지 한번 봐야겠군.'

'저분이 가주기(家住期)에서 제일 유명한 남궁율 선배신가. 나와 나이 차이도 얼마 나지 않아 보이는데 대단하다. 이번 기회에 꼭 보고 배우리라.'

둘 다 서로에 대한 악감정은 없다.

다만 옅은 호기심과 약간의 호승심만이 존재할 뿐.

단지 교양 수업의 실습이기는 했지만, 어찌 되었든 간에 몸담고 있는 조직의 명예를 짊어지게 되었으니 쉽게 질 수는 없다.

그러니 어서 빨리 이겨 버리고 나서 이 성가신 분쟁을 끝내 버리는 것이 가장 효율적인 방법이었다.

그때, 남궁율이 서문경을 돌아보며 말했다.

"제비뽑기 결과라고 해도 후배랑 뛰면서 같은 조건으로 뛰는 것은 마음이 조금 불편합니다. 혹시 제가 다섯 보를 양보해도 괜찮을까요?"

"마음대로 해라."

서문경은 시큰둥한 어조로 대답했다.

"기꺼이 양보받겠습니다. 지도 편달 부탁드립니다."

호예양은 고개를 숙여 보이며 흠 없는 예를 표했다.

'예의가 바른데? 아깝다. 검림으로 왔으면 내가 많이 예뻐했을 텐데.'

'소문과는 달리 상냥하신 분 같아. 아쉽다. 도산에 계셨다면 가까워질 수 있는 기회가 더 많았을지도.'

앙숙 사이인 도산과 검림과는 달리, 정작 둘은 서로에 대한 인상이 나쁘지 않았다.

이윽고. 남궁율과 호예양은 밧줄 다리 앞에 섰다.

밧줄 다리의 길이는 약 삼십 장(丈).

아래는 흘러가는 구름과 안개 때문에 마치 물결이 넘실거리는 것 같다.

두 여자는 실습의 규칙을 떠올렸다.

"건너편을 찍고 다시 여기로 돌아오면 끝. 먼저 도착하는 사람이 승자. 추가된 규칙은 제가 다섯 걸음 뒤에서 출발하는 것. 맞죠?"

"네 선배님. 맞습니다. 건너편을 찍을 때 손가락 자국을 남겨야 하니 인주를 바르셔야 할 것 같습니다."

남궁율과 호예양은 손가락 끝에 인주를 찍은 채로 밧줄 다리 앞에 섰다.

남궁율은 시작점에, 호예양은 다섯 걸음 앞에 섰고, 도산과 검림의 극성 지지자들도 모두 다 이것이 공정하다고 판단했다.

"시작."

서문경이 무미건조한 목소리로 입을 열었다.

동시에.

퍼—펑!

남궁율과 호예양이 엄청난 속도로 달려 나가기 시작했다.

휘이이이이이잉—

바람이 엄청난 기세로 불어온다.

호예양은 앞으로 쏘아져 나가며 생각했다.

'뭐지?'

이상하다.

다섯 걸음을 양보받기는 했지만 남궁율과의 격차는 좁혀
지지 않았다.

그녀는 전혀 치고 나올 기미를 보이지 않고 있는 것이다.

'왜일까?'

옆을 흘끗 돌아봐도 남궁율은 보이지 않는다.

분명 치고 나올 실력이 될 텐데도 말이다.

'⋯⋯!'

순간, 뒤를 돌아본 호예양은 흠칫했다.

남궁율은 어느새 호예양의 등 뒤에 바짝 붙어 있었다.

호예양은 그제야 깨달았다.

'내 뒤에서 바람을 피하고 있었구나!'

남궁율은 다섯 걸음을 양보한 뒤 굳이 그것을 따라잡지 않
았다.

그리고 앞서 달리는 호예양이 바람의 저항을 받는 동안 그
뒤에 숨어서 힘과 내공을 아꼈다.

아마 결승점에 도착하기 바로 직전에 모든 힘을 폭발시킬
계획이리라.

말하자면, 호예양을 방패막이로 쓰고 있는 셈.

'불리함조차도 자신의 무기로 재활용하다니, 과연 이것이
상급생의 노련함인가. 하지만 쉽게는 안 됩니다!'

호예양은 몸을 틀었다.

그녀는 위로 펄쩍 뛰어오르며 다리 양쪽 옆의 밧줄 매듭들을 밟았고 이내 사선으로 쏘아져 나가기 시작했다.

'눈치챘나.'

남궁율은 호예양이 앞길을 터 주는 즉시 직선으로 치고 나갔다.

두 여자는 각자 다리의 양옆에서 빛살 같은 속도로 뻗어 나가며 중간 지점을 향하고 있었다.

이윽고, 건너편의 벽이 보인다.

…팍!

호예양이 먼저 움직였다.

그녀는 깔끔한 동작으로 속도를 줄였고 손가락으로 창틀을 짚어 손가락 자국을 남겼다.

그리고 곧장 뒤돌아 뛰려는 순간.

퍼-엉!

남궁율이 엄청난 속도로 호예양의 앞을 지나갔다.

남궁율은 중간 지점인 벽에 손을 대는 즉시 허공에서 공중제비를 돌았고 그대로 두 발을 뻗어 벽을 박찼던 것이다.

마치 수영을 할 때 회전 방향을 바꾸는 듯한 움직임이 허공에서 펼쳐진다.

그것을 지켜보던 모든 이들이 입을 벌리고 경탄해 마지않았다.

"저런 식으로 방향을 뒤집다니, 저건 진짜 인외의 경지다!"

"남궁 소저는 이미 생도급을 초월하셨어! 저런 건 경공 교관들도 못 한다고!"

"어쩜 경공술을 펼치는 모습조차도 저리 아름다우실까."

"방금 우리 언니 박력 봤어? 나 심장이 터질 것 같애……."

"정신 차려 이것아. 남궁 소저가 왜 니 언니야. 너보다 어린데."

"몰라, 멋있으면 언니야……."

중간 지점을 돌 때 거리가 확 벌어졌다.

남궁율은 호예양에게 양보했던 다섯 걸음을 일순간에 몰수했고 그대로 쭉쭉 뻗어 나갔다.

'……허무하네.'

독주하던 남궁율은 문득 생각했다.

방금 전, 그녀가 중간 지점을 돌 때 사용했던 경공 수법은 사실 '그 사람'의 동작을 흉내 낸 것이었다.

눈보라 몰아치는 파촉설산.

살수들의 수장이자 강시들의 주인이었던 시귀(尸鬼) 북궁설.

그런 무시무시한 마두에게서 한 발자국도 물러서지 않고 싸우던 남자.

그의 뒷모습을 조금이라도 닮고 싶어서, 그의 발자취를 조금이라도 따라가고 싶어서.

남궁율은 그런 소망을 담은 간절한 한 발자국, 한 발자국을 내딛고 있었다.

그러니까. 마음 같아서는 지금 달리고 있는 이 발걸음이 그 사람에게로 향해 닿기를 바라고 있는 것이다.

……바로 그때.

휘오오오오오오!

상념에 잠겨 있던 남궁율은 순간 자신의 목덜미에 돋아나는 미약한 소름을 느꼈다.

"……!?"

등 뒤, 가까운 곳에 호예양이 있었다.

그녀는 앞서 달리고 있던 남궁율을 방패로 삼아 바람의 저항을 줄인다.

'내 수법을 그대로?'

하지만 그것이 다가 아니었다.

…퍼엉!

다리 위의 널빤지를 디디는 호예양의 발걸음은 남궁율에게도 익숙한 것이었다.

'저건 추 소협의 보법이잖아!?'

남궁율은 속으로 경악했다.

지금 저 추격자가 선보이고 있는 보법은 분명 그 사람의 것이었다.

호예양, 저 후배가 어찌 그것을 흉내 내고 있단 말인가?

'서, 설마 그새 나의 보법을 보고 배운 것인가? 만약 그렇다면 정말로 무서운 재능이야.'

남궁율은 식은땀을 흘리며 발걸음에 박차를 가했다.

하지만, 호예양은 조금 다른 생각을 하고 있었다.

'……남궁 선배의 걸음이 예전 복덩이 씨의 걸음과 묘하게 비슷해.'

그녀는 예전에 추이의 경공술을 두 번이나 견식했던 적이 있었다.

비가 억수같이 쏟아지던 밤, 저잣거리의 만두집 골목에서 창졸간에나마 한 번.

남궁세가에서의 삽혈맹세, 남궁팽생의 죽음과 남궁천의 출수 당시에 두 번.

그때의 기억은 호예양에게 강렬한 영감을 남겨 주었다.

무의식 속에 싹트고 있던 그 불씨는 바로 지금, 추이의 보법을 재현하는 남궁율의 뒷모습과 합쳐져 뜨거운 싹을 틔우고 있는 것이다.

'한 번 본 것을 따라 할 수 있을 정도로 천재는 아니지만, 세 번 본 것은 충분히 따라 할 수 있어!'

그동안 부단히 노력했던 결과에 선배 남궁율의 뒷모습이 큰 촉매가 되어 더해졌다.

호예양의 발이 점점 더 빨라진다.

유령처럼 나아가는 남궁율과 그런 남궁율을 보며 거리를 좁혀 가는 호예양.

그 둘의 승부는 지켜보는 모든 이들의 손에 땀을 쥐게 만들 정도로 엄청난 것이었다.

바로 그때. 이변이 일어났다.

후-우우우우웅!

불어오던 바람이 변했다.

후두두두두두두두둑!

별안간 굵은 빗방울들이 바람에 섞여서 날아들고 있었다.

예고도 없이 떨어지는 소낙비였다.

"……!"

"……!"

달리고 있던 두 여자의 얼굴에 낭패감이 어렸다.

이미 가속도가 붙은 상황인지라 쉽게 멈출 수가 없다.

또한 멈췄다가는 승부에서 지게 될 테니 그것 또한 눈치가 보이는 일.

터-엉!

물에 젖은 밧줄이 평소와는 다른 각도로 튕겼다.

필연적이게도, 두 여자는 거의 동시에 미끄러졌다.

"앗!?"

"헉!?"

남궁율과 호예양은 밧줄 다리에서 미끄러지는 동시에 아래를 향해 허우적거린다.

지켜보던 생도들이 깜짝 놀라서 뛰쳐나왔지만 애초에 그들의 손이 닿을 거리가 아니었다.

"꺄아아아아아악!?"

군중들 사이에서 비명 소리가 터져 나왔다.

방금 전까지 잘 달리고 있던 두 여인이 소낙비 떨어지는 안개의 바다 아래로 모습을 감춰 버렸으니 당연한 반응이었다.

"세, 세상에! 이 무슨 참변인가! 부디 아래에 그물이 있기를…… 있었던가? 있었겠지? 아아! 제발!"

모용모요가 흙빛이 된 얼굴로 방방 뛰었다.

주변의 모든 이들이 다 비슷한 반응이었다.

……바로 그 순간.

쿠−오오오오오오!

모든 이들은 목격했다.

두 여자를 삼켜 버린 안개의 바다가 별안간 소용돌이를 그리며 응집해 드는 것을.

그리고 이내.

퍼−엉!

주변에 있던 구름과 안개들이 모조리 한곳으로 모여들며 마치 한 마리 용과도 같은 형상을 이루었다.

그것은 다리 아래에서 곧장 솟구쳐 오르는가 싶더니 갑자기 방향을 바꾸어 군중들이 모여 있는 창가를 향해 쏘아져 왔다.

그리고.

군중들은 보았다.

"……!"

떨어져 내리는 빗방울들이 일순간 허공에 모두 멈췄다.

그리고 소용돌이치던 안개들이 강렬한 충격파와 함께 사방팔방으로 터져 나갔다.

여기에 창틀을 딛는 발자국이 하나.

…탁!

소용돌이를 터트리고 주변의 모든 빗방울들을 날려 버린 것은 한 명의 남자였다.

"……?"

"……?"

남궁율과 호예양. 온몸이 홀딱 젖어 버린 두 여자는 자신의 허리를 강하게 붙잡고 있는 억센 손아귀에 당황했다.

방금 전까지 다리 밑으로 맹렬하게 떨어지고 있다가 졸지에 누군가의 손에 잡힌 채 낚여 올라와 있으니 그럴 만도 하다.

"……청룡관의 남궁율. 백호관의 호예양."

하지만 그러거나 말거나, 다리 밑에서 남궁율과 호예양을 건져 올라온 남자의 목소리는 탁하고 신경질적이다.

어느새 창틀 저 아래로 내려갔었던 것일까?

"너희들은 평가등급 '가(可)'다."

그곳에는 무표정한 얼굴의 서문경 부교관이 서 있었다.

⚶

두 여자가 밧줄 다리 아래로 곤두박질치려는 순간.

'쯧.'

추이는 속으로 혀를 한 번 찼다.

애초에 햇병아리들에게 능숙한 날갯짓을 기대하는 것이 잘못된 것이다만, 그래도 이것은 너무 기대 이하였다.

한편, 옆에서는 생도들이 난리법석을 피우고 있다.

"으아아아− 어떡해! 큰일이야! 대참사라고!"

"빠, 빨리 다른 교관님을 모셔 와!"

"어떻게 해! 나 못 보겠어……."

하지만 추이는 태연하게 말할 뿐이다.

"이거나 갖고 있어라."

추이는 겉옷을 벗어 옆에 있던 생도 하나에게 던져 주었다.

모용모요라는 이름이 적힌 명찰을 한 삼 계급 생도는 추이의 겉옷을 받아 들고는 황당하다는 듯 펄펄 뛰기 시작했다.

"이봐! 다, 당신이 하라고 한 실습이잖아! 이, 이, 이 대형 사고를 대, 대체 어떻게 수습할 거야!"

"수습할 수 있다."

"당신이 무슨 수로! 기껏해야 기초 경공술이나 가르칠 수 있는 당신이 어떻게 이 사고를……!"

하지만 모용모요는 말을 끝까지 이을 수 없었다.

퍼—펑!

겉옷을 벗은 추이가 별안간 엄청난 속도로 쏘아져 나갔기 때문이다.

"수…… 습…… 억!?"

모용모요는 일순간 입에 바람이 가득 차는 바람에 두 눈을 질끈 감아야 했다.

"할 수 있겠냐고…… 요잉?"

그가 눈을 떴을 때 추이는 벌써 그 자리에서 사라져 있었다.

키이이이이이이잉—

추이는 빠른 속도로 하강했다.

이윽고, 구름과 안개 저 너머로 남궁율과 호예양이 보인다.

그녀들은 중심을 잡기 어려워하는 듯 보였다.

뭐 내버려둬도 알아서 어딘가에 착지하겠지만 자칫하면 큰 부상을 입을 위험이 있었다.

…탁!

추이는 허공을 밟고 뛰어나갔다.

애초부터 경공의 경지는 여타 다른 무공의 경지보다 한 단계 이상 높았던 추이다.

현재 절정의 끝자락에 이르러 있는 추이의 내공은 초절정의 정점을 찍은 경공술과 맞물려 입이 딱 벌어지는 결과를 내놓았다.

화악!

추이는 머리부터 떨어지고 있는 두 여자에게 다가가 허리를 감았다.

그리고 몸을 빙글 돌려 대기 중에 와류를 만들어 냈고 그대로 두 여자를 바른 자세로 돌려 버렸다.

그 뒤는 여타 평범한 보법을 밟을 따름이었다.

그 속도가 육안으로 관측하기 어려운 수준이었을 뿐.

척!

추이는 남궁율과 호예양을 붙잡은 채 창틀을 밟았다.

"……."

"……."

"……."

그 광경을 지켜보고 있던 생도들은 관과 학년에 관계없이 다들 멍한 표정으로 입을 벌리고 있을 뿐이다.

"……신선(神仙)?"

삼 계급 생도 모용모요가 무의식적으로 한 혼잣말이었다.

이윽고, 추이가 말했다.

"청룡관의 남궁율. 백호관의 호예양. 너희들은 평가등급 '가(可)'다."

평가 끝. 할 말은 다 했다.

추이는 옆구리에 끼고 있었던 여자 둘을 바닥에 내버렸다.

철푸덕―

빗물에 홀딱 젖은 남궁율과 호예양이 바닥에 쓰러졌다.

멍한 표정을 짓고 있는 둘의 시선이 추이를 향한다.

추이는 서문경의 신분으로 그들의 시선을 받았다.

남궁율.

언젠가 그녀가 했던 말이 머릿속에 떠오른다.

'당신을 만난 뒤, 제 정의관은 송두리째 흔들렸어요.'

'더 넓은 세상을 보고 싶어요. 진정코 옳고 그른 것을 구별할 수 있는 안목을 키우기 위해서요.'

'저와 함께 가셔요. 남궁세가가 뒷배가 되어 드리겠습니다.'

자신을 바라보던 올곧은 눈.

지금 그녀는 그때와 다름없는 그런 시선으로 이쪽을 올려다보고 있다.

"……."

추이는 남궁율에게서 시선을 떼고 그 옆에 있는 호예양을 바라보았다.

그녀 역시도 언젠가 추이와 이별했던 적이 있었다.

'가는 거야?'

'⋯⋯.'

'가는구나.'

'⋯⋯.'

'잘 가.'

'잘 있어.'

'⋯⋯!'

'다시 만나. 꼭.'

갑작스럽게 당했던 그날의 입맞춤을 떠올리자 추이의 미간이 미미하게나마 찡그려졌다.

이윽고, 남궁율과 호예양이 사태를 파악했다.

"구해 주셔서 감사합니다, 서문 부교관님."

"큰 은혜를 입었습니다."

두 생도는 추이를 향해 고개를 숙여 보였다.

추이는 딱히 별다른 대답을 하지 않았다.

다만 교탁 앞에 서서 생도들에게 수업 방식의 변경을 통보할 뿐이다.

"잘 알겠다. 너희들의 수준."

"⋯⋯."

"굳이 실습까지도 필요 없겠군."

혹평(酷評) 그 자체.

하지만 생도들 중 가장 뛰어나다고 할 수 있는 남궁율과 호예양이 평가등급 '가(可)'를 받았으니 다른 생도들로서는 할 말이 없다.

추이는 교탁 앞에 서서 생도들을 향해 말했다.

"너희들은 기본기에 대한 교육을 다시 받아야 한다. 그리고 겸사겸사 아까 있었던 불미스러운 사고의 원인 역시도 함께 분석하도록 하겠다."

본격적인 수업이 시작되었다.

수업에 임하는 생도들의 집중도는 최상이었다.

"방금 봤지? 서문경 부교관이랬나? 뭐 하시던 분이야?"

"미쳤더라. 허공에서 사람 둘을 잡아채서 역으로 솟구쳤잖아. 그런 건 웬만한 일류고수들도 못 해."

"애초에 그 거리를 그 시간대에 주파할 수가 있나?"

"거의 신기에 가까운 솜씨였어. 우리 가문의 장로님들도 저렇게는 못 하실 것 같던데."

"아니, 누가 저분한테 촌뜨기 파락호라 그랬어? 저게 촌뜨기 파락호의 솜씨야? 어떤 미친 새끼가 우리들 수업 집중도 떨어뜨리려고 방해 공작을……."

방금 전 추이가 펼친 신위를 봤으니 저렇게 되고 싶다면 뭘 말하든 집중해서 들어야 한다.

역시 강사가 강의의 설득력을 높이기 위해서는 자신의 실력을 입증하는 것이 최고의 방법이었다.

하지만.

"각 가문이나 문파마다 고유의 보법이 있을 것이다. 그것의 기초는 간단하지."

추이의 강의는 집중해서 열심히 듣는다고 해서 다 이해할 수 있는 성질의 것이 아니었다.

"힘을 잘 받을 수 있게끔 발 모양을 잡고, 곡선 경로를 따라 몸을 안쪽으로 숙이고, 발을 구를 때 힘을 폭발시킨다. 가능한 바람을 등지고 걸어야 하며 바람을 정면으로 맞는 것을 피한다. 이것이 보법의 기초이다."

그 말을 듣는 생도들은 고개를 끄덕거렸다.

방금 전 남궁율이 호예양의 등 뒤를 잡고 바람 저항을 줄이던 것이 생각났기 때문이다.

이윽고, 추이의 강의가 본론으로 접어들었다.

"바람을 등지고 걷는 것이 유리한 이유는 간단하다. 걸을 때 바람이 등을 밀어 주면 그만큼 더 힘을 받을 수 있기 때문이다. 반면 바람을 정면으로 맞으면서 걷는다면 바람의 저항력만큼 힘을 손해 보게 되지. 이 논리는 내공을 운영하는 방식에도 똑같이 적용된다."

순간, 남궁율과 호예양의 눈빛이 달라졌다.

힘의 저항을 덜 받는 쪽으로 움직이는 것이 힘을 효율적으로 쓰는 것이라는 간단한 논리.

하지만 그것을 내공에 적용한다는 것이 조금은 생소하게

느껴졌기 때문이다.

추이는 말을 이었다.

"세상 만물에는 기(氣)가 깃들어 있다. 이 기라는 것은 한 곳에 고여 있지 않고 항상 흐른다. 물이 위에서 아래로 떨어지고, 아지랑이가 아래에서 위로 치솟듯, 만물의 기가 흐르는 방향은 서로 다르며 가변적이다."

추이는 교탁 위로 손을 올렸다.

드드드드드드⋯⋯

내공이 실린 교탁이 옅게 진동한다.

생도들의 시선이 한 곳으로 모아졌다.

추이가 말했다.

"사람의 몸에도 기가 허한 부분이 있고 과한 부분이 있듯, 세상 만물이 마찬가지다. 모든 것을 기를 품고 있고 그것은 변화무쌍하게 흐르고 약동하며, 허한 지점이 있고 과한 지점이 있다. 시시각각 변모하는 이것들을 살피며 자신에게 유리한 지점만을 골라 디딜 수 있어야 진정한 경공의 고수가 될 수 있는 것이다."

동시에.

⋯펑! ⋯펑! ⋯펑! 쩌저적!

추이가 손을 올려놓았던 교탁이 마른오징어처럼 세로로 쪼개져 나갔다.

나무의 나이테를 따라서 쪼개진 나뭇결들이 생도들로 하

여금 입을 떡 벌어지게 만들었다.

"이처럼, 만물의 기가 모이는 지점과 흐르는 지점을 읽어 낼 수 있다면 아주 적은 내공을 가지고도 그것을 해체하는 것이 가능하다. 전투 시에는 말할 것도 없고, 경공술을 펼칠 때에도 아주 중요하지. 지금부터 그것을 보여 주겠다. 너희 들 수준의 아주 적은 내공, 약 십 년 어치의 공력만을 사용할 테니 잘 보도록."

추이는 천천히 내공을 끌어 올렸다.

그러고는 바닥으로 한 발을 내디뎠다.

핏―

추이의 몸이 일순간 교단에서 사라졌다.

강의실 내부에 있던 그 누구도 추이의 움직임을 눈으로 따 라가지 못했다.

오직 남궁율과 호예양을 제외하고는 말이다.

"……!"

"……!"

두 여인이 바라보는 지점을 향해 생도들의 시선이 옮겨 간 다.

추이는 어느새 강의실 맨 끝자락에 가 있었다.

분명 강의실을 꽉 채우고 있던 생도들 사이를 지나갔건만 그 누구도 그것을 관측하지 못한 것이다.

"봤나?"

보긴 뭘 봐. 못 봤다.

다들 그렇게 생각하고 있었다.

추이가 이렇게 전 생도들을 농락하는 과정에서 사용한 수준의 공력은 십 년 어치, 그 정도라면 등천학관에 갓 들어온 생도들 대부분이 가지고 있는 수준이었다.

하지만 추이는 한 줌 어치도 안 되는 그 정도의 내공만으로 믿을 수 없을 정도의 속도를 선보였다.

"바닥에 흐르는 기의 혈맥을 살피고 그 위에 발을 얹어 놓았을 뿐이다. 그러면 아주 적은 힘으로도 바닥을 박찰 수 있지. 결국에는 뒤에서 바람이 불어 몸을 밀어 주는 것과 비슷한 논리다."

물고기가 천천히 흐르는 물살을 따라간다면 평범한 속도로 헤엄치게 될 뿐이다.

하지만 만약 물고기가 빠르게 흐르는 물살을 따라간다면?

당연히 헤엄치는 속도는 몇 배로 빨라지게 되는 것이다.

이처럼. 추이는 천하 만물에 흐르고 있는 기의 흐름을 잘 관찰하고 자신이 가고자 하는 방향으로 흐르고 있는 기의 혈맥에 발을 디뎌 놓는 것, 그것을 경공의 제일 원칙으로 삼고 있었다.

물론 강의실에 있는 생도들 대부분은 추이의 말을 제대로 이해하지 못했다.

"그, 그러니까 온 세상 천지에 흐르고 있는 해류들 중에 내가 가고자 하는 방향으로 흐르는 해류를 찾아내서 거기에 배를 띄우라는 거지? 내가 이해한 게 맞지?"

"근데 그 해류를 어떻게 찾지? 배 위에서 보면 다 똑같은 바다처럼 보일 텐데."

"그게 가능했으면 내가 항해사 했지 무림인 하겠냐?"

"나는 아직도 이해를 못 하겠어. 천하 만물에 기라는 게 흘러?"

"그럼 니 단전에 쌓여 있는 건 뭐냐? 그게 다 천하 만물의 기에서 담아 온 거 아냐?"

"그러니까 누울 자리 봐 가면서 발을 뻗으라는 건데……
아아, 어려운데 이거."

하지만 몇몇 똑똑한 생도들은 추이의 말을 이해하고 주변 사물들에 깃들어 있는 기의 흐름을 느끼려 하고 있었다.

한편.

"……."

남궁율. 그녀는 크게 놀란 표정으로 추이를 바라보고 있다.

'그때 추 소협이 행동했던 것과 비슷한 원리야. 추 소협은 분명 파촉설산의 설원에서 정기가 흐르는 지점들을 파악하셨던 게 틀림없어. 그러니까 그곳에 쇠말뚝을 박아 넣었지.'

한편.

"……."

호예양 역시도 턱을 짚은 채 곰곰이 생각에 잠겨 있었다.

'비 오던 날의 밤, 저잣거리 뒷골목에 있던 복덩이 씨가 유령처럼 사라져 버린 것도 그런 논리였을까? 분명 복덩이 씨는 피칠갑이 된 끔찍한 몰골이었는데도 불구하고 내 눈에 보이지도 않을 정도의 속도로 사라졌었지. 어쩌면 그것도 같은 맥락에서의 경공술이 아니었을지…….'

하지만 둘에게는 그리 많은 여유가 주어지지 않았다.

"설명은 끝났다. 이제부터는 쭉 실습이다."

추이의 말을 들은 수강생들이 퍼뜩 정신을 차렸다.

남궁율과 호예양 역시도 고개를 들어 올렸다.

그러자 교단에 선 추이의 얼굴이 보인다.

화상으로 일그러진 얼굴이라 확인이 어렵긴 했지만.

"머리로 이해하기 어렵다고 속상해할 것 없다."

분명 그의 입꼬리에는 옅은 미소가 떠올라 있었다.

"……직접 몸으로 구르다 보면 다 이해하게 될 테니까."

지금껏 수없이 많은 햇병아리들을 나락으로 밀어 넣어 본 자의 미소였다.

서문경 부교관.

처음 그를 봤을 때, 사실 생도들은 내심 얕보는 마음을 가졌었다.

어디서 소문이 났는지, 그가 신예현(新野縣)에서도 변두리인 변집향(樊集鄕) 출신이고 그곳에서도 소문난 파락호였다는 점이 알려지면서 그렇게 되었다.

깡촌구석에서 떵떵거리며 살던 한량.

푼돈을 모아서 겨우 관첩을 산 촌뜨기.

키도 작고 얼굴도 화상으로 얼룩져 있는 추남.

이것이 딱 서문경에 대한 생도들의 첫인상이었다.

평소에 강의동을 오며 가며 서문경을 만났던 생도들은 소문을 듣고 그를 하찮게 생각해 왔었다.

그래서 어쩌다가 복도에서 마주치게 되면 인사는커녕 은근한 비웃음으로 대했던 것이 사실이었다.

하지만.

서문경의 본모습은 그동안의 인상과는 전혀 다른 것이었다.

"⋯⋯청룡관의 남궁율. 백호관의 호예양. 너희들은 평가 등급 '가(可)'다."

검화와 도화, 위기에 빠졌던 두 사람을 한꺼번에 구출해 낸 서문경은 압도적인 실력으로 모든 생도들의 기선을 제압했다.

⋯⋯그리고 그 뒤로는 쭉 살인적으로 어려운 이론과 미칠 듯한 강도의 실습이 이어지고 있었다.

"궁둥이 뒤로 빼라. 허리 더 숙이고. 그대로 디뎠다가는 발목 나간다."

드넓은 연무장 위.

서문경은 회초리를 든 채 느긋하게 걸음을 옮긴다.

그리고 그 앞에서는 생도들이 관과 계급을 막론한 채 땀을 뻘뻘 흘리며 뛰어다니고 있었다.

생도들은 발에 무거운 족쇄를 차고 있었고 족쇄들의 사이에는 긴 사슬을 늘어트렸다.

그 상태로 마음껏 뛰지도 못한 채, 땅바닥 위에 표시되어 있는 X 표시들을 밟아 가면서 달려야 했다.

X 표시의 간격은 꽤나 멀어서 발바닥에 내공을 싣지 않고서는 밟을 수가 없다.

표시가 되어 있지 않은 곳의 땅을 밟을 때마다 귀신같이 서문경의 회초리가 날아들었다.

"한눈팔지 마라. 일 보 일 보마다 지맥을 살피고 기의 흐름을 느껴라. 의원이 사람의 몸에 침을 아무 데나 꽂지 않듯, 너희들의 발도 지면의 아무 데나 꽂지 말라는 말이다. 평소에 아무 생각 없이 밟던 땅과 표시가 되어 있는 땅을 밟았을 때 무엇이 다른지를 느끼지 못하면 다 소용없다."

서문경의 시선이 다른 곳을 향하는가 싶어 슬쩍 발을 헛디디면 어김없이 회초리가 떨어져 내렸다.

대체 어떻게 감시를 하는 것인지 알 수 없었지만 그것을 더 알아볼 엄두는 나지 않았다.

"허억— 헉— 허억⋯⋯."

"케흑! 끅! 헤엑— 헉—"

"우웨에에에에엑! 우웨엑!"

곳곳에서 토하는 생도들이 속출했다.

하지만 서문경은 무표정한 얼굴로 회초리를 휘둘렀다.

"게워 냈으면 또 뛰어라. 그만큼 몸도 가벼워졌을 것이다."

"주, 죽을 것 같아요. 이러다 진짜로 죽어요!"

"다들 그렇게 말하곤 하더군."

서문경의 싸늘한 목소리에서는.

"⋯⋯하지만 그런 말을 했던 놈들 중에 진짜로 죽었던 놈은 없었다."

어떠한 타협의 여지도 느껴지지 않는다.

생도들은 침과 땀, 눈물을 흘리며 계속해서 뛰고 또 뛰었다.

이쯤 되면 똑똑한 생도들 몇몇이 항의할 법도 하건만, 그 누구도 서문경의 지도에 이견을 제시하지 않는다.

그 이유는.

"보아라. 지금껏 너희들이 내공을 얼마나 헛되이 낭비하고 있었는지. 그 출력이면 이 정도 속도가 나왔어야 한다."

서문경이 옆에서 수십 배의 속도로 연무장을 돌고 있었기 때문이었다.

그것도 생도들과 비슷한 수준의 내공만을 써서, 조금도 지친 기색 없이, 무려 반 시진가량이나!

"지면 아래에 흐르는 기를 잘 타기만 하면 아주 적은 내공으로도 폭발적인 속도를 낼 수 있다. 발을 디딘 시점에서 앞쪽의 파장을 느끼고 나에게 어울리는 기(氣), 내가 이용할 수 있는 맥(脈)를 찾아라."

허황된 이론이 아니다.

실전에서 곧바로 눈으로 보이게, 결과로 제시하고 있으니 불평을 하려야 할 수가 없는 것이다.

실제로, 서문경의 가르침을 받은 이들 중에서 경공의 속도가 비약적으로 늘어나고 있는 이들이 조금씩 조금씩 생겨나기 시작했다.

"⋯⋯믿을 수 없어."

검화 남궁율.

그녀는 몸이 깃털처럼 가벼워진 듯한 기분에 놀람을 금치 못하고 있었다.

서문경의 강의를 듣기 전에는 자신의 몸이 무겁다는 생각을 별로 해 본 적이 없었다.

하지만 서문경의 강의를 듣고 그의 이론을 실제로 보법에 적용했을 때, 그녀는 신세계를 경험했다.

그 전의 몸이 납덩이라면 지금의 몸은 깃털과도 같다.

남궁율은 방금 전 밧줄 다리 위에서 뛰었을 때보다도 훨씬 더 빠른 속도로 연무장을 주파하고 있었다.

"디딜 곳의 기맥을 파악하는 것은 어렵지만 시간을 들인다면 충분히 가능할 것 같아. 이제부터는 제 몸 속의 기에만 집중하는 것이 아니라 몸 밖에 흐르는 기에도 집중해야겠어. 이 둘을 얼마나 그럴듯하게 공명시키느냐가 곧 자연합일(自然合一)의 경지에 가까워지는 길이겠지."

생각이 많아지자 절로 혼잣말이 나온다.

그것은 옆에서 뛰고 있는 호예양 역시 마찬가지였다.

"……! ……! ……!"

그녀 역시도 남궁율과 마찬가지로 놀란 표정을 짓고 있었다.

분명 다리를 몇 번 움직였을 뿐인데 이동 거리가 비약적으로 늘어났다.

마치 이 수업을 듣기 전과 다른 사람이 된 듯한, 아니 조금 더 과장하자면 아예 새로운 몸으로 다시 태어난 기분마저 들 정도였다.

"엄청납니다. 속도가 비약적으로 빨라졌어요. 지금껏 경공을 펼칠 때 제 몸 안에서 내공을 얼마나 빠르게, 자연스럽게 운용하는지에만 초점을 맞췄었는데…… 신외지물에 흐르는 기에 신경을 써 보기는 난생 처음입니다. 시점을 몸 안에서 몸 밖으로 맞춰 보니 온통 새로운 것들 투성이군요. 이제는 세상을 이루고 있는 호연지기(浩然之氣)들이 눈에 흐릿하게

나마 보이는 것 같습니다."

과연 천재들은 다르다.

다른 생도들은 아직 감도 잡지 못했는데 이 둘은 어설프게 나마 경공의 묘리를 깨우쳐 가고 있었다.

서문경을 바라보는 남궁율과 호예양의 시선이 달라졌다.

하지만.

"말이 주절주절 많은 것을 보니 뛸 만한 모양이지?"

"……."

"……."

"여유로운 것 같으니 족쇄를 추가해 주마."

"……."

"……."

"감사 인사는 됐다."

"……."

"……."

남궁율과 호예양의 발목에 육중한 족쇄 하나씩이 더해졌다.

이윽고. 그녀들의 얼굴 또한 다른 생도들처럼 온통 땀범벅으로 젖어 간다.

'X, 발, X, 발, X, 발, X, 발, X, 발…….'

땅 위의 X들을 열심히 발로 밟아 가면서 말이다.

해가 뉘엿뉘엿 질 무렵, 생도들은 연무장을 할당된 횟수만큼 다 돌았다.

남궁율은 극도로 피곤한 안색으로 늘어졌고 호예양은 두 번쯤 토했다.

생도들 중 가장 뛰어난 이 둘이 이럴진대 다른 생도들의 상태는 더 말할 것도 없었다.

"으으으…… 토 나와……."

"주, 죽어…… 나 정말 죽어……."

"사, 살려 줘어, 다리가 안 움직여어……."

"브웨에에에에에엑– 웨에에에에에에엑– 게엑!"

"어? 할머니? 왜 거기 계세요? 작년에 돌아가셨잖아요?"

한편.

"……."

서문경, 아니 추이는 침과 땀, 구토로 범벅되어 늘어져 있는 생도들을 내려다보며 생각했다.

'너무나도 약하군.'

추이는 군에 몸담고 있을 시절 신병들을 훈련시키던 제할직을 맡았었다.

나락곡에서 살수로 뛰던 때에는 신참 살수들을 조련하던 적야차직을 맡기도 했다.

햇병아리들을 능숙한 싸움닭으로 키우는 데에는 통달해 있다는 말이다.

'이래서는 혈교의 준동에서 살아남을 수 없다. 내일부터는 더 빡세게 굴려야겠군.'

이들은 정도의 후기지수들이자 장차 혈교와의 최전선에서 싸우게 될 대항마들이다.

훗날 홍공에게 큰 피해를 입히기 위해서는 지금 미리 잘 키워 놓을 필요가 있었다.

'우선 군계일학(群鷄一鶴) 한 마리를 만들어야 하겠는데……'

추이의 머릿속에는 등천학관의 이 햇병아리 생도들을 어떻게 단련시킬지에 대한 계획들이 착착 세워지고 있었다.

우선 이 수업에서 가장 극적으로 바뀐 생도 하나를 본보기로 삼아 다른 생도들에게 영감을 주는 것이 중요하다.

뛰어나되 의외성이 있고, 자질이 좋아서 가르침을 쉽게 체득하며, 다른 이들에게도 가능성을 제시해 줄 수 있는 존재.

말하자면 병아리들 사이에 끼어 있는 한 마리의 학을 만들어 내는 것이다.

"……"

추이의 시선이 남궁율과 호예양에게 잠시 머물렀다.

바로 그 순간.

"……저, 저기. 부교관님. 궁금한 점이 하나 있는데요."

지쳐 쓰러져 있는 생도들 사이에서 비실비실한 손 하나가 올라왔다.

"어디서 들었는데…… 무림맹주님이나 사도련주나 마교주 같은 고수들의 경공술은 초상비(草上飛), 수상비(水上飛), 허공답보(虛空踏步), 능공허도(凌空虛道) 같은 수준을 넘어서 아예 축지법(縮地法), 천상제(天上濟) 같은 것을 쓰신다고…… 그것도 현실성이 있는 이야기인가요?"

그 질문을 듣자 생도들은 지친 와중에도 픽픽 웃는다.

"어떤 덜떨어진 놈이 저딴 질문을 하냐?"

"이제 비웃을 힘도 안 남았는데…… 에휴―"

"보니까 주작관이구만. 딱 주작관 놈들 수준에 맞는 질문이네."

자연 만물에 흐르는 기를 밟고 그 위에 몸을 싣는다는 발상은 실제로 가능하니 그렇다고 쳐도, 땅을 접으며 달리는 기술이나 공간 자체를 이동하는 기술은 인간의 범주를 벗어난 것이다.

따라서 생도들은 생각했다.

저 어리석은 질문을 던진 생도는 무뚝뚝한 서문경 부교관에게 꾸중과 핍박을 받을 것이라고.

……그러나. 이어지는 대답은 의외였다.

"충분히 가능하다."

추이는 고개를 끄덕였다.

"화경(化境), 더 정확히 말하자면 조화경(造化境)의 경지에 이른 자들은 자연의 법칙을 자신에게 유리하게 이용하는 것을 넘어 그것을 왜곡하고 곡해할 수 있다."

이것은 추이에게 경공을 가르쳐 주었던 이가 남겼던 가르침이기도 했다.

"세상 만물이 가지고 있는 호연지기는 근본적으로 서로 '얽혀' 있다. 그리고 한번 얽히게 된 호연지기는 물리적으로 떨어지게 되더라도 항시 같은 성질을 띠게 되지."

생도들의 표정은 '?' 그 자체다.

남궁율과 호예양조차도 무슨 말인지 모르겠다는 듯 고개를 갸웃할 뿐.

하지만 추이의 설명은 계속해서 이어졌다.

"이것이 바로 호연지기 이론의 기본 개념인 '기 얽힘' 현상이다. 얽혀 있는 두 호연지기는 그중 어떤 것을 관측, 측정하든 간에 그 즉시 같은 특성을 띠게 되지. 하늘의 별자리들을 자세히 살펴보면 그 즉각적인 변화를 관측할 수 있다."

맨 처음 질문을 던졌던 여생도는 입을 다문 채 말이 없다.

추이는 그녀를 바라보며 말을 이었다.

"갑(甲)이라는 사물이 품고 있는 호연지기와 을(乙)이라는 사물이 품고 있는 호연지기가 한번 얽히게 되면 갑와 을이 아무리 멀리 떨어져 있다고 해도 두 호연지기의 성질은 항상 일정하게 유지된다. 여기서 만약 갑의 상태가 변하여 호연지기의 종류가 바뀐다면? 거리에 상관없이 을이 품고 있는 호연지기의 상태 역시도 즉시 그것과 같게 변하지. 거리와 시간을 무시한…… 요컨대 계수(係數)의 붕괴와 관련된 개념인 것이다."

생도들은 이해할 수 없다는 듯 서로의 얼굴만을 쳐다본다.

남궁율과 호예양 역시도 곤혹스러워하는 기색이었다.

바로 그때.

아까 전에 질문을 던졌던 이의 목소리가 재차 들려왔다.

"아하. 이해했어요. 그러니까, 방금 말씀하신 내용의 핵심은 '즉시'라는 점이군요? 얼마나 멀리 떨어져 있든 간에 한 지점과 한 지점의 변화를 즉시 이뤄 내는 현상. 그것이 조화경의 경지에 이른 자들의 경공술이라면…… 확실히 이전의 경공술이 설명해 주었던 개념들과는 많이 다르네요. 그들만의 세상, 그들만의 법칙이랄까."

그러자 생도들의 시선이 한 곳을 향해 집중되었다.

그곳에는 방금 전 추이에게 질문을 던지고, 그 답변을 이해한 생도의 얼굴이 있었다.

사마여리.

아무도 주목하지 않았던 주작관의 일 계급 생도.

그녀는 나뭇가지를 들고 땅에 이런저런 구결들을 적고 있었다.

아무래도 방금 추이의 말을 듣고 뭔가 심득을 얻은 모양이었다.

생도들은 그 모습을 보고 충격을 받았다.

그중에서도 특히나 남궁율과 호예양이 심했다.

'나는 이해도 못 했는데…… 그걸 이해하고 심득을 얻었어?'

'이 수업에서 경계해야 할 대상은 남궁율 선배님 한 명뿐이라고 생각했는데…….'

방학 동안 수많은 실전 경험을 쌓고 온 뒤 자신이 일반 생도들과는 차원이 달라졌다고 생각하던 남궁율.

그리고 그런 남궁율을 쳐다보며 무섭게 성장하고 있던 호예양.

……지금껏 다른 범재들은 안중에도 없었던 두 천재들은 비로소 느꼈다.

어쩌면 이 수업의 최대 경쟁자는 다른 곳에 있었을지도 모르겠다고.

방황하는 칼날

　연무장에 있었던 생도들은 모두 궁둥이를 뒤로 뺀 채 어기적어기적 오리걸음으로 퇴장했다.

　무거운 족쇄를 찬 채 하도 많이 달려서 다리에 힘이 들어가지 않는 모양이다.

　추이는 그것을 보며 속으로 많은 것들을 생각하고 있었다.

　'저것들이 하루라도 빨리 더 강해져야 그만큼 혈교의 준동을 막을 수 있는 가능성도 커진다.'

　추이는 등천학관의 생도들 하나하나를 칼날로 여기고 있었다.

　벼리면 벼릴수록 날카로워질 저 칼날들은 태생적으로 홍공을 겨냥하고 있는 '가능성'들이다.

물론 추이가 그들을 벼리고 다듬을수록 그들 개개인의 생존율이 크게 높아질 터이니 결국에는 서로 좋은 일인 셈.

한편.

"……?"

"……?"

"……?"

기숙사동으로 돌아가는 생도들은 등 뒤에서 느껴지는 추이의 시선에 몸을 오싹 떨어야 했다.

그때.

"서문경 부교관님."

뒤에서 추이를 부르는 목소리들이 있었다.

남궁율과 호예양. 그녀들이 서문경을 초롱초롱한 눈으로 바라보고 있었다.

맨 처음 강의실에서 만났을 때와는 전혀 다른, 호기심과 존경심이 느껴지는 시선이었다.

남궁율이 먼저 입을 열었다.

"부교관님 덕분에 오늘 큰 심득을 얻었습니다. 감사합니다."

"됐다."

추이는 손사래를 쳤다.

하지만 남궁율은 여전히 그의 얼굴을 빤히 들여다보고 있었다.

"부교관님."

"……?"

"혹시 제가 부교관님을…… 어디서 뵈었던 적 있던가요?"

남궁율은 서문경의 가면 너머, 앞머리카락에 반쯤 가려져 있는 추이의 눈을 응시하고 있었다.

왜인지 모를 낯익음.

그것은 여인의 촉인지, 무인의 감인지, 아니면 둘 다인지 모르겠다.

"묘하게 낯이 익어서요. 분명 어딘가에서……."

일반적인 남자였다면 그녀의 호기심 어린 시선 앞에서 모든 무장이 해제되었겠지만, 추이에게는 해당 사항 없는 일이었다.

"이직 권유라면 필요 없다."

"앗! 어, 어떻게!?"

추이는 그 말을 끝으로 고개를 돌려 버렸다.

사실 낯익음도 낯익음이지만, 내심 서문경을 등천학관이 아닌 남궁세가의 교관으로 모셔 갈 생각이었던 남궁율은 아쉬움에 입맛만 다시게 되었다.

"그래도 혹시 생각이 있으시다면 꼭 연락 주세요. 저희 남궁세가는 외부의 인재들에게 목말라 있어서 언제나 문을 열어 놓고 후한 대접을……."

추이는 남궁율의 말을 완전히 무시한 채 발걸음을 옮겼

다.

그때, 그의 옆으로 호예양이 불쑥 튀어나왔다.

"서문 부교관님. 혹시 저는 모르시겠습니까?"

"뭐냐."

"언젠가 제가 서문 부교관님을 뵈었던 적이 있었을까 싶어서 여쭤보았습니다. 어딘가 친숙한 느낌이 들어서……."

"……."

못 보던 사이에 그녀의 말투는 더욱 딱딱해져 있었다.

그리고 추이는 그 이유를 안다.

'그녀의 아버지인 호연암이 젊었던 시절에 군인이었기 때문이겠지.'

추이가 회귀하기 전에 만났던 호예양은 어쩌면 그 이유 때문에 머나먼 변방의 전장까지 흘러들게 되었으리라.

한때 제 아비가 청춘을 바쳐 복무했었던 땅을 향해, 수구초심(首丘初心)의 마음으로.

"……."

추이는 잠깐 상념에 잠겨 있느라 호예양의 질문에 대답하지 못했다.

"부교관님?"

호예양이 다시 한번 입을 열자 추이가 곧바로 차가운 목소리로 말했다.

"없다."

"……."

전에 어디서 본 적 있느냐는 질문에 '모르겠다'는 말도 아니고 '없다'란다.

그 단호한 선 긋기에 호예양 역시도 시무룩해져서는 물러났다.

한편.

추이는 남궁율과 호예양을 뒤로한 채 걸어가 앞에 있던 생도 하나를 불러 세웠다.

"사마여리."

"네? 네!"

앞에서 엉거주춤한 자세로 어기적어기적 가고 있던 사마여리가 화들짝 놀라 고개를 돌렸다.

추이는 여상한 태도로 물었다.

"밥은 잘 먹고 다니나?"

"앗, 네! 그럼요! 어떤 고마우신 분께서 후원을 해 주셔서…… 등록금 문제는 해결됐습니다! 다만……."

"다만?"

추이가 반문하자 사마여리는 멋쩍은 태도로 말했다.

"그분께서는 분명 제 학업을 위해서 후원을 해 주셨겠지요. 그래서 그 후원금은 오직 등록금과 교재비로만 쓸 생각입니다."

"생활비는?"

"그것은 제가 틈틈이 일을 해서 벌려구요! 신세 지는 데 너무 익숙해지면 안 되니까요!"

추이는 고개를 끄덕였다.

왜 굳이 저런 비효율적인 길을 걸어가나 싶기는 했지만 그 것 또한 그녀의 선택일 터.

"그래. 열심히 해라."

"……넵!"

돌아서는 추이를 보는 사마여리의 시선이 반짝반짝 빛나고 있었다.

'상냥해. 다정해. 따듯해. 좋은 사람…….'

한편.

남궁율과 호예양은 그 광경을 보며 묘한 감정을 느끼기 시작했다.

'뭐야? 왜 저 녀석에게만 잘해 주지? 헉? 서, 설마 이게 그…… 말로만 듣던 '재능 차별'?'

'나도 쟤처럼 부교관님께 예쁨받고 싶다.'

지금껏 등천학관 생활을 하면서 단 한 번도 느껴 보지 못했던 감정에 당황하거나 아쉬워하거나 설레는 세 여자.

그렇게 수업의 분위기는 점차 묘한 방향으로 흘러가고 있었다.

추이는 하루 일과를 끝마치고 관사로 돌아왔다.

관사 건물의 맨 꼭대기 층.

위로는 옥상밖에 없어서 창문으로 몰래 드나들기에 퍽 편하다.

추이는 관사의 문을 열고 안으로 들어갔다.

끼이익―

그러자 반짝반짝 윤이 나는 집기들이 보인다.

"……?"

추이는 문에 걸린 명패를 다시 보았다.

〈1504 서문경〉

이 방이 맞다.

그런데 방 안의 상태가 왜 이렇게 깨끗하단 말인가?

추이가 거실로 들어섰을 때.

"앗! 오셨나요 부교관님!"

시비 영아가 욕실에서 나오며 반갑게 외쳤다.

늘 그렇듯, 영아는 추이가 묻기도 전에 먼저 이런저런 말들을 재잘거린다.

"오늘은 특별히 더 신경 좀 써 봤어요! 앞으로는 매일매일

이렇게 신경 쓸 거지만요!"

"……."

청소를 깨끗하게 해서 나쁠 것은 없었기에 추이는 굳이 뭐라고 하지 않았다.

하지만.

"앞으로 한 달 정도 남았네요. 그동안 정말 열심히 할게요. 개인적으로는 부교관님을 더 오래 오래 모시고 싶었는데…… 슬퍼요."

"?"

이어지는 영아의 말에 추이가 고개를 돌렸다.

그러자 영아가 눈을 동그랗게 떴다.

"모르셨어요?"

"……."

"아시는 줄 알았어요. 휴우……."

영아는 한숨을 쉬고는 말을 이었다.

"오늘 아침에 연락을 받았거든요. 앞으로 제가 모셔야 할 분이 변경될 거라고요."

"……."

"제 동기들 중 한 명이 갑작스럽게 퇴직을 하게 되었는데…… 시비장님의 말씀에 의하면 걔가 모시던 분이 저를 지목하셨다고 그러더라구요."

말을 하는 영아의 표정은 실시간으로 계속 어두워진다.

추이가 물었다.

"굳이 너를 지목했다고?"

"네⋯⋯."

"왜지?"

순수한 궁금증이었다.

영아처럼 청소나 빨래를 잘하고 본인의 직무에 성실한 시
비는 만나기가 어렵다.

그래서 추이는 평소와 다르게 조금 더 자세히 물었다.

이윽고, 영아가 쭈뼛거리면서 입을 열었다.

"제가 이 사안에 대해서 말씀드려도 될지⋯⋯."

"말해 봐라."

추이는 의자에 앉았고 영아에게도 의자 하나를 권했다.

견술이 봤다면 이 무슨 차별 대우냐며 펄펄 뛰었을 광경이
었다.

영아는 어두운 얼굴로 탁자 앞에 앉았다.

그리고 자세한 속사정을 설명하기 시작했다.

"사실은⋯⋯ 제 동기가 갑작스럽게 나간 이유가 모시던 분
때문이거든요."

"모시던 분 때문이라? 무슨 일이 있었나 보구나."

"네. 그게⋯⋯ 모시던 분의 아이를 가지게 되는 바람
에⋯⋯."

"?"

다소 뜬금없는 전개임에도 불구하고 추이는 여전히 표정 변화가 없었다.

영아가 말을 이었다.

"제 동기 중에 '란란'이라는 애가 있는데…… 걔가 며칠 전부터 몸이 계속 안좋다고 하는 거예요. 돈이 없어서 뭘 잘 사먹지도 못하는 애인데 배는 점점 불러오고…… 그래서 다들 걱정했는데 설마 임신을 했을 줄은 몰랐어요. 나중에 들어 보니 모시던 교관님과 동침을 했다고 하더라구요."

교칙상 교직원은 담당 시비와 신체적 접촉을 할 수 없게 되어 있다.

하지만 그럼에도 불구하고 이런 류의 사건 사고들은 계속해서 발생하고 있었다.

"처음에는 그냥 목욕할 때 등을 밀어 달라 정도였는데…… 점점 그 요구가 심해지면서 나중에는 몸을 더듬고 만지고 주무르고…… 결국에는 강제로……."

"……."

"그날 이후로 아무에게도 말 못 하고 쭉 밤시중까지 들어왔더라구요. 어쩐지 숙소에 안 들어오는 날이 부쩍 잦다 했더니 그런 일을 당하고 있을 줄은 꿈에도 몰랐어요."

처음에 주저하던 기색은 어느덧 점점 분노로 바뀌어 간다.

영아는 목소리를 낮춰 가며, 그러나 분명한 발음으로 또박또박 말을 이어 나갔다.

"그 뒤가 가관이에요. 란란이를 임신시킨 교관이 나중에는 그 사실을 알고 란란이한테 뭔가 종이 같은 것을 내밀더래요."

"뭘 말이냐?"

"혼인 각서요. 란란이가 밴 아이가 자신의 아이임을 인정하고, 앞으로 결혼해서 둘이 애 낳고 오순도순 행복하게 살자는 내용의 각서. 그 교관은 란란이한테 혼인 각서에 각자 지장을 찍자고 했대요. 그런데……."

영아의 분노가 절정으로 치달았다.

그녀는 주변을 몇 번이나 둘러보고는 목소리를 낮추어 말했다.

"란란이가 지장을 찍은 그 각서는 사실…… 자기가 외간 남자랑 붙어먹어서 애비도 모를 애를 배었고, 그것이 부끄러우니 자진해서 등천학관을 나가겠다는 내용의 각서였던 거죠. 완전히 속은 거예요. 란란이는 글을 읽을 줄 모르거든요."

"그랬군."

추이는 고개를 끄덕였다.

교관이라는 자가 지위를 이용해서 시비를 겁탈했고, 시비가 덜컥 임신을 하자 그녀가 까막눈인 것을 악용하여 문란한 여자로 누명을 씌워 내쫓으려 한다는 이야기.

영아는 앙증맞은 두 주먹을 꾸욱 쥔 채로 파르르 떨었다.

"그 못된 교관은 란란이의 정절과 명예를 둘 다 훼손했어요. 그리고 이제는 저까지 노리개로 삼으려고⋯⋯."

"이 사실을 학관 측에 보고했나?"

"아니요⋯⋯ 사실 저희 같은 시비들이 무슨 힘이 있겠어요. 보고를 해 봤자 시비장님 선에서 짤릴 거고⋯⋯ 그리고 어찌 되었든 간에 그 각서에 지장을 찍은 것은 란란이 본인이니까⋯⋯."

추이의 물음에 영아는 고개를 저으며 슬픈 표정을 지었다.

"사실 그동안 제가 행운아였던 거지요 사실. 서문 부교관님은 제게 늘 잘 대해 주셨어요. 제게 궂은일을 시키시지도, 노리개 취급을 하지도 않으셨고 오히려 부교관님 몫의 식사를 나눠 주시기까지 하셨으니까요."

"⋯⋯."

"지금껏 너무너무 감사했습니다. 베풀어 주신 은혜를 조금이나마 갚을 수 있도록, 앞으로 남은 시간 동안 최선을 다해 보필하겠습니다. 떠나고 나서도 후회가 남지 않게요."

영아는 이미 체념한 듯한 표정이었다.

하기야, 자신을 원하고 있는 이가 부교관보다 한참이나 계급이 높은 교관이니 서문경도 별수 없을 것이 당연한 일.

⋯⋯그러나.

"흐음."

추이는 그저 턱을 한 번 쓸 뿐이었다.

이윽고, 추이가 영아에게 물었다.

"너를 원한다는 그 교관의 이름이 뭐냐?"

"……?"

추이의 질문에 영아는 고개를 갸웃하며 대답했다.

"……요."

영아의 대답을 들은 추이는 품을 뒤적였다.

바스락—

품에서는 구겨진 종이 한 장이 나왔다.

그것은 복잡한 암호로 적혀 있는 '명부(名簿)'였다.

일전에 견술에게 준 것과도 비슷한 성질의, 하지만 그보다는 훨씬 더 많은 이름이 적혀 있는 명부.

추이는 회귀 전의 기억들을 총동원하여 작성한 그 명부를 한 번 쭉 훑어보았다.

그러고는 고개를 끄덕였다.

"역시."

이윽고, 추이는 영아의 머리 위에 손을 얹었다.

그러고는 나지막한 목소리로 말했다.

"걱정 마라. 너는 다른 관사로 가지 않아도 된다."

"……?"

영아는 그것이 무슨 영문인지 몰라 그저 큰 눈만 끔뻑끔뻑거릴 뿐이다.

하지만 뒤이어지는 추이의 첨언에는 절대적인 확신이 깃

들어 있었다.

'그놈은 오늘 내가 죽여 버릴 거니까.'

물론 입 밖으로 나온 말은 아니었지만 말이다.

모두가 잠든 야심한 시각.

등천학관의 부지를 통틀어 가장 외진 곳에 있는 부지에 흑의를 입은 한 남자가 서 있었다.

그는 답답한지 얼굴을 가리고 있던 복면을 잠시 벗었다.

"후—"

흰 얼굴에 날카로운 매부리코, 툭 불거져 나온 광대뼈에 얄팍한 입술이 복면 바깥으로 드러났다가 다시 가려진다.

백비(伯韠).

그는 화산파의 매화검수이자 휘하에 서른여섯 명의 부교관을 두고 있는 등천학관의 교관이었다.

"……늦는군."

백비는 지금 한 폐누각 앞에 서 있었다.

달도 뜨지 않은 이 어두운 밤에 여기를 찾아온 이유는 단 한 가지.

"빌어먹을 놈. 오늘도 바람을 맞힌다면 계약은 끝이다."

그는 지금 등천학관의 담장을 넘어올 한 사람을 기다리고 있었다.

더 정확히 말하자면, 등천학관의 기밀정보를 비싼 값에 사 줄 고객을 기다리고 있는 것이다.

석 달에 한 번, 백비는 등천학관 근처의 폐건물에서 이렇 게 기밀 정보를 팔아먹곤 했다.

"택평루의 송아랑 천춘루의 영영이에게 술값 외상을 주어 야 하고, 해김루의 방아한테 머리를 얹어 준다고 했으니 이 번 달에는 정말로 지출이 크다. 그러니까 빨리 와라 이 새끼 야……."

여색을 탐하느라 늘 수중에 돈이 부족한 백비.

궁한 대로 시비들을 건드리기는 했지만 최근에는 영 귀찮 은 일들만 생기고 있었다.

"란란이 년이 그리 덜컥 애를 밸 줄이야. 다행히 까막눈 천것이라 쉽게 쫓아낼 수 있어서 망정이지, 만약 생도년들 중에 하나가 그리되었으면 교관 생활도 좋날 뻔했다. 그러면 정말로 파문이었겠지."

지금껏 그의 아이를 배었던 여자는 부지기수, 하지만 백비 가 제대로 책임을 졌던 적은 단 한 차례도 없었다.

전부 다 강짜를 부리며 외면하거나, 돈으로 입을 막거나, 강제로 중절시켜 온 것이다.

머릿속에 배가 부른 란란이의 얼굴을 떠올린 백비는 입맛 을 다셨다.

"그래도 고것이 시키는 것은 참 따박따박 잘했는데. 쥐방울만 한 계집애가 늦게 배운 도둑질 밤새는 줄 모른다고……."

바로 그때.

"과연."

담장 위에서 나지막한 목소리가 들려왔다.

"늦게 배운 도둑질에 밤새는 줄 모른다는 말이 딱 맞군."

"……!"

백비가 고개를 들었다.

거미줄 가득한 폐 누각의 지붕 끝에 누군가가 서 있었다.

추이. 서문경의 얼굴을 벗어던진 그가 무표정한 얼굴로 백비를 내려다보고 있다.

"이 야심한 시각에 누구를 기다리나?"

"……넌 뭐냐?"

"지나가던 과객이다."

"지나갈 거면 그냥 지나가라. 나는 등천학관의 교관이야."

"등천학관의 교관이 아니라 마교랑 붙어먹는 첩자겠지."

"……!"

추이가 '마교'라는 단어를 입에 담자 백비의 표정이 확 굳었다.

"마교는 무슨 마교냐? 내가 만나는 친구는 학관 내에 병장기를 납품하는 상인이다."

"입찰 비리인가? 마교와의 내통보다는 죄가 가볍겠군."

"그래. 말하는 뽄새를 보니 뭔가 알고 오긴 한 것 같은데, 교권치안국에서 왔나? 아니야. 그 꽉 막힌 곳에서 왔다면 바로 칼부터 뽑아 들고 봤겠지. 그럼 대체 뭘까, 네놈은?"

백비가 되물었다.

추이는 짧게 대답했다.

"한 여아의 정절을 짓밟고 명예를 모욕한 죗값을 치러라."

"뭐? 너 춘앵이가 보내서 왔냐?"

"……."

"아니면 원이? 연지? 소편이? 민민이? 배은이? 지혜? 고운이? 혜민이? 아니면 그때 그 비구니? 달포 전에 덮쳤던 서역인인가? 아, 그때 그 유가족 중의 하나겠군. 맞지?"

"……."

추이는 더 이상의 추궁을 포기하기로 했다.

저런 놈에게는 말로 훈계하는 것이 큰 의미가 없기 때문이다.

쉬익-

추이가 던진 송곳이 백비를 향해 날았다.

"……!"

백비는 황급히 허리춤의 검을 뽑았다.

스릉-

매화검수의 상징인 매화검이 칼집에서 뽑어져 나왔다.

추이가 던진 송곳은 백비의 쾌검에 맞아 되튕겼다.

따-앙! 차라라라락……

추이는 송곳 자루 끝에 감아 놓은 잠사를 잡아당겨 그것을 회수했다.

'과연. 썩어도 매화검수인가.'

송곳의 날에 이가 빠져 있는 것이 보인다.

백비가 쓰는 매화검은 오자운이 쓰던 검보다는 못했지만 그럼에도 불구하고 충분한 명검이었다.

더군다나 백비의 쾌검술은 상당한 극의에 이르러 있는 수준.

단순히 인성만 보고 얕볼 만한 것이 아니었다.

"후우……."

백비는 손으로 앞머리칼을 쓸어 넘겼다.

그리고 칼을 가로뉘인 채 나지막하게 말했다.

"스승님께서는 늘 말씀하셨지. '색정에 대한 집착만 버린다면 너는 능히 천하제일검을 논할 만한 자질이다'라고 말이야. 어려서부터 귀에 피딱지가 않도록 들었어."

그 말은 어느 정도 사실이었다.

백비의 몸에서 뿜어져 나오는 기세가 한층 더 강맹해지고 있었다.

"나는 화산파의 매화검수다. 이 몸을 그저 그런 색마로 보고 찾아온 것이 네 사인(死因)이니 구천에 가도 나를 원망 마라."

하지만 추이는 조금의 동요도 없이 대답했다.

"멍청한 놈. 여자를 하도 건드려서 등천학관으로 내쫓긴 오입쟁이 놈이 무슨 천하제일검을 논하나? 고작 네깟 놈이 매화검수라면 뒈져 버린 비무극, 그 머저리의 실력도 알 만한 것이었겠구나. 화산의 말코들 역시도 말이야."

"……!"

백비의 눈썹이 역팔자로 치솟았다.

그는 으르렁거리듯 입을 열었다.

"네놈은 화산과 낭와 사제를 욕보여서는 안 되었다. 그 탓에 너는 훨씬 더 고통스럽게 죽게 될 것이야."

"사제? 비무극과 친했던 모양이지?"

"그놈에게 쾌검을 가르쳐 준 사람이 이 몸이다."

백비의 몸에서 뿜어져 나오는 기세가 한층 더 강맹해졌다.

쩍- 쩌저적- 꾸드드드드득!

주변의 고사목들이 백비가 뿜어내는 살기에 닿아 세로로 쪼개진 뒤 불에 닿은 오징어 다리마냥 돌돌 말려들고 있었다.

'……기세만 놓고 보면 오자운에 버금갈 정도로군.'

추이는 만족스러움을 느꼈다.

저 정도라면 오늘 밤을 통째로 할애한 보람이 있다.

잡을 가치가 있는 사냥감인 것이다.

추이는 계속해서 도발을 걸었다.

"안타깝군. 사망매화의 칼날 앞에 벌벌 떨며 엎드려 빌던 그 모습을 네가 봤어야 하는데. 여색에 눈이 멀어 동기동창을 배신했던 과오를 속죄하겠다며 말이야."

"……!"

추이가 비무극의 최후를 언급하자 백비의 눈이 다시 한번 커졌다.

"이런 빌어먹을 놈이…… 너 대체 뭐냐?"

하지만 백비는 생각보다 신중한 이였다.

그는 다짜고짜 덤벼들지 않고 오히려 슬며시 거리를 벌렸다.

추이를 경계하기 시작한 것이다.

"뭔데 낭와 사제와 사망매화의 사이를 아는 것처럼 말하지?"

"잘 알지. 개인적으로는 매우 아쉬웠다."

"뭐가 말이냐?"

"비무극, 그놈 말이야. 내가 잡아먹었으면 딱이었는데. 괜히 인심 쓰겠다고 사망매화에게 넘겨준 게 두고두고 아쉽단 말이지."

"……?"

대화가 길어질수록 백비의 표정은 굳어만 간다.

"식인이라도 하겠다는 거냐? 별 미친놈 다 보겠구나!"

이윽고, 참지 못한 백비가 먼저 살초를 전개했다.

쌔-액!

자색의 검기가 밤공기를 가르며 날아간다.

…쩍!

추이가 서 있던 처마 끝이 대각으로 잘려 나갔다.

하지만 추이는 이미 그곳을 떠나 백비의 코앞으로 짓쳐들어간 상태였다.

핏-

쏜살같이 날아간 송곳 끝이 백비의 뺨을 긋고 지나갔다.

동시에, 추이의 반대쪽 손에 들린 두 번째 송곳이 백비의 무릎에 스쳤다.

"큭!?"

백비는 황급히 뒤로 물러나 거리를 벌렸다.

동시에, 절정고수만이 피워낼 수 있다는 검루(劍淚)가 칼끝에서 뚝뚝 떨어져 흐르기 시작했다.

좌-악!

검루는 말 그대로 검의 눈물처럼 흩뿌려졌다.

퍼퍼퍼퍼퍼펑!

추이는 재빨리 고개를 숙였다.

등 뒤로 날아간 검루는 흩날리는 촛농처럼 끈적하게 흩어졌다.

치이이이익……

검루 방울이 떨어진 돌쩌귀에 구멍들이 송송 뚫린다.

마치 용암이 방울져 떨어진 듯한 결과였다.

'인성에 비해 실력이 과하게 좋군. 화산파에서 왜 이자를 끝까지 놓지 못했는지 알겠다.'

추이는 백비를 잘 알고 있었다.

왜 모르겠나?

회귀하기 전, 오자운을 집요하게 추적해 끝끝내 그의 몸에 칼침을 꽂아 넣는 데 성공했던 서른두 명의 추격자들.

백비는 비무극의 동료이자 그날의 추적자들 중 하나였고 전생의 오자운을 죽이는 데에 핵심적인 공을 세웠던 이였다.

추이는 백비가 휘두르는 쾌검을 피하며 중얼거렸다.

"비무극보다 훨씬 낫군. 과연 사형은 사형이야."

"정신 나간 놈."

백비는 검을 휘둘러 여섯 떨기의 매화꽃을 피워 내며 말을 이었다.

"칼이 무서워 다가오지도 못하는 주제에 입만 살았구나."

매화노방(梅花路傍), 매화접무(梅花蝶舞), 매화토염(梅花吐艶), 매개이도(梅開利導), 매화낙섬(梅花落暹), 매화낙락(梅花落落)…… 순식간에 여섯 개의 초식이 전개되었다.

키리리리리리릭!

매화검수라는 위명이 허명이 아닌 것을 증명하듯, 백비의 칼은 시간이 흐르면 흐를수록 더더욱 빨라지고 있었다.

폐건물의 기둥이 한 움큼 깎여 나갔고, 그 뒤를 이어 담장의 기와도 단숨에 여섯 조각이 난다.

풀잎이 베여 바람에 실려 갔고 도처에 자하신공 특유의 자색 운무가 가득했다.

하지만.

"그러나 오자운의 칼에 비하면 그냥 쇠좆매나 다름없구나. 무디고 뭉툭해. 빠르기는 하나 예리한 맛이 조금도 없다."

"이런 개새끼가! 어디다 대고 망발이냐!"

화산에서 오자운이라는 이름이 갖는 영향력은 아직도 상당한 모양이다.

백비는 오자운에 대한 열등감과 질투심을 노골적으로 드러내고 있었다.

그 마음이 검법에 반영되었는지, 칼끝이 새로 피워 내는 매화는 점점 더 화려해지고 있었으나 그만큼 빨리 시들어 버린다.

매화빈분(梅花頻紛), 매화혈우(梅花血雨), 매화구변(梅花九變), 매화만개(梅花滿開), 매화인동(梅花忍冬), 매화점개(梅花漸開)……
또다시 여섯 개의 초식이 전개되었다.

총 열두 가지의 초식이 전개되는 동안 중간에 휴식이 두 번, 백비는 여섯 마디에 한 번씩 숨을 고르고 있었다.

그리고 그 찰나의 빈틈을 추이가 놓칠 리가 없었다.

떠-억!

추이가 품에서 꺼내어 던진 망치가 백비의 머리통을 강타
했다.

"껙!?"

움푹 들어간 오른쪽 이마에서 피분수가 뿜어져 나온다.

본능적인 감으로 머리를 틀어 피했으나 머릿가죽이 심하
게 찢어지고 두개골의 일부가 깨져 버렸다.

"크악!"

백비가 칼을 휘둘렀다.

눈먼 칼이 뿌려 대는 검기와 검루가 주변에 보라색 안개를
만들어 내고 있었다.

추이는 바짝 들러붙는 백비를 향해 두 자루의 송곳을 집어
던졌다.

…퍼퍽!

송곳들은 백비의 한쪽 어깨와 한쪽 허벅지에 꽂혔다.

"큭큭큭큭큭-"

백비는 그 송곳들을 뽑아서 멀리 내던져 버렸다.

"무기를 그렇게 다 던져 버리면 뭐로 싸울 생각이신가,
응?"

이에 대한 대답은 바로 들려왔다.

"이걸로."

동시에, 추이의 옷 곳곳이 기괴한 모양으로 부풀어 올랐

다.

…철커덕! …철커덕! …철커덕! …철커덕!

추이의 몸통에 감겨 있었던 매화귀창이 옷자락을 찢어발기며 튀어나왔고 눈 깜짝할 사이에 원래의 형태로 조립되었다.

그것을 본 백비의 두 눈이 찢어질 듯 커졌다.

"뭐야!? 저, 저건 오자운의 칼날? 아니야, 모양이 조금 다른가? 아니, 맞아! 저 적자색의 금속빛은 분명 화산매화검의 검극에서만 감돌던 것이다! 그걸 왜 네놈이……!?"

'화산매화검(華山梅花劍)'.

매화검수들 사이에서도 일곱 떨기의 매화를 단숨에 피워낼 수 있는 이들에게만 특별히 하사되는 명검 중의 명검.

그것이 눈앞에 있다는 것은 대체 무엇을 의미하는가?

백비의 두 동공은 사정없이 흔들린다.

하지만 추이의 시선은 여느 때와 다름없이 착 가라앉아 있었다.

"직접 알아봐."

동시에, 매화귀창이 앞으로 폭사되었다.

"으윽!?"

백비가 칼을 휘두르며 저항했으나 추이의 창은 이미 백비의 목젖 바로 앞에 당도해 있었다.

"……뒈져라."

달리 해 줄 말이 없는 상황이었다.

터-엉!

추이의 창과 백비의 검이 부딪쳤다.

자두연두기(煮豆燃豆其)라, 한때는 화산 안에서 서로의 주인을 지켰을 두 날붙이가 이제는 서로의 주인을 죽이려 든다.

하지만 그중에서도 불을 피우는 이와 불 속에서 타는 이가 갈리는 법.

추이의 창날은 백비의 검날을 튕겨 냈고 그대로 쏘아져 그의 목을 노렸다.

쿡-

창끝이 천천히 움직인다.

그것은 백비의 목젖 살갗을 찌르고 미미하게 틀어박힌다.

몇 방울인가의 혈액이 천천히 배어나 허공으로 방울져 떠오른다.

이윽고, 시간의 속도가 원래대로 돌아왔다.

패액!

백비는 창날이 완전히 목을 파고들기 직전 황급히 고개를 외로 꺾었고, 추이의 창날은 백비의 목젖에 일자의 긴 상흔을 만든 채 빗나갔다.

…푸확!

백비의 목젖에서 뿜어져 나온 피분수는 붉은 안개가 되어 허공을 떠돌아다닌다.

추이는 직선으로 쏘아 보냈던 창을 곧바로 회수했다.

어둠 속에 핏빛의 호가 그려지며 지면 위에 상처입은 짐승 한 마리를 남겼다.

"크으윽……."

백비는 한 손으로 목을 감싼 채 물러났다.

그의 표정은 더없이 진지해져 있었고 시비나 추행하던 색마라고는 생각할 수 없을 정도로 짙은 살기를 뿜어내고 있었다.

……하지만.

추이의 눈에는 그 증오의 기저에 무엇이 깔려 있는지가 보인다.

공포.

백비는 지금 겁을 내고 있었다.

떨어져 내리는 핏방울, 신발 속에서 꼼지락거리는 발가락, 거칠어진 숨결, 확 오른 체온, 쭈뼛 곤두선 털, 팽창한 동공, 그 모든 것들이 추이에게 신호를 보내고 있었다.

'날 좀 잡아잡수'라는 신호를 말이다.

퍼-엉!

추이가 긴 창을 휘둘렀다.

아득히 먼 거리에서부터 찔러 들어오는 참격.

그 말도 안 되는 길이의 찌르기 앞에서 백비는 허수아비 인형이나 마찬가지다.

"이 새끼가……! 누구를 요어(鰩魚)좆으로 보나!"

백비는 검을 휘둘러 또다시 여섯 떨기의 매화를 피워 냈다.

매화점점(梅花漸漸), 매화난만(梅花爛漫), 낙매분분(落梅紛紛), 낙매성우(落梅成雨), 매영조하(梅影造河), 매인설한(梅忍雪寒)…… 또다시 여섯 초식이 숨 쉴 채도 없이 펼쳐졌다.

검을 휘두르는 이야 어느 순간에 숨을 쉬면 될지, 얼마나 숨을 참아도 될지를 알고 있으니 버틸 수 있지만, 그것에 쫓겨야 하는 이는 언제 호흡을 해야 할지 그 적절한 틈을 알 수 없다.

그러나 추이는 이미 이십사수매화검법에 대해 퍽 잘 알고 있었다.

두 번의 삶을 통틀어 오자운과 함께했던 여정 때문이다.

쉬익—

마치 독사가 무장한 땅꾼의 빈틈을 찌르고 파고들어 독니를 박아 넣듯, 추이의 창이 백비의 좌완 팔오금을 향했다.

…콱!

또다시 백비의 살가죽이 뜯겨 나가며 피보라가 일었다.

"끄악!?"

거리를 좁히려던 백비는 본전도 찾지 못한 채 다시 물러나야 했다.

이윽고, 백비의 이마에 식은땀이 맺혀 피와 함께 흘러내린다.

'안 되겠다. 탁 트인 곳에서는 힘들어.'

백비는 지형이 자신에게 불리하다고 판단했다.

이렇게 널찍한 곳에서는 검으로 창을 이기기가 힘들다.

거리가 깡패이기 때문이다.

따라서.

"어이—"

백비는 추이를 향해 턱짓했다.

"용기 있으면 따라와 봐라."

그는 말을 마친 뒤 곧바로 뒤돌아 뛰었다.

백비가 향하는 곳은 뒤편에 있던 폐누각, 이제는 아무도 사용하지 않는 건물이었다.

타타타탁!

백비는 거미줄만이 잔뜩 늘어져 있는 건물 안으로 다급하게 뛰어들었다.

예상대로 이곳에는 나무나 돌로 된 기둥들이 상당히 많다.

버섯이 피어난 목재 가구, 말라죽은 화초가 박혀 있는 화분, 썩어서 주저앉은 서까래 등, 버려진 가구들이나 쓰레기들이 도처에 잔뜩 쌓여 있는지라 운신에 상당한 방해가 되고 있었다.

그리고 이렇게 복잡하고 너저분한 환경이 백비에게는 훨씬 유리했다.

"무기가 길어서 애로 사항이 많을 것이야. 큭큭큭−"

백비는 곧바로 뒤따라온 추이를 향해 삐뚜름하게 웃어 보였다.

하지만 추이는 아랑곳하지 않고 창을 휘둘렀다.

돌기둥들이 숲처럼 잔뜩 세워져 있는 구역이었다.

"멍청한 놈. 여기로 따라 들어온 것은 자살행위다!"

백비는 끌끌 웃으며 칼을 휘둘렀다.

이렇게 장애물이 많은 지형에서는 짧은 병기가 긴 병기보다 훨씬 유리하다.

전황을 뒤집을 수 있겠다고 판단한 백비가 막 커다란 돌기둥 뒤로 몸을 숨기려는 순간.

…뿍!

뒷걸음질치던 오른발에서 이상한 소리와 함께 묘한 통증이 느껴진다.

"?"

백비가 무심코 고개를 돌린 곳에는 믿을 수 없는 광경이 보였다.

자신의 오른쪽 발등 위에 못 같은 것이 삐죽 튀어나와 있었다.

마름쇠. 이 빌어먹을 쇠붙이가 발바닥을 뚫고 올라와 발등까지 튀어나온 것이다.

"끄윽!?"

백비는 재빨리 발을 털어 마름쇠를 제거하려 했으나 마름쇠의 못에는 낚싯바늘 같은 미늘들이 역방향으로 돋아나 있어서 잘 빠지지도 않았다.

"이런 씨발!"

별수 없이, 백비는 추이의 창을 막는 동시에 한쪽 손을 뻗어 마름쇠를 뽑아내야 했다.

하지만.

태엥……

마름쇠를 뽑으려던 백비의 손이 허공에 걸려 허우적거린다.

"!?"

백비는 그제야 발견했다.

자신의 손을 가로막고 있는 한 줄기의 잠사를.

그런 잠사들이 이 근방에 수십, 수백, 수천 겹으로 줄을 드리우고 있는 풍경을.

'미친……'

백비는 비로소 자신이 함정에 빠졌음을 깨달았다.

상대방은 지나가던 과객이 아니었다.

몇 날 며칠에 걸쳐 함정을 파 놓았던 사냥꾼이다.

"너…… 뭐야, 나한테 왜 이래?"

상대방이 오로지 자신을 죽이겠다는 일념 하나로 수많은 밑작업을 해 온 사내라고 생각하니 등골에 소름이 오싹 끼친다.

저벅— 저벅— 저벅— 저벅—

어둠 속에서 추이의 발소리가 울려 퍼졌다.

추이는 일부러 발소리를 내어 백비를 몰아붙이고 있었다.

"그간 네가 모욕했던 여자들의 원한이라고 생각해라."

"지랄하지 마! 그딴 하찮은 년들이 너 같은 고수를 어떻게 동원한단 말이냐! 차라리 다른 이유를 대!"

백비는 칼을 휘둘렀지만 애꿎은 잠사 몇 가닥만이 끊겨 나갔을 뿐이다.

바닥에는 마름쇠, 허공에는 잠사, 백비의 도주로는 이미 완전히 가로막혀 있었다.

기둥과 쓰레기 등, 장애물이 많은 곳으로 들어왔던 것이 오히려 제 목을 조르는 수가 되었다.

그 시점에서, 추이가 말했다.

"남자는 세 끝을 조심하라고들 하지."

"……."

백비 역시 그 격언을 안다.

아니나 다를까, 추이의 입에서 귀에 딱지가 않도록 늘 들었던 그 말이 나온다.

"첫 번째. 손끝."

언제 다시 주워 온 것인지 모를 추이의 송곳이 날아들었다.

어둠 속에서 소리도 없이 날아든 송곳은 잠사에 가로막혀 움직임이 제한되어 있는 백비의 손목을 정확히 꿰뚫었다.

"끄아아아악!?"

백비는 송곳을 뽑아 들 생각도 못한 채 칼을 휘둘렀지만, 이미 추이의 송곳이 하나 더 날아들고 있었다.

"두 번째. 혀끝."

그것은 비명을 지르기 위해 입을 벌렸던 백비의 혀와 볼을 동시에 꿰뚫었다.

"꺽! 꺼헉!"

백비는 피를 내뱉으며 뒤로 물러났다.

하지만 그의 칼은 본능적으로 세 번째의 습격을 대비하고 있었다.

"으으윽…… 이 새끼이……."

백비는 생각했다.

상대는 분명 '세 번째 끝'을 노리고 들어올 것이다.

그러니 사타구니 쪽을 잘 방비하고 있다가 공격이 들어오면 재빨리 피하고 되치기를 걸어야 한다.

승기를 잡을 수 있는 방법은 그뿐이었다.

'네놈이 아무리 빠르다고는 하나…… 공격할 부위를 미리 알려 주는 것은 오만이었다. 어디를 노릴지를 안다면 대응할 수 있지.'

백비의 칼에 검기가 피어오른다.

추이의 창이 사타구니 쪽을 향해 날아들거든 바로 동귀어진을 할 각오였다.

이윽고, 추이의 목소리가 이어졌다.

"마지막으로⋯⋯."

동시에, 창이 쏘아지는 소리가 들렸다.

'걸렸다!'

백비는 재빨리 칼날을 아래로 내려 사타구니를 방어했다.

그리고 튕겨 나가는 창끝을 쫓아 추이를 베어 버릴 준비를 마쳤다.

그러나.

쉬익―

추이의 창은 백비의 사타구니가 아니라 가슴팍을 향해 쏘아져 오고 있었다.

"세 번째. 창끝."

"그게 아니잖아 이 새끼야!"

백비는 황급히 칼을 들어 올렸다.

사타구니만을 방어하고 있던 칼이 위로 올라오며, 칼자루 부분이 추이의 창을 가로막는다.

이대로라면 아슬아슬하게나마 막을 수 있다.

백비가 그렇게 판단하는 순간.

끼리리리리리릭!

매화귀창이 웬 기괴한 기계음을 토해 내는가 싶더니 모습을 바꾸었다.

창대에서 분리된 창날이 별안간 사슬과 함께 튀어나오는가 싶더니 마치 채찍처럼 떨어져 내렸다.

…퍽!

칼자루를 피해 휘몰아친 창날이 백비의 왼쪽 어깨에 꽂혔다.

뎅겅—

그리고 그대로 팔 전체를 날려 버렸다.

"으—아아아아아아!"

백비가 하나 남은 오른팔로 칼을 휘둘렀다.

매화점점(梅花漸漸), 매화난만(梅花爛漫), 낙매분분(落梅紛紛), 낙매성우(落梅成雨), 매영조하(梅影造河), 매인설한(梅忍雪寒)……

여섯 개의 초식이 지금껏 전례 없던 살벌함으로 펼쳐졌다.

그 전에는 상대의 숨통을 끊어 놓는 그 순간까지도 우아함을 잃지 않으려는 마음이 배어 있었다면, 지금 이것은 그저 죽음을 각오한 맹수의 발악처럼 독기 어린 출수였다.

추이는 고개를 끄덕였다.

'과연 절정고수, 매화검수라는 칭호를 아무나 받는 것은 아닌 모양이지.'

확실히 실력 하나만큼은 평가절하할 수가 없다.

만약, 오자운을 추격하던 비무극이 백비와 함께였다면 추이는 원하던 바를 달성하지 못했으리라.

지금도 야습과 함정이라는 두 가지 우위를 점하지 못했다면 이쪽 역시 상당한 부상을 감수해야 했을 터이다.

……이윽고.

"뒈져라아아!"

백비는 전신에서 피를 뿜어내며 돌격해 왔다.

자신은 이곳에서 죽더라도 무조건 상대만은 죽이고 가겠다는 동귀어진의 수.

추이는 자신을 길동무로 삼으려는 백비의 발악을 앞두고 덤덤하게 창을 들어 올렸다.

매향성류(梅香成流), 매향침골(梅香浸骨), 매향취접(梅香醉蝶), 매유청죽(梅遊青竹), 매향성류(梅香成流), 매화만리향(梅花萬里香)…… 백비의 마지막 초식이 눈부시게 휘몰아친다.

자신의 피로 피워 내는 혈매화들이 폐건물 안에 가득히 피어났다.

하지만.

획-

추이는 이십사수매화검법의 마지막 초식을 맞받지 않았다.

그저 멀찍이 자리를 피했을 따름이다.

"뭐, 뭐냐?"

백비가 칼을 휘두르며 물었다.

"왜 도망가냐!"

"……."

"이, 이 새끼! 사내새끼가 생사결을 피해!? 네놈도 무인이라면 정정당당하게……!"

순간, 백비의 말이 중간에 끊겼다.

…울컥!

배 속에서부터 차오르는 뜨거운 울혈이 백비의 숨통을 막았다.

"커헉!?"

백비는 크게 기침했다.

시커먼 핏덩어리가 배 속에서부터 올라와 바닥으로 토해졌다.

"……어?"

백비는 바닥에 굴러다니는 깨진 동경 조각에 비친 자신의 모습을 보았다.

그의 눈, 코, 입, 귀에서 검은 피가 줄줄 흘러내리고 있었다.

이것이 의미하는 바는 명확하다.

독(毒). 한 번 중독되면 헤어 나올 길이 없는 묘족의 독이 백비의 몸 전체를 옥죄고 있었다.

"정정당당?"

어둠 속에 추이가 유령처럼 서 있다.

"글을 모르는 시비에게 가짜 혼인신고서를 들이미는 놈이

할 말은 아니지."

특유의 무표정한 얼굴로.

"……! ……! ……!"

백비는 몸을 부들부들 떨기 시작했다.

무어라 말하려 하는 것 같았지만 목소리가 나오지 않는 모양이다.

추이는 어깨를 으쓱했다.

"실력에 비해 초라한 최후구나. 그만 죽어라."

매화귀창이 작살처럼 날아간다.

그것은 퍽 소리와 함께 백비의 심장을 꿰뚫어 버렸다.

"란란. 이 개 같은…… 년……."

그것이 백비가 남긴 마지막 말이었다.

쿵!

백비의 몸이 찬 바닥에 쓰러졌다.

추이는 그런 백비의 귀에 대고 속삭였다.

"백비."

"……."

대답은 들려오지 않는다.

하지만 추이는 계속해서 그를 호명했다.

"백비."

"……."

백비의 몸에서 서서히 붉은 기운이 일렁거린다.

추이는 마지막으로 그의 이름을 불렀다.

"백비."

"……!"

세 번째 부름에서 비로소 반응이 왔다.

츠츠츠츠츠츠츠츠……

백비의 시체에서 혼백이 일어나는가 싶더니 이내 피눈물을 흘리며 이쪽을 돌아본다.

추이는 창귀가 된 백비의 넋을 눈 깜짝할 사이에 흡수해 버렸다.

이윽고, 단전 속에 뜨겁고 묵직한 기운이 꽉 들어찬다.

마치 펄펄 끓는 납물을 삼킨 것 같은 감각이었다.

'확실히 절정고수가 좋기는 좋아.'

최근에 흡수했던 시귀 북궁설만은 못하지만 이 정도만 해도 퍽 훌륭하다.

무려 화산파의 매화검수이자 등천학관의 정교관이었던 이가 아닌가.

'다음 강의 일정을 약간 조절해야겠군. 연무장 뺑뺑이를 먼저 돌린 후에 이론 수업을 하는 편이 낫겠어.'

추이는 백비의 창귀를 완벽하게 소화시키기 위해 한동안 요양할 생각을 하고 있었다.

못해도 삼 일 정도는 말이다.

바로 그때.

짝짝짝짝―

어둠 너머에서 손뼉 치는 소리가 들려왔다.

"……."

추이는 고개를 돌렸다.

누군가가 있다.

그리고 기척을 전혀 느끼지 못했다.

이것이 뜻하는 바는 매우 심각한 것이다.

추이는 창을 쥔 채 자리에서 일어났다.

스윽―

그러자 비로소 건물 안쪽, 구석진 자리에서 그림자 하나가
몸을 일으켰다.

"이야― 서문경 씨 많이 크셨소?"

그는 추이를 서문경이라 칭하고 있었다.

"아무리 백비가 인성 터진 쓰레기이긴 해도 실력 하나는
깔 수가 없는 인물인데…… 그걸 잡네?"

이윽고, 추이의 귀에 익숙한 단어 하나가 들려왔다.

"예전에 쾌활림에서 만났을 때와는 많이 달라졌소이다."

아마도 진짜 서문경과 인연이 있던 자인 모양이다.

스윽―

추이는 몸을 일으켰다.

그러자 비로소 복면인의 모습이 자세히 보인다.

검은 복면과 두건, 피풍의로 전신을 가리고 있으나 날붙이처럼 예리한 눈매만은 어둠 속에서도 또렷하게 빛을 발하고 있었다.

"……."

이럴 때 '누구냐' 등등의 말을 들어놓는 것은 하수들이나 하는 짓이다.

추이는 상황을 조금이라도 파악하기 전까지는 아무런 말도 하지 않았다.

그러자 복면인이 먼저 입을 열었다.

"친구와 만나기로 약조했던 때가 되어서 왔는데, 이게 당최 무슨 상황인지 모르겠소."

"……."

추이는 서문경의 얼굴을 떠올렸다.

그가 죽기 전에 했던 말들과 행동, 그것들을 조사하는 과정에서 얻었던 정보들이 머릿속에 쭉 정리된다.

문득 기억나는 것이 하나 있었다.

'거참, 특이한 사람이야. 등천학관에 관련된 정보라면 뭐든 좋다니. 그런 잡다한 사실들을 알아서 뭣에 쓰려는지 참. 뭐, 나야 상관없나? 그 대가로 술 얻어먹고 여자 얻어 끼고, 거기에 뇌물로 쓸 활동비까지 두둑하게 받으니까. 흐흐흐흐─'

서문경이 죽기 전, 그는 정체불명의 한 귀공자를 만났었다.

값비싼 비단옷으로 치장한 채 화려한 수레 위에 올라 있던 귀공자는 자신을 먼 세도가의 자제라 소개했다.

귀공자는 서문경이 등천학관의 교관이 되었다는 소문을 들었다며 종종 자신과 교류하여 친분을 나누자고 했다.

그는 몸이 허약해서 무공을 익히지 못해 등천학관에 입학하지 못했던 슬픈 과거가 있다면서 지금까지도 등천학관을 동경하고 있다고 했고, 이따금씩 서문경과 만나 술잔을 기울이며 등천학관에 관련된 정보들을 알려 주면 고맙겠다고도 했다.

서문경이 흔쾌히 승낙하자 귀공자는 그와 같은 호걸과 사귀어서 기쁘다며 좋은 옷과 좋은 수레, 좋은 말을 선물했고 추후 등천학관에 들어가서도 생활비를 대 주겠다며 통 큰 면모를 보였다.

그리하여 서문경과 귀공자는 석 달에 한 번 '쾌활림(快活林)'에서 만나 교분을 나누자고 약속을 했던 것이다.

'……이놈이 그때 서문경을 꼬드겼던 놈이겠군.'

추이는 확신했다.

그리고 복면인 역시도 추이를 보면서 뭔가를 확신하고 있는 것 같았다.

"봅시다. 석 달에 한 번씩 만나기로 했던 나의 벗이……

석 달에 한 번씩 만나기로 했던 나의 또 다른 벗에게 살해당했다 이건데. 대체 뭐요 상황이 이게?"

"……."

"그대는 내 친구 서문경이 아니야. 누군데 서문경 행세를 하고 있지? 나의 절친한 벗이었던 백비는 왜 죽였소?"

복면인의 눈매가 더더욱 가늘어졌다.

추이는 그의 태도를 보고 직감했다.

'서문경을 등천학관의 부교관으로 만들어 준 놈이 이놈인가.'

서문경은 죽기 직전까지 자기가 등천학관에 들어가게 된 것을 위씨세가 부부의 덕이라고 알고 있었다.

하지만 추이가 생각하기에 그것은 사실과 다르다.

위씨세가 부부는 서문경을 호적에서 파 버리는 동시에, 그가 어디 가서 굶어 죽지 않게 쌈짓돈을 끌어모아 등천학관의 부교관 관첩을 샀다고 하는데…… 그 직후 그들은 서문경 때문에 난 홧병으로 죽어 버렸다.

서문경 때문에 홧병까지 난 이들이 전 재산을 털어 가며 의절한 아들에게 출셋길을 열어 준다?

선뜻 이해가 되지 않는 대목이었다.

그리고 추이는 그 연유를 이제야 이해할 수 있었다.

"네가 개입했었구나."

"……."

복면인은 대답하지 않았다.

하지만 그럼에도 불구하고 정황상 충분히 알 수 있었다.

동네 파락호를 등천학관의 부교관직에 꽂아 넣고 자신의 정보원으로 삼겠다는 대담한 발상, 무려 화산파의 매화검수씩이나 되는 이를 포섭하는 영업력.

눈앞의 복면인은 이미 충분히 예사롭지 않은 존재였다.

그러니까 아마 그를 부리는 외부 세력 역시도 심상치 않은 집단일 것이다.

더군다나, 복면인의 입에서는 결코 좌시할 수 없는 단어가 흘러나오고 있었다.

"아까 백비를 죽인 뒤 무언가를 하는 것을 봤소."

"……."

"그대는 혈교도(血敎徒)요?"

"……!"

추이의 두 눈이 크게 벌어졌다.

회귀한 이후 '혈교'라는 단어를 남의 입에서 들어 본 것은 처음이었다.

그 말을 듣는 즉시, 추이는 조건반사적으로 움직였다.

"……역시, 맞았군."

복면인은 추이의 행동을 보며 눈살을 찌푸렸다.

"잘됐소. 어차피 강교(姜蛟), 그놈의 죽음에 대해서도 물어 볼 게 있었으니까."

그는 추이를 혈교의 끄나풀로 오해하고 있는 듯싶었다.

처억—

복면인의 손에서 사각으로 각진 시커먼 몽둥이 하나가 튀어나왔다.

뻐—억!

엄청난 속도로 떨어져 내린 몽둥이가 추이의 머리를 강타했다.

"……!"

이마에서 피가 터져 나와 질질 흐른다.

시야가 한순간 다섯 개로 늘어났다가 다시 원래대로 돌아왔다.

추이는 매운맛이 나는 자신의 피를 핥으며 몸을 숙였다.

키리리리릭! 퍼—억!

아래에서 위로 뻗어 오른 창날이 복면인의 턱 끝을 스치고 지나갔다.

…펄럭!

복면인의 하관을 가리고 있던 복면이 아슬아슬하게 잘려 나가며 그의 붉은 입술과 흰 턱이 드러났다.

하관만 놓고 보면 꽤나 곱상한 인상이었다.

창날이 피부를 훑고 갔으면 두려움이 들 법도 하지만, 복면인은 두려워하기는커녕 오히려 더욱 바짝 달려들었다.

…퍽! …퍽! …퍽! …퍽! …퍽! …퍽! …퍽! …퍽!

복면인의 쇠몽둥이가 추이의 전신을 무지막지하게 강타하기 시작했다.

　'무식하기가 견술 이상이로군.'

　추이는 창대를 뉘어 몽둥이를 막아 냈다.

　병장기끼리 이리 가까이 맞붙었으니 이제는 힘 싸움, 내공 싸움에 돌입할 차례였다.

　"내공 승부라, 나를 상대로? 무모하오."

　복면인은 조소 섞인 어조로 추이를 찍어 눌렀다.

　과연, 복면인의 내공은 자신했던 만큼 어마어마했다.

　맞닿은 병장기를 통해 손으로 전해져 오는 압력을 받고 있자니 까마득히 위에서 떨어지는 폭포를 손바닥으로 맞고 있는 듯한 느낌이다.

　만약 추이의 경지가 한 단계만 더 낮았더라도 두 손목이 부러졌을 것이다.

　하지만.

　"……."

　목숨을 건 싸움에서는 내공의 양이 중요한 것이 아니다.

　추이는 지금껏 곤귀 구강룡처럼 살육에 도가 터 있던 적이나, 남궁세가의 남궁팽생처럼 막강한 내공을 가졌던 적이나, 거력패도 도막생처럼 고강한 무기술을 사용했던 적이나, 인백정 가정맹처럼 물불 안 가리고 덤벼들었던 적이나, 시귀 북궁설처럼 절대 넘어설 수 없을 것 같았던 적들을 모두 쓰러트려 왔다.

지금도 마찬가지였다.

…펑!

추이는 밀려드는 내공의 흐름을 옆으로 흘려 버렸다.

동시에.

뻐—억!

추이의 발차기가 높은 궤도로 날아들어 복면인의 목을 후려쳤다.

"……!"

복면인은 눈살을 찌푸린 채 뒤로 물러났다.

그 앞으로 추이가 망치를 휘둘렀다.

핏—

망치는 복면인의 이마 살갗을 아주 살짝 스치고 지나갔다.

"그건 아까 봤소."

복면인이 이죽거린다.

그런 복면인을 향해 추이는 송곳을 꺼내 들었다.

"그것도 아까 본 거고."

복면인은 쇠몽둥이를 휘둘러 송곳을 받아쳤다.

이윽고, 추이는 독을 바른 잠사를 휘둘러 복면인을 붙잡으려 했다.

하지만 복면인은 잠사들을 피해 몸을 숙였고 그 과정에서 바닥에 있던 마름쇠들 몇 개를 걷어차 날려 보내는 여유를 보였다.

"전부 다 아까 봤던 것들이외다."

"……."

"이것들은 상대가 방심하고 있을 때에나 효과적인 함정들이지. 나는 천하의 백비가 여기에 잡혀 죽는 것을 직접 본 사람인데, 새삼 방심할 리가 있겠소?"

"……."

"오히려 방심은 그대가 하고 있는 듯하구려."

"……!"

추이는 눈을 크게 떴다.

위에서 떨어져 내리던 복면인의 몽둥이가 별안간 옆으로 크게 확장되었다.

차라라락! 펄럭!

그것은 쇳덩이로 된 선골(扇骨)들을 촘촘하게 이어 붙여 만들어 놓은 철선(鐵扇)이었다.

뻐—억!

별안간 옆으로 넓게 퍼진 부챗살이 추이의 머리를 강타했다.

…푸슉! 뿌슈슉!

추이는 머리의 일부가 깨져 나가는 것을 느꼈다.

터져 나오는 피가 차가운 대기와 맞닿자 더운 김이 피어오른다.

차라라라락!

철선이 휘둘러졌다.

그것은 마치 거대한 월아산(月牙鏟)의 칼날처럼 주변에 있는 모든 것들을 썽둥썽둥 썰어 버렸다.

추이가 철선을 막기 위해 창을 들어 올렸으나.

차라라락! 철커덕! 퍼—억!

복면인은 눈 깜짝할 새에 철선을 접어서 창과 맞닿는 것을 피해 버린다.

그리고 그 직후 철선을 몽둥이의 형상으로 바꾸었고, 그것으로 추이의 허리를 후려쳤다.

우—득!

방금의 일격을 허용함으로써 갈비뼈가 몇 대는 나갔다.

"쿨럭!"

심지어 부러진 뼛조각이 폐를 찔렀는지 자꾸 습기 어린 헛기침이 올라온다.

추이는 창을 꼬나 쥔 채 뒤로 물러났다.

…철커덕! 차라라라라락!

매화귀창이 기형적으로 꺾이며 변칙적인 궤도를 그렸으나.

"아까 다 본 거잖소. 또 뭐 새로운 것 없소?"

복면인은 철선 하나를 더 꺼내 들더니 그것을 열십자로 교차하여 정확히 창날의 끝을 막아 냈다.

"그대는 참 식상한 사람이구려."

두 개의 몽둥이, 두 개의 쇠부채가 다시 한번 추이의 복부를 노렸다.

추이는 짧은 순간 무릎을 세워 배를 지켰다.

뿌가각! 빠드득!

비록 무릎의 슬개골이 박살 나 버렸지만 그래도 주요 내장들을 보호할 수 있었다.

…쿵!

추이가 먼지 쌓인 바닥에 굴렀다.

복면인은 그 모습을 보며 다시 한번 박수를 쳤다.

"그 와중에 마름쇠가 떨어져 있는 곳을 피해서 굴렀소? 전투 감각이 대단하기는 하군. 혈교의 요원들은 다 그런가 보오?"

진심으로 감탄하는 기색.

하지만 그의 발걸음에서는 여전히 느른한 여유가 엿보이고 있었다.

"자. 더 할 것이 남았소?"

"……."

"없으면 그대는 죽소."

고수. 복면인의 경지는 추이를 한참 상회하고 있는 수준이었다.

더군다나 그는 지금껏 추이와 백비가 싸우는 것을 숨어서 구경했고 그동안 추이의 공격 방식을 낱낱이 분석, 습득해 놓은 상태였다.

"더는 뭐가 없나 보군."

"……."

"그럼 됐소. 이제 죽으시오."

복면인은 쇠부채를 높이 들어 올렸다.

바로 그 순간.

"아직 하나 남았다."

"……?"

추이가 고개를 들었다.

그러고는.

퉤-엣!

복면인의 얼굴을 향해 침을 뱉었다.

"……!?"

복면인은 황급히 고개를 틀었다.

하지만 그는 깜빡 잊고 있었다.

아까의 난전에서 추이의 창날에 스쳐 복면의 일부를 잃었다는 사실을.

이윽고, 추이의 머리에서 흘러나온 피가 침에 섞여 뿜어졌다.

그러고는 그대로 복면인의 입술 사이로 흘러 들어가 혀끝에까지 닿았다.

그 맛은.

"……! ……! ……! ……! ……! ……! ……! ……! ……!
……! ……! ……! ……! ……! ……! ……! ……! ……!
……! ……! ……! ……! ……! ……! ……! ……! ……!
……!"

가히 인세의 맵기가 아니었다.

⚜

추이가 입을 벌리자 진득한 핏물이 주르륵 떨어진다.

밑에서 똬리를 틀고 있던 독사 한 마리가 그 핏물을 맞더
니 곧장 몸을 뒤틀고 죽어 버렸다.

한편.

"……커헉!?"

복면인 역시도 자신의 목을 부여잡고 있었다.

맵다.

이것은 이 세상의 매운맛이 아니었다.

마치 혀에 칼집을 내서 소금을 뿌린 뒤에 불에 달군 인두
로 지지는 듯한 느낌이다.

"끄으으으으우우우으윽!?"

복면인은 침을 질질 흘리며 몸을 배배 꼬기 시작했다.

이마를 비롯한 전신에서 식은땀이 미친 듯이 쏟아졌고 시

뻘겋게 충혈된 두 눈에서는 연신 피눈물이 흘러내린다.

　[이히히히히히……]

　[살려줘살려줘살려줘살려줘살려줘……]

　[죽어죽어죽어죽어죽어죽어죽어죽어……]

귀에서는 연신 환청이 들려오고 피부에는 벌레의 발자국과 같은 발진과 두드러기들이 올라오고 있었다.

한편.

"……."

추이는 천천히 몸을 일으켰다.

'독이 바짝 올랐군.'

자기가 자기의 피를 삼켰을 때에도 매운데 남은 오죽하겠는가.

이올의 제육 층계에 오른 뒤부터 추이의 피는 무림인에게 있어 그야말로 극독 그 자체가 되었다.

살인적인 매운맛과 두통, 환청, 실명, 오한, 설사, 발진 등은 둘째로 쳐도, 체내로 들어가는 순간 내공을 바짝바짝 말려 버리는 것이 가장 치명적이다.

신체 모든 부위의 내공을 소멸시키는 것까지는 아니지만, 적어도 해당 부위의 내공을 말려 버리고 그로 인해 몸 전체의 기혈이 뒤흔들려 진창이 되어 버리기 때문에 이것에 당한 상대는 일시적이나마 '무력화' 상태에 빠지게 된다.

체내의 기혈을 안정화시키는 데 능숙한 고수일수록 금제

에 걸리는 시간은 짧으나, 제아무리 절정의 고수라고 할지라
도 최소 반 각 정도는 내공의 흐름이 온통 뒤틀릴 수밖에 없
으리라.

쿠-우우우우우우!

추이는 상대가 무력화된 틈을 타 내공을 일으켰다.

[히히히히히히……]

[낄낄낄낄낄낄낄……]

[호-호호호호호호호호호!]

수많은 창귀들이 추이의 부름에 따라 기어 나온다.

창귀들은 강제로 노역에 동원되었다.

끊어진 혈관을 잇고, 부서진 살을 채워 넣으며, 찢어진 가
죽을 꿰메고, 박살 난 뼛조각들을 모아와 조립한다.

츠츠츠츠츠츠츠츠츠츠……

추이의 몸에 난 상처들이 놀라운 속도로 아물었다.

부러졌던 뼈나 뒤틀렸던 장기들 역시도 서서히 제자리로
돌아가고 있었다.

'하지만 이것으로는 부족하다.'

추이는 방금 전에 죽이고 흡수한 백비의 창귀까지 끌어다
썼다.

아직 완벽하게 통제가 되지 않은 창귀이지만 억지로 쥐어
짜니 내공을 토해 낼 수밖에 없다.

[흐끄야아아아아아악!]

백비의 피눈물이 곧 추이의 단전 속에 고여 내공으로 변화
했다.

그것은 계속해서 전신의 기혈들을 돌며 부족한 곳을 채우
고 고장 난 곳을 수리했다.

"……. ……. ……."

추이의 두 눈에서 피눈물이 흘러내린다.

완전히 복속시키지 못한 창귀를 부린다는 것은 그 주인에
게도 큰 위험부담이다.

그릇 밖의 창귀를 부리려다가 변을 당했던 인백정처럼, 추
이 역시도 점점 폭주의 위험을 느끼고 있었다.

……하지만 회귀 전과 달리, 추이에게는 고유의 운기토납
법이 있다.

묘족의 호흡법.

추이는 머릿속에 남아 있는 옛 부족의 노래를 떠올리며 천
천히 구결을 외웠다.

千古奇才横空贤

-기이한 재주가 하늘을 덮는 천고의 현자여

可堪并论炎黄间

-염제와 황제 둘이라도 어찌 비하랴

五兵刑法君始点

-다섯 무기와 형과 법이 여기에서부터 시작했으니

九黎生气冲云天

－구리 백성들의 사기는 하늘을 찌르는도다

席卷中原华夏联

－염제와 황제를 누르고 중원을 석권하니

血染江河五千年

－피로 물든 강물이 오천 년을 흐르네

英名不因涿鹿败

－영웅의 이름은 탁록 패전으로도 가릴 수 없으니

老黑石山百花鲜

－흑석산 온갖 꽃들 여전히 붉네

언젠가 꿈속에서 보았던 주술사의 노래.

부족에 대대로 전승되어 내려오던 미지의 구결.

불타고 있는 제단에서 몸을 흔들며 노래하던 주술사와 부락민들의 모습을 떠올리자 추이의 정신이 한층 또렷해졌다.

푸쉬이이이이이이익－

달군 쇠처럼 뜨겁게 달아오른 몸 위로 시뻘건 증기가 뿜어져 나온다.

금방이라도 선혈이 뚝뚝 떨어질 것 같은 이 혈기(血氣)들은 왕성하게 뿜어져 나와 하나의 커다란 형태를 이루었다.

그것을 본 복면인의 두 눈이 찢어질 듯 커졌다.

"뭐, 뭐야 저게……?"

추이의 몸 위에 떠 있는 것을 무엇이라고 불러야 할까?

붉은 얼굴, 위로 삐죽 솟은 엄니, 구리로 된 머리와 무쇠로 된 이마, 네 개의 눈, 여섯 개의 팔, 곰의 등, 소의 뿔과 발굽.

'동두철액(銅頭鐵額)' 그 자체로 보이는 무시무시한 괴물의 형상이 이쪽을 향해 눈을 부라리고 있었다.

태어나서 처음 보는 흉신악살(凶神惡煞)의 모습에 복면인은 저도 모르게 뒷걸음질 쳤다.

바로 그 시점에서, 추이는 내부에서 폭주하는 혈기들을 모두 진압했다.

그러자 추이의 뒤에서 어른거리던 악신의 형상 역시도 서서히 흩어져 간다.

…쿵!

부러졌던 다리뼈가 어느 정도 붙었다.

추이는 곧장 손을 뻗어 눈앞에 있는 복면인의 목을 움켜잡았다.

"크윽!?"

복면인은 쇠부채를 들어 올리려 했으나 추이의 피를 먹은 상태인지라 들끓는 내공을 진정시키는 것이 쉽지 않은 듯 보였다.

쇠부채는 너무 무거워서 내공을 쓰지 않으면 들어 올릴 수 없었기에, 복면인은 그것을 버리고 추이에게 직접 덤벼

들었다.

…퍽! 퍼퍽!

내공과는 별개로 무술 실력은 좋은 듯, 복면인의 주먹과 다리가 추이의 가슴팍에 허무하게 부딪친다.

하지만 별 의미는 없는 저항이었다.

"계속 그렇게 날뛰다가는 주화입마가 온다."

"크윽…… 어, 어찌 이런 괴현상이…….."

복면인은 체념한 듯 두 눈을 질끈 감았다.

추이는 복면인의 목을 꽉 조른 채 폐건물 안쪽으로 끌고 갔다.

"이 정도 실력을 가지고 고작 중간 정보원 노릇이나 하려고 했던 것 같지는 않고. 등천학관에서 뭘 하려고 했는지 한 번 보자."

바로 그 순간, 복면인의 두 눈이 부릅떠졌다.

"이야아압!"

그는 두 발을 들어 올려 온 힘을 다해 추이의 가슴팍을 걷어찼다.

"소용없다. 내공도 쓰지 못해서야…… 음!?"

추이의 눈동자에 처음으로 당혹의 빛이 내비쳤다.

…뚜둑! 부우우우우욱!

복면인은 추이의 손에 붙잡혔던 자신의 목 가죽을 통째로 뜯어내 버린 것이다.

검은 피풍의 자락과 살가죽, 핏방울이 허공으로 비산했다.

"……!"

추이의 눈에 복면인의 맨얼굴이 드러났다.

백면서생(白面書生)이라는 단어를 현실로 옮겨 놓으면 이런 외모가 나올 것인가.

하얀 피부에 큰 눈, 길고 두꺼운 속눈썹과 여리여리한 목선.

여자처럼 곱상한 인상을 가진 남자 하나가 추이의 앞에서 물러섰다.

손으로 닭 한 마리 못 잡을 것처럼 곱고 유순하게 생긴 얼굴의 밑으로 시뻘건 생피가 뚝뚝 떨어져 내리고 있었다.

그는 목부터 가슴께까지의 생가죽을 찢어 내면서까지 추이의 손아귀에서 벗어난 것이다.

"독한 놈이로군."

하지만 그런다고 해서 바뀌는 것은 아무것도 없다.

추이는 곧바로 창귀들을 풀어 전신의 혈맥을 뜨겁게 끓였다.

부글부글부글부글부글부글부글부글부글……

시뻘건 기운이 줄기줄기 뿜어져 나오며, 추이가 백면서생을 추격했다.

이번에야말로 저놈을 잡아서 바닥에 무릎 꿇릴 생각이었다.

하지만. 추이의 예상은 두 번째로 뒤집혔다.

"핫!"

백면서생이 별안간 쇠부채를 뻗어 낸 것이다.

너무나도 무거워서 내공을 쓰지 않으면 들 수조차 없는 쇠부채.

그것이 앞으로 확 뻗어 나가며 강한 돌풍을 일으켰다.

'내공을 회복했다고? 이렇게 빨리?'

도무지 믿기지 않는 현실 앞에서 추이는 두 눈을 크게 떴다.

퍼퍼퍼퍼퍼퍼펑!

그러거나 말거나, 백면서생은 계속해서 쇠부채를 휘둘렀다.

무시무시한 바람이 일어나 바닥의 목재들과 벽면의 석재들을 죄다 뜯어내고 있었다.

콰쾅! 콰콰콰쾅! 우르르릉……

건물 내부가 완전히 초토화되기 시작했다.

이 정도 폭음이 발생한다면 저 멀리 떨어진 곳에서도 이곳의 이변을 알 수 있을 것이다.

이윽고, 백면서생이 부채질을 멈추고는 씩 웃었다.

"귀 밝은 이들은 들었을 것이오. 이곳의 소음을."

"……."

"나야 뭐, 뇌옥 생활이 익숙하다만. 그대 역시도 그러하려

나?"

이미 내공을 어느 정도 되찾았는지 표정에서 여유가 보인다.

백면서생은 부채를 살랑거리며 뒤로 거리를 벌렸다.

"서로 이만합시다. 좋은 정보원을 둘이나 잃기는 했지만…… 그래도 아직 혈교도와는 싸울 때가 아니지."

의뭉스러운 말을 남기며 내빼려는 백면서생.

하지만, 추이는 한마디로 그의 발걸음을 붙잡았다.

"황궁으로 가나?"

"……!"

백면서생의 표정이 급변하는 것을 본 추이는 비로소 확신했다.

과거, 홍공에게 창귀칭을 배우던 때가 떠오른다.

'이 무공을 숙련되게 익힌 자를 '이올(彛兀)'이라 부른다. 이올의 피는 어지간한 무림인에게는 극독과 같다. 자신의 것이 아닌 남의 내공을 태우고 말려 버리기 때문이다.'

사실 홍공이 했던 이 대사의 뒤에는 약간의 첨언이 존재했다.

'다만 무림은 넓어서 이올의 피가 잘 통하지 않는 상대도 있다. 나는 지금껏 살면서 그런 류의 별종들을 단 한 번밖에 보지 못했는데, '……'이라는 것들이 바로 그러했다. 어찌 된 영문인지 그놈들에게는 이올의 피가 잘 통하지 않으니, 어쩌다 만약 마주하게 된다면 몸을 빼는 것이 상책이다. 일단 한 번이라도 얽히게 되면 두고두고 귀찮게 구는 것들이니.'

추이는 그때의 기억을 떠올리며 말을 이었다.

"백면서생. 황궁으로 가냐고 물었다."

"……."

백비의 창귀를 쥐어 짜내어 얻은 정보에 의하면 백비는 살아생전 저자를 백면서생이라고 불렀다.

마침 생긴 것도 딱 백면서생 같은 외모였기에 추이는 계속 그를 백면서생이라 칭했다.

한편, '황궁'이라는 단어가 나온 뒤로부터 백면서생의 표정은 눈에 띄게 굳어 있었다.

무표정한 얼굴을 하고 있었으나 머릿속에 수만 가지 복잡한 생각을 품고 있음이 느껴진다.

이윽고.

…타탁!

백면서생은 별안간 뒤돌아 뛰기 시작했다.

추이는 그를 잡기 위해 매화귀창을 던졌으나.

퍼억—

창은 아쉽게도 백면서생의 어깻죽지를 때리며 빗나갔을 뿐이다.

백면서생은 한 주먹의 살덩이를 떨궈 놓은 채 등천학관의 담장을 넘었고, 순식간에 지평선 너머로 사라졌다.

"……."

추이는 추격을 중단했다.

저 정도나 되는 고수가 마음먹고 도주에만 전념한다면 잡는 것이 어렵다.

몸이 최상의 상태였을 때라면 모르겠으나 백비를 죽이고 난 뒤라서 공력 역시도 많이 소진되어 있었다.

백면서생의 철선에 맞아 부서진 한쪽 무릎도 아직 온전히 재생되지 않았다.

더군다나, 아무리 외진 곳에 있는 폐건물이라고는 하나 소음이 너무 많이 발생했기에 사람들이 몰려올 가능성도 있다.

그렇기에 백면서생을 잡는 것은 여러모로 어려울 것 같았다.

……하지만.

그럼에도 불구하고 추이는 백면서생을 잡는 것을 포기하지 않았다.

추이에게는 이럴 때를 대비해 키워 왔던 사냥개가 있기 때문이다.

"물어."

그러자 담장 건너편에서 곧장 대답이 돌아왔다.

"멍멍♥"

추이의 명령이 떨어지자마자 담장 밑에서 그림자 하나가 솟구쳐 올라 백면서생의 뒤를 추격하기 시작했다.

"아르르릉…… 왈왈- 컹컹~ 아우우우우우!"

개작두를 들고 있는 미친개였다.

때는 바야흐로 하루 전.

견술은 마을 외곽의 한 도박장에 앉아서 저포말을 만지작거리고 있었다.

"자 봐라. 주사위 두 개의 합이 얼만지. 짠- 영이지? 호호호-"

견술은 반으로 쪼개진 주사위 두 개를 들어 보이며 웃었으나.

"이건 또 뭐 하는 또라이야?"

"네네. 그따위로 억지 부릴 거면 나가세요."

"애야, 애야. 여기 새 주사위 두 개만 가져오너라~"

도박꾼들은 견술의 주장에 동의하지 않았다.

그저 물 흐르듯 자연스럽게 견술을 무시하고 자기들끼리 주사위를 굴릴 뿐이다.

"하- 이 새끼들. 낭만이 없어요, 낭만이. 기교를 몰라."

견술의 이마에 핏줄이 섰다.

이대로 탁자를 확 엎어 버릴까를 고민하던 바로 그때.

"야이 씻팔! 이거 사기잖아! 왜 자꾸 나는 삼(三)만 나오냐

고오옹!"

저 옆에 있는 탁자가 엎어지는 것도 모자라 아주 개박살이
나고 있는 게 보인다.

귀엽게 생긴 십 대 초반의 여자아이가 얼굴의 반만 가리는
복면을 쓴 채 도박꾼들의 뺨따구를 후려갈기고 있었다.

"감히 나를 상대로 사기를 쳐!? 내가 누군 줄 알아!? 파라
척결 당결…… 아니다! 아무튼 이 개새끼들아! 내 판돈 물어
내랑—!"

"미친년아! 그건 그냥 니가 주사위를 개같이 못 굴리는 거
라고! 아무도 너한테 사기 안 쳤어 씨발!"

한두 번 있었던 일이 아닌지 주변에 있던 도박꾼들이 죄다
소녀를 욕하고 있었다.

견술은 헛웃음을 지었다.

"이 도박장에는 애새끼들도 막 들어오나? 허 참. 다시는
안 와야겠네."

오늘은 운도 따라 주지 않아서 돈도 많이 잃었다.

견술은 짜증스러운 마음으로 자리를 떴다.

아까부터 뭔가 답답하고 찝찝한 기분이었다.

그때.

…푸드득!

웬 전서구 한 마리가 견술의 어깨에 내려앉았다.

"오? 예쁜이가 보냈나?"

견술은 확 밝아진 표정으로 비둘기 다리에 묶인 편지를 끌렀다.

하지만.

안녕 술 사형?

서두부터가 표정을 확 잡치게 만든다.

편지는 저 멀리 장강수로채에 있는 적향이 보내온 것이었다.

"……."

처음에는 똥 씹은 표정으로 글귀를 읽어내리던 견술.

하지만 편지를 다 읽은 뒤 그의 표정은 꽤나 미묘하게 굳어 있었다.

"하이 씨ㅡ 이래서 천두 계급장을 떼 버리고 왔어야 하는데."

편지에는 적향이 보내는 부탁의 뜻이 적혀 있었다.

거두절미하고 말할게. 진백정 강교(姜蛟), 기억하지? 최근 그의 죽음을 중심으로 이상한 움직임이 보이고 있어.

그것을 본 견술은 과거의 일을 더듬는다.

그러니까, 장강혈사(長江血事) 때의 일,

조금 더 정확하게 말하자면 적향과 함께 사형제들을 쳐 죽일 때의 일이다.

당시의 견술과 적향은 강적들 중 하나인 진백정 '강교'를 포섭하기 위해 미끼를 던졌었다.

'너, 군관 출신이지?'

'그러고 보니 들은 적이 있는 것 같군. 우리 강 사형이 원래 동창(東廠) 출신이라는 소문을.'

'장강의 수적들을 약화시키기 위해 처음부터 잠입해 있었던 어린 고수라. 이거 경극 한 편 나오겠는데?'

'장강의 수적들을 와해시키고 싶다면 지금이 기회야. 우리랑 손잡고 인백정을 치자.'

동창이란 황궁에서 운영하는 직속 산하기관으로 주로 '정보 수집', '정적 암살', '표적 납치', '귀빈 경호' 등의 중대 임무들을 수행하는 비밀 조직이었다.

그곳의 요원들은 황제가 직접 가려 선발하며 오로지 뛰어난 실력을 가진 환관들로만 구성되어 있다는 특징을 갖는다.

솔직히 진백정이 군관 출신이었는지, 동창 출신이었는지 견술은 알지 못했다.

그냥 적향이 뭔가를 말하길래 동조해 준답시고 아무 말이나 되는대로 내뱉었을 뿐.

하지만 '내 알 바야?' 라고 생각하며 던진 그 말에 진백정은 뜻밖의 반응을 보였었다.

'……내가 뭘 하면 되나?'

진백정이 그런 반응을 보일 줄 몰랐던 견술은 조금 당황했
었다.

하지만, 결과적으로 그것이 진백정의 마지막 말이었다.

왜냐하면 그 말이 있고 난 직후에 튀어나온 인백정이 곧바
로 진백정을 끔살해 버렸기 때문이다.

그 이후 견술은 그냥 그렇구나 하고 넘어갔었는데, 아무래
도 적향은 아니었던 모양이다.

동창의 중앙정보국이 움직이고 있어. 그들이 여기저기 쑤시
고 다니면서 강교의 죽음을 캐고 있는 것 같아. 그때 나눴던 대
화가 아무래도 좀 이상해서 남겨진 진채를 뒤져 봤더니 그쪽
요원들과의 접선 기록이 희미하게나마 남아 있더라고.

대충 넘겨짚었던 견술의 말은 의외로 진짜였다.

진백정 강교. 그는 거정 공제환의 제자로 들어가기 전부터
동창과 연이 닿아 있었던 것이다.

내가 따로 조사해 보니까…… 강교는 원래 장강수로채를 감
시하기 위해서 잠입했던 간첩이 맞아. 하지만 그는 죽기 전에
감시의 대상을 틀었던 것 같아. 장강수로채가 아니라 '혈교'
라는 집단으로.

장강수로채를 약화시키기 위해 잠입했던 강교는 원래 거정 공제환과 그의 수제자인 자백정 서우학, 그리고 축백정 우철우를 감시하고 있었다.

다만 그는 죽기 전, 알 수 없는 모종의 이유로 최우선 감시의 대상을 인백정 가정맹으로 바꿨던 듯싶다.

그래서 동창은 지금 인백정 가정맹을 조사함과 동시에 인백정을 죽인 자 역시도 조사하고 있어. 그 결과 '혈교'라는 미지의 집단이 존재한다는 것을 알게 된 것 같아.

편지 말미에 적혀 있는 적향의 부탁은 퍽 간결한 것이었다.

사형은 추이의 뒤를 계속 따라다녀 줘. 만약 동창이 혈교에 관심을 가진다면 분명 인백정을 죽인 추이의 앞에도 나타날 거야. 어쩌면 그 전에 사형의 앞에 나타날지도 모르지. 그러니까 항상 주변을 경계하도록 해. 추이 옆에 꼭 붙어 있고. 개백정이라고 해서 어디 가서 개죽음당하지 말고. 부디 몸조심하길.

견술은 적향의 편지를 구겨서 벽난로에 던져 넣었다.
…화르륵!
순식간에 재가 되어 버린 편지를 보며 견술은 욕지거리를 내뱉었다.

"몸조심해라, 정보 수집해라, 하나만 요구하든가. 니미 럴."

마음 같아서는 이런 귀찮은 일일랑 다 때려치우고 싶다.

하지만 견술은 보기와는 달리 은근히 장강수로채에 애착을 갖고 있었다.

서문경에게 당해 죽을 운명이었던 그를 구해 주었던 공제환.

그리고 그런 견술을 따듯하게 맞아 주었던 대사형 서우학과 우철우.

그들의 온화한 얼굴을 떠올리면 차마 장강을 외면할 엄두가 나지 않는 것이다.

현 채주인 적향과는 원래 매우 어색한 사이였지만 인백정을 함께 죽이는 과정에서 많이 친해지기도 했고, 그래서 여러모로 더 심경이 복잡했다.

"에이 씨, 예쁜이가 준 살생부의 이름 지우기도 벅찬데 진짜."

하나의 숙제를 처리하기도 전에 계속 다음 숙제들이 쌓이는 기분이다.

견술은 바람 따라 물 따라 흐르면서 살던 자신의 신세가 어쩌다 이렇게 묶이게 되었나 싶어 머리만 벅벅 긁을 뿐이었다.

그때.

…푸드득!

전서구 한 마리가 또 날아들었다.

"아 뭐냐고! 가뜩이나 머리 터지겠는데!"

견술은 부글부글 끓는 속을 꾹 누르며 편지를 열었다.

그곳에는.

소집(召集)

단 두 글자만이 짧게 적혀 있을 뿐이었다.

그리고 그것을 보는 순간, 견술의 입가가 빵긋 펴진다.

"아, 그래. 이런 편지라면 얼마든지, 예쁜아!"

견술은 편지를 톡톡 두드리며 웃었다.

"소집은 무슨. 부를 사람 나밖에 없으면서. 하여간 은근히 허세 끼 있다니까~"

견술이 막 편지에 대고 뽀뽀를 하고 있을 때.

와장창창창창! 콰콰콰쾅!

뒤에 있던 도박장의 벽이 요란한 굉음과 함께 박살 났다.

아까의 그 열두어 살배기 소녀가 도박꾼들의 죽탱이를 날리며 집기를 부수고 있는 중이었다.

"이 사기꾼 새끼들아아아! 내 판돈 내놓으라고오오오! 그게 이번 달 치 월급이야아아아아! 난 그 돈 못 줘어어어어!

만천화우-!"

그 소란을 뒤로하고 견술은 후다닥 뒷골목을 빠져나왔다.

'앞으로 저 정신 사나운 도박장에는 다신 가지 말아야지'라
고 생각하면서.

이윽고, 견술은 추이가 일러 준 시간에 맞추어 등천학관
최외곽에 있는 담장 밑에 자리를 잡았다.

썩은 널빤지와 짚단 사이에 숨은 견술은 기척을 숨기고 아
주 오랜 시간 동안을 그곳에 앉아 있었다.

……시간이 얼마나 흘렀을까, 견술은 이쪽을 향해 오는 발
소리를 들었다.

철퍽- 철퍽- 철퍽-

눈 녹은 진흙탕을 밟는 소리는 담장 근처에 있는 폐건물
앞에서 멈추었다.

"후…… 늦는군."

투덜거리는 소리도 들려왔다.

견술은 최대한 기척을 내지 않으려 노력하면서 고개를 들
었다.

흰 얼굴에 날카로운 매부리코, 툭 불거져 나온 광대뼈에
얄팍한 입술을 가진 남자가 초조한 기색으로 서 있는 것이

보인다.

'병신. 저럴 거면 복면 왜 써. 차라리 나처럼 상남자스럽게 쌩얼로 다니든가.'

견술이 이런 생각을 하는 것도 모른 채, 남자는 계속해서 중얼거린다.

"빌어먹을 놈. 오늘도 바람을 맞힌다면 계약은 끝이다."

그는 아마 이곳에서 누군가를 만나기로 했던 모양이다.

견술은 잠자코 기다렸다.

이곳에서 무슨 일이 벌어질지 기대하며, 가슴 두근두근거리는 심경으로.

이윽고, 견술이 기대하던 일이 벌어졌다.

"이 야심한 시각에 누구를 기다리나?"

추이가 온 것이다.

머지않아 두 사람은 각자의 병장기를 꺼내 들고 싸우기 시작했다.

대화를 들어보면 매부리코 사내의 이름은 백비이고 화산파의 매화검수인 모양.

'와! 매화검수! 처음 보네.'

견술은 신기하다는 듯한 시선으로 백비를 쳐다보았다.

백비의 칼날은 날카로웠고 또 빨랐다.

한 번의 쾌검에 어김없이 여섯 떨기의 매화꽃이 피어나는 것을 보면 감탄이 나올 정도였다.

'……오, 잘하는 청년인데?'

견술은 솔직히 백비의 실력에 감탄했다.

'말하는 것은 병신같았는데 나름 가닥이 있네.'

그리고 저기서 칼을 휘두르고 있는 백비의 칼과 자신의 개
작두가 붙으면 어떻게 될지를 상상했다.

'보자…… 일단 힘으로 붙으면 내가 지겠고, 속도로 붙으
면…… 그래도 내가 지겠고, 얼굴로 붙으면…… 그건 내 압
승이지. 아니 근데 저 쾌검술은 진짜 사기 아니야? 저건 어
떻게 막아 보지도 못하고 베일 것 같은데. 싸운다면 승산
은…… 냉정하게 따져서 일 할? 물에서 싸운다고 하면 그래
도 삼 할 정도는…….'

백비의 칼이 휘둘러질수록 견술의 심상비무 역시도 치열
해졌다.

그는 상상 속에서 이미 백비의 칼에 여러 번 목을 베였다.

하지만 그럼에도 불구하고 견술의 작두날은 백비의 옷깃
만 몇 번 스쳤을 뿐, 별반 유효타를 먹이지는 못했다.

확실히 백비의 실력은 견술보다 최소 두 수는 위였다.

'……저런 놈을 압도적으로 몰아붙이는 예쁜이가 진짜 대
단하긴 해.'

백비에 대한 분석은 끝냈으니 이제 추이를 살펴볼 차례다.

"……뒈져라."

추이의 실력은 구태여 의심할 필요도 없는 진짜배기다.

아니나 다를까, 추이는 그다지 어렵지 않게 백비의 공격을 흘려 냈고 또 작은 교전에서도 반드시 이득을 보았다.

백비는 잘 버티고 있었으나 점차 몸이 피투성이가 되어 갔다.

'얌마, 힘내! 너 매화검수잖아! 그 비무극인지 뭐시긴지보다 쎄다메!'

언제부터인가 견술은 슬슬 백비를 응원하고 있었다.

아무래도 자신과 비슷한 실력이다 보니 자신을 투영하게 되는 것은 어쩔 수 없었다.

하지만. 응원이 무색하게도.

…깍뚝!

백비는 추이의 창에 심장을 맞아 죽고 말았다.

'에이―'

견술은 입맛을 다셨다.

저 정도씩이나 되는 엄청난 고수치고는 너무나도 초라하고 허무하게 죽어 버렸다.

'아냐. 나는 애초에 저렇게 허무하게 안 당했지. 나는 두 손 모아 싹싹 빌어서라도 살아남는다 이 말이야. 어, 잠깐? 백비랬나? 그럼 저 병신이 나보다 약한 거네? 결국엔 산 사람이 승자 아님?'

견술은 승리했다. 정신적으로.

하지만 그러면서도 내심 백비가 열등감을 가지고 있었다

는 오자운이라는 인물에 대한 기대감도 드는 것이 사실이다.

'오자운이라는 자가 예쁜이랑 싸워서 비겼댔나? 그 치는 그럼 얼마나 세다는 거람?'

언뜻 듣기로 오자운은 마교에 투신했다고 한다.

견술은 언젠가 그와 만나게 되면 대차게 한판 붙어 봐야겠다고 생각했다.

……바로 그때.

"이야─ 서문경 씨 많이 크셨소?"

뜻밖의 목소리가 들려왔다.

견술이 숨어 있던 곳에서 그리 멀리 떨어지지 않은 곳.

썩은 두엄더미의 위에서 그림자 하나가 솟구쳐 오른 것이다.

"아무리 백비가 인성 터진 쓰레기이긴 해도 실력 하나는 깔 수가 없는 인물인데…… 그걸 잡네? 예전에 쾌활림에서 만났을 때와는 많이 달라졌소이다."

'쾌활림'이라는 단어를 들은 견술의 귀가 번쩍 뜨였다.

쾌활림이라면 분명 서문경을 죽이고 놈의 집을 불태웠던 곳이었다.

'……이것 봐라?'

견술은 갑자기 나타난 복면인에게 관심을 돌렸다.

그리고 이내, 복면인의 입에서 익숙한 단어 하나가 나왔다.

"잘됐소. 어차피 강교, 그놈의 죽음에 대해서도 물어볼 게 있었으니까."

진백정 강교. 그의 이름을 듣는 순간 견술은 무릎을 탁 하고 쳤다.

'이거다 싶더라니까요.'

&

견술은 추이의 지시가 떨어지기 무섭게 뛰쳐나왔다.

그리고 마치 물오리를 쫓는 사냥개처럼 전력을 다해 뛰었다.

벌써 저만치 멀어진 백면서생을 잡기 위해 말이다.

'저 새끼, 분명 강교를 찾았었지?'

강교(姜蛟).

어찌 보면 흔한 이름이다.

그러니 강교를 찾는 사람도 흔할 수 있다.

하지만.

'하고 많은 강교들 중에 죽은 강교를 찾는 놈은 얼마나 될까?'

아무리 생각해도 상당히 높다.

적향의 편지에서 언급된 동창의 세력과 저 백면서생이라는 놈이 밀접하게 연관되어 있을 확률 말이다.

'적 사매에게 말할 게 생겼네.'

나름대로 장강수로채에 도움이 될 수 있다는 생각에 견술은 무의식적으로 뿌듯함을 느끼고 있었다.

"야! 귀공자야! 거기 서라~ 서라고! 널 잡아가야 예쁜이가 좋아한단 말야!"

견술은 목청껏 소리쳤지만 백면서생은 들은 척도 안 한다.

결국, 견술은 고래고래 고함치기 시작했다.

"동창에서! 파견 나온! 비밀요원! 백면서생! 게섯거라! 아아아아!"

그러자 눈앞에서 달리던 백면서생의 발걸음이 약간 멈칫하는 게 보인다.

그러는 동안 그들은 시가지의 어귀를 지나게 되었다.

다닥다닥 붙어 있는 초가집들.

싸리나무 울타리가 길게 뻗어 나가 구간 구간을 이루고 있고 그 너머에 있는 굴뚝들에서는 아주 간간이 연기가 피어오른다.

불 꺼져 있는 수많은 집들을 향해, 견술이 재차 소리를 질렀다.

"아이고 동네 사람들! 여기 황궁에서 파견 나온 절대고수가 있소! 특별히 오늘 새벽에만 공개할 테니 다들 나와 보쇼! 여기 동창의 비밀요원이! 지금 밤에 은밀히! 황제 폐하가 내리신 임무를 수행 중이라니까!? 어!? 이 귀한 구경을 겨우 잠 때문에 놓친다고!? 어!?"

그러자 앞서 달리던 백면서생이 발걸음을 멈췄다.

이윽고, 그는 뒤로 돌아 견술을 죽일 듯 노려보기 시작했다.

"뭐 하는 짓이오?"

"뭐 하는 짓이긴? 서라고 하는데 안 들으니까 내 나름대로 조치를 취한 것이지."

"아까 동창 어쩌구 하던데, 나는 그런 거 모르오."

"그러시겠지. 알아도 몰라야 할 테니까."

"말이 안 통하는군."

백면서생은 고개를 절레절레 저었다.

훤히 드러난 가슴팍의 붉은 살점에서 아직도 선혈이 배어 나오고 있어서 그 모습이 퍽 기괴해 보였다.

이윽고, 백면서생의 눈에서 살기가 번뜩였다.

"내 아무리 부상을 입었다고 해도, 비루먹은 개 한 마리에게 쫓겨 다닐 정도는 아니외다."

"어, 그럼 얼른 죽이면 되겠네. 얼른 죽여. 새삼스럽게 대화 시도하지 말고~"

"……"

"왜? 못 하겠어? 우리 예쁜이 피가 은근히 맵지? 아직도 매울 거야. 그게 좀 오래 가~ 호호호호–"

견술이 개작두를 들고 달려들었다.

콰—쾅!

위에서 아래로 떨어져 내린 개작두가 쇠몽둥이에 가로막혔다.

백면서생은 쇠부채를 접어서 몽둥이처럼 휘두르며 견술의 개작두를 막아 냈다.

…쩡! …쩌엉! …쩡! 따—앙!

육중한 쇳덩이와 쇳덩이가 만나 불똥을 빚어낸다.

백면서생의 내공과 견술의 내공이 맞붙으며 사방팔방으로 공력의 파편들을 흩뿌리고 있었다.

쩌—억!

쇠부채를 밀어내는 것도 모자라 거의 모가지까지 파고 들어오는 작두날을 보며, 백면서생은 생각했다.

'힘 하나는 무식하게 세군. 기술은 없지만 딱히 그런 게 필요할 것 같은 성향도 아니고. 상대하려면 골치깨나 아프겠어.'

한편.

따—앙!

자신의 개작두를 연거푸 막아 내는 쇠부채를 보며, 견술은 이를 갈았다.

'이 새끼, 나이도 어려 보이는 새끼가 공력이 왜 이렇게 두꺼워? 어지간해서는 이빨도 안 들어가네. 아니, 무슨 무공을 어떻게 익혀야 이 나이에 이런 내공이 쌓이지?'

서로가 서로를 고평가하고 있지만 그 사실을 결코 입 밖으로 꺼내 놓지 않는다.

…따따따따따따따땅!

작두날과 부채살이 허공에서 수십 합이나 맞부딪쳤다.

스악—

정면으로 뻗어 나간 부채의 날이 견술의 머리카락 몇 가닥과 함께 귓바퀴 끝을 잘라 냈다.

뻐—억!

동시에 개작두의 옆면이 백면서생의 어깨를 후려갈겼다.

…타타탁!

견술과 백면서생은 각각 저택의 지붕 위로 내려섰다.

여기서부터는 본격적으로 마을의 시가지가 시작되는 지점이었다.

백면서생이 말했다.

"요 앞부터는 백성들의 터전이오. 장소를 옮김이 어떠하오?"

"왜? 쫄려?"

"그것이 아니라, 애먼 양민들에게 피해가 가면 안 되잖소."

"그래? 황궁에 계신 분이라 그런가 역시 백성 사랑이 남다르구먼. 근데 나는 수적 새끼라서 그런 건 잘 몰라!"

말을 마친 견술이 별안간 고개를 돌렸다.

그리고 개작두를 들어 담장 아래를 향해 휘둘렀다.

"그래서 저런 꼬맹이나 그 애비 애미도 그냥 막 죽여 버린다구!"

"뭣!?"

백면서생이 견술의 개작두를 따라 고개를 홱 돌렸다.

하지만.

꼬꼬꼬꼭…… 삐약!

그곳에는 닭장 속에서 눈을 멀뚱멀뚱 뜨고 있는 닭과 병아리들만이 있을 뿐이었다.

'아차!'

속은 것을 깨달은 백면서생이 다시 고개를 원위치했다.

"까꿍―"

어느새 견술이 그의 앞으로 다가와 있었다.

알아도 방비할 수 없을 정도의 지척까지, 바짝.

"뒈져!"

개작두를 애먼 곳에 휘둘렀기에 내지를 수 있는 것은 발뿐이다.

견술은 모든 공력을 쏟아부은 발길질로 백면서생의 가슴팍을 걷어찼다.

퍼―억!

그러나.

"도적놈이라 그런가, 참으로 근본이 없소."

백면서생은 태연한 표정으로 가슴팍에 꽂힌 발을 붙잡았고 그대로 견술을 담벼락 아래에 내리꽂았다.

콰—직! 쨍그랑!

견술은 담장 아래에 있던 옹기들을 모조리 부수며 나뒹굴었다.

좌아악—

깨진 옹기에서 튀어 오른 간장과 젓갈들이 백면서생의 흰 얼굴에도 잔뜩 끼얹어졌다.

이윽고, 견술이 몸을 끼얹어진 간장들을 털어 내며 몸을 일으켰다.

"끄응…… 쿨럭! 퉤— 호호호—"

입에서 구더기를 뱉어 내면서도 낄낄 웃어 대는 견술.

백면서생은 그런 견술을 혐오스럽다는 듯 내려다본다.

"대체 왜 따라오는 거요? 그렇게 죽고 싶소?"

"나는 좆도 안 달린 놈한테는 안 죽는다."

"안 달리다니? 왜 그렇게 단정하시오."

"환관아, 나를 바보로 아니?"

"달려 있는지 안 달려 있는지, 그대가 봤소?"

"뭐야? 보여 달라면 보여 주냐?"

"태도를 보고 결정하겠소."

"미친 새끼. 니 껀 관심 없어."

견술이 눈에 들어간 간장을 털어 내고는 개작두를 들어 올렸다.

그런데.

"……?"

당장이라도 뛰어오를 것 같았던 견술이 일순간 제자리에 멈춰 섰다.

이윽고, 견술의 목소리가 살짝 떨렸다.

"뭐, 뭐야 너?"

"뭐가 말이오?"

"너…… 누구야?"

"후후."

백면서생은 부채로 얼굴의 절반을 가렸다.

가느다란 눈썹, 고혹적인 눈매, 여우같이 말려 올라간 입꼬리.

간장과 젓갈을 흠뻑 뒤집어썼어도 특유의 아름다운 외모는 여전했다.

"누구냐니? 그대가 나를 백면서생이라고 부르지 않았소? 그렇다면 백면서생인 게지."

"아니…… 내가 상대하던 놈은…… 분명 남자였는데?"

견술이 멍한 표정을 지을 만도 하다.

먹구름이 걷히며 서서히 드러나는 달빛.

그 아래에 비친 백면서생의 얼굴은 전과 비슷했으나 몸만은 달라져 있었다.

부드럽게 굴곡져 있는 여체(女體).

백면서생은 어느샌가 여자로 변해 있었던 것이다.

견술의 두 눈이 가늘어졌다.

"자존심 상하네. 잡졸들이나 하는 말을 내가 하게 될 줄은 몰랐는데."

"뭔데 그러오?"

"대, 대체 무슨 사술이냐 이놈!"

백면서생의 육체에 벌어진 기묘한 변화.

견술은 손으로 이마를 짚어가며 지난날을 반추했다.

"환술? 아니야…… 분명 아까 너는 남자였다."

가슴팍을 걷어찼을 때 느꼈다.

아까 전에 백면서생의 가슴팍은 분명 단단한 돌판처럼 평평했다.

하지만 지금은 어떤가?

찢어진 옷 사이로 보이는 가슴과 허리, 둔부의 굴곡은 보형물 따위가 아니라 틀림없는 진짜였다.

더군다나, 목부터 시작해서 왼쪽 가슴까지 뜯겨 나간 살가죽은 그가 분명 추이와 싸웠던 백면서생임을 증명하고 있었다.

이윽고, 백면서생은 얼굴을 가린 부채를 치웠다.

"규화보전(葵花寶典)이라고 들어 봤소?"

"몰라. 뭐야 그게. 무서워."

"아무튼 그런 게 있소이다. 저승길 선물로 알려 드렸소."

백면서생의 말을 들은 견술은 왠지 밀려오는 오싹함에 몸을 움찔 떨어야 했다.

이윽고, 견술이 개작두를 든 채 펄쩍 뛰어올라 담장 위에 섰다.

백면서생 역시도 쇠부채를 든 채 담장 위로 올라섰다.

견술이 재차 도발을 걸었다.

"성전환 얘기는 됐으니 바로 본론으로 들어가지. 장강수로채의 진채를 뒤져 보니 동창의 비밀 조직과 접선한 기록이 있더군."

"……!"

"듣자 하니 동창에는 '중정(中情)'이라는 비밀 조직이 있다는데. 그게 너 같은 놈들을 말하나 보지?"

"……."

백면서생은 입을 다물고 옷매무새를 추스른다.

견술이 다시 한번 물었다.

"아까 강교의 죽음을 조사하고 있댔지? 왜? 동창의 특수요원이 수적 소굴에 들어갔다가 죽어서 나왔으니 열받아? 응? 그거 누가 죽였는지 알려 줘? 어? 짜잔- 내가 죽였는데? 다 내가 죽여 버렸어~ 이 개작두로. 응? 알아? 강교 내가 죽였다 이 말이야~"

"그따위 질 낮은 도발은 필요 없소. 그냥 도망치겠다는 생각은 이미 버렸으니까. 그대는 오늘 여기서 죽소."

백면서생의 표정이 딱딱하게 굳어졌다.

이윽고, 그녀는 담장 아래로 펄쩍 뛰어내리더니 어디론가 곧장 달려 나갔다.

　"어이쿠! 또 도망치시려고! 동네 사람들! 여기 황궁의 특수요원이…… 어?"

　견술은 백면서생을 쫓아가다 말고 또다시 멍한 표정을 지었다.

　백면서생이 향한 곳은 민가의 부엌이었다.

　사람이 없는 부엌으로 들어간 그녀는 별안간 아궁이 위에 있던 커다란 솥을 집어 들었다.

　콰긱 - 뎅그랑!

　뚜껑을 구기듯 집어 던지자 솥 안에 든 것이 보였다.

　잔불에 의해 데워져 김을 내뿜고 있는 물이 솥을 가득 채우고 있었다.

　백면서생은 그 무거운 솥을 한 손으로 들어 올렸고.

　촤 ― 아아아아악!

　자신의 몸에 뜨거운 물을 끼얹었다.

　푸쉬이이이이이익……

　뿌연 김이 뭉게뭉게 올라온다.

　견술은 그것을 보며 이죽거렸다.

　"왜? 몸에 묻은 간장, 젓갈 냄새를 못 견디시겠나? 귀공자라서 그런가 아주 깔끔하기 그지없…… 헉!?"

　하지만 견술은 이번에도 말을 끝맺지 못했다.

뿌연 김을 헤치고 나타난 백면서생.

홀딱 젖어 있는 그의 몸이 어느 새인가 다시 남자의 것으로 되돌아가 있었기 때문이다.

견술이 물었다.

"그…… 선생님. 아까 익히신 무공이 뭐랬죠?"

"닥치시오."

백면서생의 눈에 핏발이 섰다.

이윽고. 두 개의 쇠부채가 꽁지 닷 발, 주둥이 닷 발의 괴물새처럼 활짝 펼쳐졌다.

쿠-오오오오오오오!

그의 몸에서 지금껏 전례가 없던 어마어마한 내공이 폭사되어 나온다.

아마 추이의 피로 인해 걸려 있던 금제의 잔재들을 지금 막 간장, 젓갈과 함께 싹 털어 낸 듯했다.

그리고 그것을 본 견술의 이마에는 식은땀 한 방울이 맺히고 있었다.

'……좆된 것 같은데?'

아무래도 오늘 밤을 넘기기 어려울지도 모르겠다.

＊＊＊

추이는 관사로 돌아가 명상을 하고 있었다.

눈을 감으면 단전 속 심상뇌옥(心想牢獄)에 새로운 창귀 한 마리가 웅크리고 있는 것이 보인다.

날카로운 눈매와 매부리코를 가진 이 창백한 창귀는 손톱으로 땅을 북북 긁으며 연신 피눈물을 흘린다.

여자의 형상을 한 창귀들과 아이의 형상을 한 창귀들이 이 백귀(白鬼)의 몸에 그득그득 들러붙어서 낄낄 웃어 대고 있었다.

한편.

'……. ……. …….'

침상에 앉아 있는 추이의 얼굴에서는 팥죽처럼 붉고 걸쭉한 땀이 비 오듯 흘러내리고 있었다.

지금 추이는 중대한 기로 앞에 섰다.

위로 끝없이 이어지는 나선형의 계단.

어둡고 광활한 심상세계를 세로로 관통하고 있는 이 무한 계단의 한 중턱에 추이는 가만히 서 있는 것이다.

눈앞에는 거대한 문이 보인다.

다음 단계로 통하는 관문.

그것은 이올(彝兀)의 열 단계 중 제 일곱 번째 단계로 통하는 문이었다.

지금껏 넘어온 계단들은 감히 비교조차 할 수 없을 정도로 거대한 문 앞에서 추이는 호흡을 가다듬었다.

'단박에 깨쳐야 한다.'

돈오점수(頓悟漸修)의 돈오(頓悟), 그것은 곧 대오각성(大悟覺醒)으로 이어질 것이다.

너줄너줄 힘을 주어 봤자 눈앞의 저 거대한 문은 꿈쩍도 하지 않는다.

회귀 전에 저것을 한번 열고 지나갔던 적이 있는 추이는 그 사실을 더더욱 잘 알고 있었다.

'온 힘을 모아서 단숨에 밀고, 찰나의 틈을 노려 들어간다.'

문을 활짝 열 필요도 없다.

그저 조금, 아주 조금의 틈만 있으면 되는 것이다.

추이는 계단 앞에 섰다.

그리고 지금껏 모아 왔던 창귀들을 불러들였다.

[히히히히히······]

[킥킥킥킥킥킥······]

[흑흑흑흑흑흑······]

가지각색의 창귀들이 저마다 울고, 웃고, 기괴하게 춤추며 기어온다.

추이는 그것들의 면면을 쭉 확인했다.

제일 먼저 눈에 들어온 것은 살아생전 흑도방이라는 문파의 조직원이었던 창귀들이었다.

그것들은 녹림의 산적들로 위장한 채 호질표국을 습격했다가 때마침 회귀했던 추이에게 걸려 몰살당했다.

그 뒤에는 흑도방주 구양포와 그의 수하 흑도사걸(黑道四傑)의 창귀가 있었다.

그것들은 더 뒤에 있는 커다란 창귀들에게 기가 죽어 몸을 움츠리고 있다.

추이의 시선이 더 큰 창귀들에게 향했다.

조가장의 무인들이 죽어서 변한 창귀들이 시뻘건 대나무와도 같이 서서 혀를 길게 늘어트리고 있었다.

그것들의 중심에는 혈죽(血竹) 조양자(趙襄子)의 창귀가 서 있는 것이 보였다.

……하지만.

조양자의 창귀조차도 그 뒤에 있는 더 큰 창귀의 기세에 눌려 쭈뼛쭈뼛 눈치만 보고 있었다.

비로소 추이의 시선이 검붉은 창귀 하나를 향해 내리꽂혔다.

곤귀(棍鬼) 구강룡. 추이가 가장 힘들게 싸워 잡은 창귀였다.

그리고 곤귀에 필적하는 다른 창귀들이 저마다 몸을 일으킨다.

북궁원로 남궁팽생, 패도회주 도막생, 인백정 가정맹, 그리고 시귀 북궁설까지.

살아생전 나름대로 강호를 한 가락씩 주름잡았던 절정고수들이 모두 추이의 부하가 되었다.

'가라. 가서 문을 열어라.'

추이는 대장군처럼 손을 뻗었다.

그러자 수많은 창귀들이 일제히 문을 향해 몰려들기 시작했다.

쿠―구구구구구구구……

흑도방, 조가장, 장강수로채, 패도회, 나락곡의 창귀들이 앞다투어 문을 밀었다.

거대하고 육중한 문이 아주 조금씩, 조금씩 뒤로 밀려나기 시작했다.

바로 그때.

…콰쾅!

절정고수 출신의 창귀들이 문짝에 달라붙었다.

[그―아아아아아악!]

곤귀 구강룡이 어마어마한 힘으로 문짝을 밀어젖히기 시작했다.

어지간한 잡 창귀들은 구강룡이 내뿜는 기세만으로도 갈가리 찢겨 나갔다가 계단 저 아래에서 겨우겨우 재생되었다.

[오―으으으으으으!]

남궁팽생 역시도 비슷했다.

그것은 구강룡에 맞먹는 힘으로 반대쪽 문짝을 들이받고 있었다.

쿠구구구구구구구구!

문짝의 틈이 점점 더 벌어진다.

그 시점에서.

[끄-아아아아아아아악!]

패도회주 도막생이 온몸을 불사르며 달려 나가 그 틈으로 몸을 밀어넣기 시작했다.

…우드득! …우드득! …우드득! …우드득! …우드득! …우드득!

창귀들 중 가장 몸집이 큰 도막생이 문틈을 향해 몸을 갈아 넣자 틈이 점점 더 넓어진다.

그 뒤를 이어 인백정 가정맹이 사백정 당삼랑을 거느리고 양쪽 문을 잡아당겼다.

그리고 마지막으로 북궁설과 백비가 나섰다.

콰-직!

두 창귀가 온 힘을 다해 머리를 들이받자 거대한 문짝이 확 벌어졌다.

그래 봐야 추이 한 사람이 간신히 지나갈 수 있을 정도의 넓이였지만 말이다.

이윽고, 추이가 발걸음을 옮겼다.

저벅- 저벅- 저벅- 저벅-

추이는 서두르지 않았다.

창귀들이 피눈물을 흘리며 갈려 나가고 있는 와중에도, 혈액의 폭포가 쏟아지고 있는 계단 위를 향해, 그저 무심하게 걸어 올라갈 뿐이다.

이윽고. 추이는 문 사이를 통과해 더 높은 계단으로 올라
갈 수 있었다.

[갸-아아아아아아악!]

[끄-으으으으으으!]

시귀 북궁설과 매화검수 백비의 단말마를 끝으로.

…콰-앙!

문이 닫혔다.

문 사이에 끼인 창귀들은 갈가리 찢어져 분해되어 버렸지
만 그것은 추이가 신경 쓸 일이 아니었다.

어차피 이 모든 것들은 심상세계의 표상일 뿐, 창귀들의
본질은 여전히 추이의 단전 속 뇌옥에 잘 갇혀 있기 때문이
다.

"……!"

추이는 눈을 떴다.

단전에서 넘쳐 흐르는 내력이 온몸 구석구석까지 퍼져 나
간다.

추이는 내공을 한 바퀴 돌려 주먹으로 응집시켜 보았다.

ㅊㅊㅊㅊㅊㅊㅊㅊ!

주먹 속에서 쇳물처럼 부글부글 끓어오르는 열과 무게가
느껴진다.

언제든 힘을 주기만 주면 곧바로 무시무시한 화력을 뿜어

낼 용광로였다.

"이걸로 이올의 칠 층계에 도달했군."

대성(大成)하기까지 앞으로 세 계단.

하지만 그 세 계단까지는 지금껏 올라왔던 거리보다도 훨씬 더 길고 험난한 여정이 될 것이다.

그때.

…푸드득!

관사의 창밖으로 전서구 한 마리가 날아들었다.

추이는 비둘기 다리에 묶여 있는 편지를 풀어 보았다.

일단, 편지는 견술이 보낸 것으로.

졌어.

시작부터 추이의 인상을 찡그리게 만드는 내용이 담겨 있었다.

이 백면서생 놈, 아무래도 등천학관에 그냥 잡스런 정보나 얻으려고 온 것 같지는 않아. 애초에 이렇게 센 놈이 중간 정보 원으로 있을 리가 없잖아?

그 점에는 추이도 동의하는 부분이었다.

'백면서생이라…….'

내공이 심후하고 의지 또한 대단한 적이었다.

백비전을 치르기 전에 만났다고 하더라도 함부로 승패를 장담할 수 없는 상대.

아무튼. 싸웠는데 졌어. 이놈이 내공을 엄청 빨리 되찾더라고. 겨우 목숨만 건져서 도망갔지. 몸보다는 마음의 부상이 커서 한동안 좀 마셔야겠어. 당분간은 못 돌아갈 것 같으니 먼저 자 예쁜아. 그럼 안녕!

추이는 편지를 곧바로 태워 버렸다.

'아무리 내 피의 영향을 덜 받는다고 해도 금제에서 아예 자유로울 수는 없었을 것이다. 견술 정도면 충분히 잡을 수 있다고 판단했는데…… 무엇이 변수였을까?'

아직은 정보가 부족하여 함부로 판단할 수 없다.

'다만 한 가지 확실한 것은…… 놈이 동창 출신이라는 것 뿐이지.'

추이는 예전에 홍공에게 들었던 말을 떠올렸다.

'무림은 넓어서 이올의 피가 잘 통하지 않는 상대도 있다. 나는 지금껏 살면서 그런 류의 별종들을 단 한 번밖에 보지 못했는데, '동창'이라는 것들이 바로 그러했다. 어찌 된 영문인지 그놈들에게는 이올의 피가 잘 통하지 않으니, 어쩌다 만약 마주하게 된다면 몸을 빼는 것이 상책이다. 일단 한 번

이라도 얽히게 되면 두고두고 귀찮게 구는 것들이니.'

홍공은 자신의 피가 잘 통하지 않는 상대를 동창 하나로
일축했었다.

추이는 백비의 창귀를 쥐어짜 모든 정보들을 입수했고 그
결과 다음과 같은 판단을 내렸다.

'비밀 조직인 동창 안에서도 가장 은밀한 곳인 '중앙정보국
(中央情報局)', 일명 '중정'. 백면서생은 그곳 소속일 가능성이
크다.'

백면서생은 아마 고도의 훈련을 거친 환관, 혹은 그 비슷
한 존재일 것이다.

'그런 자가 혈교에 대해서 쑤시고 다니는 것은…… 어쩌면
나쁘지 않은 일일지도 모르겠군.'

단 한 가지 의문은, 동창 중앙정보국의 환관씩이나 되는
이가 왜 하필 등천학관에 관심을 갖고 있느냐는 것이다.

'황실에서 주최하는 정사 비무대회 때문인가? 아니야, 그
것은 아직 시간이 많이 남았다. 굳이 벌써부터 조사 들어올
이유는 없어. 그렇다고 나를 찾아온 것은 아닐 것이고.'

추이는 생각에 잠겼다.

백면서생씩이나 되는 이가 서문경 같은 파락호까지 정보
원으로 삼아 가면서 등천학관에서 얻어 가려던 것이 무엇이
었을까?

그것은 창귀로 만들어 버린 백비조차도 모르는 것이었다.

애초에 백비는 백면서생을 등천학관 내에 수건이나 종이, 지필묵 등의 소모품을 납품하고 싶어 하는 상인으로만 여기고 있었으니 말이다.

'……백비를 조금 더 늦게 죽일 걸 그랬나.'

하지만 이제 와서 후회해 봤자 무의미한 일이다.

추이는 일단 백면서생이라는 적에 대한 계획을 당분간 보류해 놓기로 했다.

앞으로 차차 알아 가면 될 일이었다.

❈

다음 날 아침.

생도들이 하나둘씩 강의동으로 출근하는 시간.

등천학관의 부지 내에서 가장 외진 곳의 폐건물 앞에 한 사람이 서 있었다.

"……이상하군."

녹빛이 흐르는 흑발을 뒤로 넘겨 묶은 한 여자가 폐건물 앞의 땅을 손가락으로 짚고 있다.

"흔적이 이쪽으로 이어져 있어. 이곳은 버려진 땅인데 말이야."

여인은 점점이 이어진 핏방울을 따라 폐건물 안으로 들어갔다.

잘려 나간 처마, 구멍 난 돌쩌귀, 그리고 난장판이 된 건물 내부.

"발자국으로 짐작해 보면 셋, 아니 넷."

지난밤에 있었던 일들을 하나하나 짚어 내고 있는 여인.

그녀의 콧등을 가로지르는 긴 흉터가 한번 꿈틀 움직였다.

여인은 옆에 있는 부하들을 돌아보았다.

"제보는 확실한가?"

"확실합니다. 어젯밤 백비 교관이 이쪽으로 향하는 것을 봤다는 사감들의 증언이 있었습니다."

"그는 아직도 안 돌아왔지?"

"예. 아직도 관사에 미복귀 중이고 강의동에도 출근하지 않았습니다."

부하들의 말에 여인은 고개를 끄덕였다.

그때, 부하 한 명이 조심스럽게 말했다.

"저…… 수사관님."

"왜?"

여인이 심드렁한 표정으로 대답하자 그는 말을 계속 이어 나갔다.

"백비 교관은 아무래도 학교 밖에 있는 것이 아닐까요? 술에 잔뜩 취해서 퍼 자고 있으면 관사 미복귀도, 무단 휴강도 설명되는 일입니다. 예전에도 비슷한 사건 사고들이 많았다고 하더군요. 여자관계가 워낙에 난잡하다 보니…… 애초에 저희들이 여기에 온 것도 한 시비의 제보 때문 아닙니까."

부하의 말을 들은 여인은 천천히 고개를 끄덕였다.

사실 여인이 백비 교관을 찾는 이유는 그의 실종 때문이
아니었다.

란란이라는 이름의 시비가 한 제보.

등천학관의 교관에게 몹쓸 짓을 당했고 이제는 억울하게
쫓겨날 수밖에 없다는 내용이 담긴 읍소.

아무도 귀 기울이지 않았던 천한 시비의 울음을 들어 준
단 한 사람이 바로 이 여인이었다.

그녀는 란란의 말을 듣고 분노를 터트리며 곧장 백비 교관
을 체포하려 했는데 정작 그 백비가 실종되어 버린 것이다.

여인은 여전히 무표정한 얼굴로 지시를 내렸다.

"일단 란란이라는 이름의 시비는 학관 측에서 전적으로 돌
봐 줄 수 있도록 해라. 위로금도, 거주지도, 원한다면 앞으로
의 종신 고용도, 이 모든 것들에 있어서 한 치의 부당함도 없
도록 조치해야 할 것이다. ……그리고."

여인의 지시를 받아 적던 부하들이 고개를 들었다.

그녀는 싸늘한 어조로 말을 이었다.

"백비 교관은 아마 죽었을 것이다."

"네에!?"

부하들이 토끼눈을 뜬다.

하지만 여인은 아랑곳하지 않은 채 말했다.

"어젯밤. 이곳에서 싸움이 있었다. 최소 넷 이상의 고수들이 이 자리에 얽혀 있었고, 최소 한 명 이상의 사망자가 나왔을 것으로 짐작된다. 나는 그 사망자가 백비 교관이라고 본다."

충격적인 말들이 연거푸 이어진다.

하지만 이 자리에 있는 그 어떤 사람도 감히 그녀의 추론에 반박하지 못했다.

……최연소로 등천학관에 입학하여 최연소로 등천학관을 졸업한 천재 중의 천재.

……졸업과 동시에 현무관에 배속되어 '경공과 심법 (一)'을 맡고 있는 교관.

……등천학관의 교권치안국 제일 부의 수장.

……정도십오주이자 구파일방인 '개방(丐幫)'의 육결(六結) 제자.

……등천학관의 모든 교직원들이 경외와 두려움을 담아 '현무후(玄武后)'라는 별호로 부르는 존재.

'구예림(丘乂林)'.

이번 '촌지 사건'을 빌미 삼아 정적 관계에 있었던 수많은 교관들의 목을 날려 버린.

그래서 '당결하의 칼'이라 불리는 그녀가 본격적으로 수사에 착수하기 시작한 것이다.

학관 생활

호예양.

"……. ……. ……."

그녀는 잠옷 차림으로 침상에 누워 신음하고 있었다.

몸이 용광로 속의 쇳덩이처럼 뜨겁다.

누군가가 무거운 것으로 짓누르는 듯 숨이 턱턱 막히고 있었다.

목은 바싹바싹 마르고 입안은 죄 갈라 터졌지만 몸 밖은 온통 식은땀으로 인해 푹 젖어 있었다.

악몽. 벌써 몇 번이나 지속되었는지 모르는.

호예양은 오늘도 같은 꿈을 꾸고 있는 것이다.

쏴아아아아아아……

비가 억수같이 내린다.

꿈속에서 호예양은 현실과 사뭇 다른 모습을 하고 있었다.

화상으로 인해 얼굴과 목젖이 짓물렀고, 그래서 헐떡이는 숨소리 또한 괴상하다.

검상과 화상으로 인해 가슴이 사라졌고 머리 역시도 빡빡 밀려 있어서 사람이 아니라 괴물처럼 보였다.

…푹!

어디선가 화살 한 대가 날아와 그녀의 어깨에 꽂혔다.

'그렇게 느려서야 나라의 살수들을 피할 수 있겠는고?'

어디선가 끌끌 웃는 목소리가 들려왔다.

마치 고양이가 쥐를 가지고 놀 듯, 아니 호랑이가 쥐를 가지고 노는 듯한 태도.

'늙어서 뒷방 퇴물이 되느니 이렇게 산보라도 해야지.'

어둠 속에 비릿한 호선이 그어진다.

한 노야(老爺)가 빗줄기 사이로 호예양을 내려다보며 웃고 있었다.

'……! ……! ……!'

꿈속의 호예양은 도망쳤다.

도망치고 도망치고 또 도망쳤다.

하지만 노야는 느긋한 걸음으로 호예양을 따라갔다.

'고작 계집 하나를 없애는 일이라. 하찮기는 해도 무려 남궁세가의 원로가 맡긴 의뢰다. 뭔가가 있을 수도 있는 일 아

니겠누?'

그저 흥미. 약간의 호기심.

그것이 노야가 호예양을 죽이려 드는 이유였다.

호예양은 도망쳤다.

죽어라고 달리고 또 달렸다.

꿈속의 그녀는 부모도 없고 가문도 없었으며 아름답던 미모와 청춘마저도 모두 잃어버렸다.

이윽고, 눈앞에 탁류가 넘실거린다.

휘몰아치는 폭풍우와 범람하는 강물이 호예양의 앞을 막아섰다.

노야가 웃었다.

'그곳에 뛰어들 수 있다면 더는 쫓지 않으마. 어떠냐? 이 나락노야(奈落老爺)가 하는 말은 믿어도 좋다.'

'......'

호예양은 갈등했다.

자신을 죽이려는 추격자와 눈앞에서 범람하는 홍수.

어느 쪽이든 죽음은 피할 수 없을 것이다.

하지만, 호예양은 판단했다.

뒤에 있는 노야와 맞닥뜨릴 바에는 눈앞에 있는 저 홍수에 집어삼켜지는 편이 더 나을 거라고.

'아버님, 어머님. 불초(不肖)한 딸년을 용서하여 주십시오.'

그것이 호예양의 마지막 말이었다.

동시에, 꿈속의 시야가 어지러워진다.

현실의 호예양이 보고 있는 풍경이 뒤바뀌었다.

약간의 시간이 흐른 뒤의 시점.

꿈속의 호예양은 오랑캐와의 전장에 나가 있는 말단 병사였다.

그녀에게는 후임 병사가 하나 있었다.

하지만 그의 얼굴은 이상하게도 흐릿하게 보여서 누구인지 알아볼 수가 없었다.

어쨌든 둘은 항상 붙어 다녔고, 늘 함께였다.

한 막사에서 뒤엉켜 잠을 잤고 같은 그릇에 밥을 먹었다.

싸울 때 각자 등을 맞댈 수 있었으며 서로의 과거와 현재를 모두 알고 있었고, 터놓지 못할 흉금이 없었다.

……그리고 어느 날.

꿈속의 호예양은 묘한 노인을 하나 만났다.

그는.

'그렇게 살아서 무얼 하려느냐?'

죽어 가는 몸으로 달콤한 꼬드김을 던지고 있었다.

'어차피 벌레같이 살다 갈 목숨이다. 이리 내려와서 도박 한번 해 보지 않으련?'

바로 그 순간, 또다시 시점이 일그러진다.

쏴아아아아아아……

비가 억수같이 내린다.

마치 그날의 밤처럼.

꿈속의 호예양은 죽어 가고 있었다.

그 옆에는 잘린 목 하나가 놓였다.

눈앞에는 소년 병사 한 명이 흐릿한 얼굴로 울고 있다.

지금껏 쭉 함께 지내 왔던 의형제였다.

꿈속의 호예양은 피투성이가 된 채 힘없이 웃었다.

'알고 있었지 않으냐. ……은 어차피 우리를 살려 놓을 생각이 없었다. 내가 조금 더 먼저 움직였을 뿐이지.'

그녀는 울컥 피를 쏟아 낸다.

의학적 지식이 없는 사람이 봐도 이미 살아날 길이 없는 상태였다.

'울지 마라. 불구 노인네 하나 죽이는 것쯤 아무것도 아니었다.'

하지만 아무것도 아닌 게 아니었다.

실제로 그녀는 그 행위의 대가로 목숨을 잃어 가고 있었으니까.

'내가 너를 왜 살린 줄 아느냐?'

'모르겠다.'

흐릿한 얼굴의 형제가 대답했다.

꿈속의 호예양은 울 듯 웃었다.

'그것은 네가 호질표국의 쟁자수였기 때문이다.'

'……?'

의아해하는 형제를 향해, 꿈속의 호예양은 자신의 과거를 털어놓았다.

'나는 멸문당한 호정문의 마지막 후예다.'

'……!'

현실의 호예양은 그 광경을 보며 두 눈을 크게 떴다.

'너를 만나서 다행이라고 생각한다. 언젠가 여유가 생긴다면, 부디 나의 한을 풀어 다오.'

그것이 꿈속 호예양의 마지막 유언이었다.

"……헉!?"

호예양은 침상에서 몸을 일으켰다.

춥다. 오싹한 소름이 전신을 타고 흘렀다.

그녀는 이불을 걷고 일어나 잠옷의 옷깃을 쭉 짜 보았다.

뚝– 뚝– 뚝–

옷을 짜면 땀방울이 떨어질 정도로 식은땀을 많이 흘렸다.

"……매번 대체 이게 무슨 꿈이야."

호예양은 가슴을 꽉 움켜쥐었다.

꿈속에서는 도려내어지고 없었던 가슴이 그대로 잘 있다.

동경에 얼굴을 비춰 보아도 아름다운 옥안이 무탈하게 보일 뿐이었다.

"악몽이 점점 구체적으로 변하는 것 같아. 휴우……."

꿈에서 깬 직후는 항상 혼란스럽다.

장자가 말했던 호접지몽(胡蝶之夢)처럼, 꿈속의 호예양이 진짜인지 아니면 지금의 자신이 진짜인지 헷갈릴 때가 있는 것이다.

"그런데 그 사람은 누구였을까."

꿈속의 장소는 항상 조금씩 변하지만 유일하게 변하지 않는 등장인물이 하나 있다.

폐허가 된 호정문, 오랑캐들과의 전장, 비오는 날의 참호…… 그 어떤 장소에서든 등장하는 얼굴.

"꿈속의 나와 아주 친해 보이던데……."

그들은 서로를 의형제라고 불렀지만, 현실의 호예양이 보기에는 꿈속의 호예양이 품은 감정은 상대방과는 조금 다른 것 같아 보였다.

이것은 무어라 설명하기 힘든, 여자의 직감이었다.

"아우— 모르겠다. 이제 악몽 좀 그만 꿨으면 좋겠어. 내일 중요한 강의도 있는데……."

호예양은 욕실로 들어가 찬물을 몸에 끼얹어 땀을 씻어 냈다.

그리고 벽장에서 새 이불을 꺼내 덮고는 다시 침상에 누웠다.

"그 '기 얽힘' 현상인지 뭔지가 당최 이해가 안 되네. 내일은 꼭 다시 질문해서 개념을 이해해야지."

호예양은 지난번 강의에서 서문경 부교관에게 들었던 내용들을 한번 암송해 보였다.

'화경(化境), 더 정확히 말하자면 조화경(造化境)의 경지에 이른 자들은 자연의 법칙을 자신에게 유리하게 이용하는 것을 넘어 그것을 왜곡하고 곡해할 수 있다. 세상 만물이 가지고 있는 호연지기는 근본적으로 서로 '얽혀' 있고, 한번 얽히게 된 호연지기는 물리적으로 떨어지게 되더라도 항시 같은 성질을 띠게 되는데, 이것이 바로 호연지기 이론의 기본 개념인 '기 얽힘' 현상이다. 얽혀 있는 두 호연지기는 그중 어떤 것을 관측, 측정하든 간에 그 즉시 같은 특성을 띠게 된다. 하늘의 별자리들을 자세히 살펴보면 그 즉각적인 변화를 관측할 수 있다. 갑(甲)이라는 사물이 품고 있는 호연지기와 을(乙)이라는 사물이 품고 있는 호연지기가 한번 얽히게 되면 갑와 을이 아무리 멀리 떨어져 있다고 해도 두 호연지기의 성질은 항상 일정하게 유지된다. 여기서 만약 갑의 상태가 변하여 호연지기의 종류가 바뀐다면 거리에 상관없이 을이 품고 있는 호연지기의 상태 역시도 즉시 그것과 같게 변한다. 거리와 시간을 무시한, 요컨대 계수(係數)의 붕괴와 관련된 개념인 것……'

언제나 열심인 호예양은 늘 이렇게 지난 수업 내용을 통째로 외우다가 잠들곤 하는 것이다.

꽃

교직원 관사의 시비 영아는 상당한 호들갑을 떨고 있었다.
"서문 부교관님! 저 보직 이동 안 해도 된대요!"
"잘됐구나."
추이는 차를 마시며 고개를 끄덕여 주었다.
영아는 추이가 준 약과를 오물거리며 계속해서 재잘댄다.
계속 추이를 모실 수 있게 되어서 몹시도 기쁜 모양이다.
"참. 그 있잖아요 부교관님. 저를 지목했었다는 그 교관님
이요. 성함이……."
"백비. 화산파의 백비 교관이었지."
"맞아요, 맞아요. 원래 주작관의 교관으로 오실 예정이었
던 그분이요! 제가 왜 그분의 시비로 안 가게 되었냐면, 어느
날 갑자기 그분이……."
"실종되었다고?"
"맞아요! 역시 아시는구나."
영아는 손뼉을 치며 짐짓 진중한 표정을 지어 보였다.
"시비들 사이에서 지금 그 이야기가 완전 장안의 화제잖아
요."
"교관 하나가 종적을 감춘 게 이야깃거리가 되나? 아마 시

비를 건드린 죄책감을 견디지 못하고 도망친 것일 텐데."

"어우- 그럴 리가요. 지금껏 그분이 건드린 시비가 몇 명인데. 그럴 인간은 아닌 것 같아요. 저희들 생각엔……."

'저희들'이라는 단어가 나오자 추이 역시도 귀를 기울였다.

등천학관 내에서 일하는 시비들은 나름대로 저희들끼리 탄탄한 정보망을 구축하고 있다.

그래서 이들의 소문이나 화젯거리 등등에 대해 꾸준히 관심을 갖다 보면 때때로 의외의 수확을 건질 수도 있는 것이다.

이윽고, 영아는 시비들 내에 도는 소문을 말해 주었다.

"백비 교관은 죽은 것 같아요."

"……!"

시비들치고는 통찰력이 제법이다.

추이는 시비들이 왜 그렇게 생각하는지가 궁금했다.

"근거는?"

"그야 당연하잖아요. 그분이 마지막으로 목격된 게 '구교사(舊校舍)'로 향하는 뒷길이었대요."

"구교사? 그 폐건물 말이냐? 그게 왜?"

"아이 참- 모르세요? 구교사에는 사람 잡아먹는 귀신이 나오잖아요! 백비 교관도 그 귀신에게 잡혀 간 것이 틀림없다고요! 등천학관의 팔 대 괴담 모르세요? 그 왜, 자시(子時)

만 되면 움직이는 동상이랑…… 의술관의 움직이는 백골이
랑……."

"……."

추이는 그냥 고개만 끄덕이고 말았다.

원래 시비들의 정보란 이렇게 거를 것은 걸러 들어야 한
다.

하지만, 그 뒤로 이어지는 영아의 말은 제법 귀담아들을
만한 것이었다.

"참. 부교관님! 이건 진짜 따끈따끈한 소식!"

"뭐냐?"

"란란이 일이 다 잘 풀렸어요!"

영아는 자기가 다 기분이 좋다는 듯 말했다.

"학관 측에서 란란이한테 모든 피해 보상을 다 해 주기로
했대요! 란란이가 원하기만 하면 종신 고용은 물론이고 집
에, 생활비에, 아이 양육비에, 교육비까지 평생 지원해 주기
로 서약서를 썼다나 봐요!"

"잘됐구나."

"맞아요, 진짜 잘됐죠. 아니, 잘되었다기보다는 불행 중
다행인데…… 아무튼요! 이게 다 현무후 구 수사관님 덕분이
에요."

"누구?"

"현무후 님이요. 구예림 수사관님!"

영아의 두 눈이 초롱초롱해졌다.

"그분은 학관 내 모든 여자들의 우상이세요. 저희들 같은 시비들의 고충도 잘 들어주시고 항상 따뜻하게 살펴 주시는…… 그러면서도 불의는 절대 못 참으시죠. 말하자면 '강자에게 강하고 약자에게 약한', 협객의 표상이랄까? 크—"

추이는 영아의 찻잔에 찻물을 따라 주었다.

"그 얘기, 조금 더 해 봐라."

"앗, 부교관님도 그분을 동경하시는군요? 그럼요, 그럼요, 제가 또 시비들 중에 손꼽히는 '현무후님 추종단' 일 기 명예 회원이지요."

영아는 신바람이 나서는 이런저런 것들을 말해 주었다.

이름 '구예림'.

나이 스물여덟.

최연소로 등천학관에 입학하여 최연소로 등천학관을 졸업한 천재 중의 천재.

졸업과 동시에 곧바로 현무관에 배속된 최연소 교관.

등천학관의 교권치안국 제일 부의 수장.

정도십오주이자 구파일방인 '개방(丐幇)'의 육결(六結) 제자.

등천학관의 모든 교직원들이 경외와 두려움을 담아 '현무후'라는 별호로 부르는 존재.

……그리고 이번에 억울한 처지에 놓여 있던 란란을 구해 줌으로서 등천학관 내의 모든 시비들의 절대적인 지지를 받

게 된 여자.

추이는 차를 마시며 중얼거렸다.

"협객이라 이건가."

"그렇죠! 그분이야말로 진정한 대협이죠!"

"뭐, 다른 정보들은 있나?"

"으음…… 있기는 한데. 아무래도 다른 사람의 이야기를 하는 것이 좀……."

"나에게는 괜찮다. 말해 봐라."

추이의 말에 영아는 잠시 고민했다.

그러고는 이내 고개를 끄덕였다.

"네 그럼요. 제가 부교관님께 받은 은혜가 얼만데 이런 걸 숨기겠어요!"

영아는 그 외에도 구예림에 대한 시시콜콜한 정보들을 말해 주었다.

"현무후 님이 쓰시는 타구봉법은 동년배는 물론이고 그 윗세대까지도 적수가 없대요! 유년 시절부터 아주 혹독한 수련을 해 오셨다고 해요! 하긴, 그러니까 무려 개방 방주님의 직결 제자가 되실 수 있으셨겠죠? 개방 방주님께서 말년의 말년에 받으신 제자셔서 배분도 엄청 막 말도 안 되게 높대요! 생활하실 때는 약간의, 아니 조금 심한 결벽증이 있으셔서 담당 시비들은 조금 하는 일이 많은가 봐요. 그런데 평소에 워낙 잘해 주시는 데다가 같은 여자가 봐도 너무 멋있으셔서 아무도 불만이 없대요. 일각에서는 개방의 거지가 왜 청결에 그렇게 신경을 쓰냐고 구박을 하는 사람도 있다는데, 참 나쁜 사람들이지요. 개방 사람들은 뭐 깨끗하면 안 되나? 정말 웃겨요."

추이는 대부분의 정보들을 그저 흘려들었다.

그때, 영아의 입에서 묘한 말이 나왔다.

"참. 이것은 그냥 호사가들의 뜬소문인데, 현무후 님에게도 슬픈 출생의 비밀이 있다나 봐요. 어렸을 적에 의절한 부친이 사실 사도련의 고위 간부라는……."

"그런 것을 어떻게 알지?"

"학장님의 집무실을 청소하는 시비가 들었어요. 학장님이 술에 잔뜩 취하셔서 혼자 중얼거리시는 것을 들었다나. 그런데 이건 사실 헛소문일 가능성이 굉장히 높아요. 애초에 술 드신 학장님은 워낙 이상한 소리를 많이 하셔서 아무도 안 믿는 분위기……."

역시 만악의 근원은 학장이다.

당결하가 짓던 해맑고 멍청한 웃음을 떠올린 추이는 살짝 미간을 찡그렸다.

바로 그때.

똑똑―

누군가가 관사의 방문을 두드렸다.

"……?"

추이는 자리에서 일어나 현관으로 향했다.

똑똑똑—

문을 두드리는 소리가 한번 더 이어진다.

추이는 현관문의 손잡이를 잡고 문을 열었다.

그리고.

"……!"

제 말을 듣고 온 호랑이가 벽과 문 사이로 얼굴을 드러냈다.

"서문경 부교관?"

구예림.

그녀가 현관문 밖에 서 있었다.

협개(俠丐) 구예림.

회귀하기 전, 추이는 그녀에 대한 소문을 익히 들었었다.

훗날 정도를 대표하게 될 영웅.

구예림은 혈교의 준동 당시 홍공의 야욕에 큰 걸림돌이 되었던 인물들 중 한 명이었다.

심지어, 홍공은 언젠가의 전투에서 구예림의 타구봉에 맞아 큰 부상을 입기까지 했고 그때의 부상은 결과적으로 홍공을 저 먼 변방의 전장으로 패퇴하게끔 만들었다.

하지만 결국 구예림, 그녀 또한 홍공에게 입은 내상을 극복하지 못하고 단명하게 된다.

이것이 원래의 운명이었다.

추이는 눈앞에 있는 구예림을 빤히 바라보며 생각했다.

'……이 여자는 가능한 무병장수하는 편이 좋다. 그것이 곧 홍공의 계획에 어깃장을 놓는 길이겠지.'

한편, 구예림은 인상을 찡그린 채 추이를 마주 본다.

"그대가 서문경 부교관?"

"예."

"나는 그대의 직속상관이 된 구예림 교관이다. 반갑다."

구예림은 추이를 바라보며 말을 이었다.

"원래는 백비 교관이 비무극 전 교관의 빈자리를 대신하기로 했는데, 몇 가지 변동 사항이 생겨서 내가 오게 되었다."

백비의 죽음으로 인해 그녀가 현무관과 주작관을 동시 담당하게 된 모양이다.

'그럴 만도 하군.'

추이는 미미하게나마 고개를 끄덕였다.

원래 주작관의 교관이었던 비무극이 죽고 나서 그 후임자인 백비 역시도 실종되었다.

주작관의 교관직 자체가 원래 기피 보직인 데다가 전임자 둘이 연달아 불미스러운 일을 당했으니 아무도 이 불길한 자리를 희망하지 않는 것이 당연한 일.

그래서 구예림이 임시로나마 현무관의 교관과 주작관의 교관을 겸임하게 된 것 같았다.

이윽고, 구예림은 추이를 찾아온 용건을 말했다.

"본디 그대를 소환하여 통보하는 것이 맞으나 사안이 급하여 직접 왔다. 그대의 다음 강의가 '경공과 심법 (二)'인 것으로 아는데, 맞는가?"

"맞습니다."

"나의 담당 강의는 '경공과 심법 (一)'이다."

공교롭게도 둘은 같은 과목을 가르친다.

수강생들의 목록만 다를 뿐이다.

구예림은 짤막하게 말했다.

"그대의 수업 일정과 나의 수업 일정을 바꾸었으면 한다."

"안 됩니다."

"……?"

추이의 대답을 들은 구예림이 표정을 찡그렸다.

그녀는 약간의 불쾌감을 담아 물었다.

"내가 지금 잘못 들은 건가? 방금 뭐라고 했지?"

"……."

본디 교관은 부교관들을 통솔하는 직.

그러니까 군대로 따지면 대대장과 중대장의 차이에 가깝다.

당연히 명령을 내릴 수 있고, 굳이 그 이유를 설명할 필요는 없다.

하지만 그것은 일반적으로 그렇다는 이야기.

추이에게는 구예림의 명령을 거부할 수 있는 권한이 있었다.

'에궁…… 이거 한 해에 세 명밖에 임명 못 하는 건데……
아껴 두고 아껴 두었던 이 특권을 완전 초짜 신입에게 쓸 줄
이야…….'

바로 당결하 학장에게 받은 면책 특권 때문이다.

'면책특권자(免責特權者)'자는 무슨 월권행위를 해도 해고되
지 않는다.

따라서 학관 내에서 학장을 제외한 그 누구의 눈치도 볼
필요가 없었다.

…꿈틀!

구예림의 콧등을 가로지르는 흉터가 뱀처럼 움직였다.

"상관의 명령을 거부하는 것인가?"

"사유가 있습니다."

"무슨 사유? 부교관은 피치 못할 사정이 없는 한 교관의
명령을 최우선적으로……."

"학장님이 부르셨기 때문입니다. 바로 그 시간에."

"……."

학장을 언급하자 구예림이 말을 중간에 멈췄다.

"또 학장인가, 젠장. 그 대책 없는 여자……."

그녀는 손으로 이마를 짚은 채 한숨을 내쉬었다.

"내가 수업을 바꾸자고 한 것도 학장님의 호출 때문이었
다. 딱 그 시간대에 부르시더군."

"그렇습니까?"

"그렇다. 우리 둘에게 볼일이 있는 모양이시군."

구예림은 수업 교체 요구를 깔끔하게 포기했다.

하지만 그녀는 용건이 끝났음에도 불구하고 돌아가지 않았다.

다만 날카로운 눈으로 관사 안을 훑어볼 뿐이다.

"그건 그렇고, 서문경 부교관?"

"예."

"나흘 전 이 시각. 어디에서 뭘 하고 있었지?"

탐문(探問). 구예림은 여상한 표정으로 수사를 하고 있었다.

'특별히 의심하는 기색은 아니로군.'

추이는 구예림의 시선에서 경계심을 읽었으나 그것은 그녀가 원래 그런 성향일 뿐, 이쪽을 특별히 더 의심하는 것은 아닌 것 같았다.

"강의가 있었고, 관사로 일찍 복귀해서 잤습니다."

"그랬군. 증명해 줄 사람이 있나?"

"사감과 시비들이 보았을 것입니다. 증언해 줄 시비 한 명이 마침 안에 있습니다."

"알겠다."

구예림은 그 말을 끝으로 돌아섰다.

추이가 막 문을 닫으려는 순간.

"잠깐."

구예림이 고개를 돌렸다.

"……."

추이는 손을 멈추고 시선을 들었다.

구예림과 추이의 시선이 잠깐 허공에서 맞부딪쳤다.

이윽고, 그녀의 입이 천천히 열렸다.

"증언해 줄 시비가 관사 안에 있다고 했나?"

"……."

추이는 입을 다물었다.

백비를 죽이고 시체를 은닉한 사실이 밝혀지면 다소 귀찮아질 수 있다.

물론 모든 증거들을 철저히 인멸했으니 그럴 일이야 없겠지만…… 상대가 장차 무림의 구국영웅이 될 구예림이라면 혹시 또 모르는 일.

이윽고, 구예림은 발걸음을 돌렸다.

그리고 추이의 관사 문 안을 들여다보았다.

거실에 앉아 있던 시비 영아가 몸을 움찔 떠는 것이 보인다.

이윽고, 구예림이 말을 이었다.

"학관의 규칙상, 시비는 술시(戌時) 이후로 남자 교직원 관사에 출입할 수 없다. 혹시 강압에 의해 이곳에 있는 것이라면……."

"아, 아닙니다! 전혀 그렇지 않아요! 수거할 빨랫감이 있어서 잠깐 들렀던 것입니다! 자발적으로요! 진짜예요! 서문 부교관님은 모두에게 엄청 잘해 주세요!"

영아가 펄쩍 뛰며 손사래를 치자 비로소 구예림의 표정이 조금 풀렸다.

"그런가. 그래도 밤늦게 교직원 숙소에 있지 마라. 남녀가 유별하다."

"네, 넵!"

"자네도. 늦은 시간에는 가급적 시비에게 심부름을 시키지 말게."

"주의하겠습니다."

추이는 목례를 하며 대답을 마쳤다.

구예림은 고개를 한 번 끄덕인 뒤 몸을 돌려 복도 너머로 사라졌다.

그리고.

"……."

추이는 한동안 복도를 주시한 끝에 문을 닫았다.

"……. ……."

현관에 선 추이는 눈을 감고 한동안 복도 너머의 소리에 귀를 기울인다.

"……. ……. ……."

얼마의 시간이 지나고.

저벅– 저벅– 저벅– 저벅–

그제야 복도 너머로 발소리가 멀어져 간다.

구예림은 추이가 문을 닫고도 한동안 벽 뒤에 서서 이쪽을 감시했던 것이다.

'성가신 성격이로군.'

영웅. 그것은 불특정 다수에게는 멋지고 든든하게 느껴지겠지만…… 어쩌면 바로 지척에 있는 사람들에게 있어서는 상당히 귀찮은 존재일지도 모르겠다는 생각이 들었다.

'경공과 심법 (二)' 강의가 시작되었다.

오늘도 생도들은 추이의 지도편달에 따라 '딱 죽기 직전까지' 굴려졌다.

"들어라. 몇 번을 설명하는 것인지 모르겠지만."

추이는 아무런 고저도 없이 경공의 기초를 가르친다.

"일반인의 걸음은 그저 물리력을 통해 이동하는 것에 불과하다. 잘 뛴다 싶은 일반인들은 그 물리력을 최대한 낭비하지 않게끔 움직임에 신경을 쓰지."

생도들은 숨을 헐떡이면서도 추이의 말을 경청한다.

몇몇 이들은 토하면서도 지필묵을 들어 필기를 하고 있었다.

"무공을 익힌 자들은 발을 내디딜 때 발바닥에서 기(氣)를 굴려서 륜(輪)의 형태를 만든다. 발을 옮기면서 발바닥에서 추가로 수레바퀴를 돌리는 느낌이지. 발로 지면을 박차는 힘에 발바닥에서 회전하는 기륜이 속도를 더해 준다. 그래서 발바닥의 기륜을 얼마나 빠르게, 강하게 돌리느냐에 따라 경공의 수준이 결정되는 것이다."

여기까지는 생도들 역시도 익히 잘 아는 사실이다.

지금껏 교관, 부교관들에게 교육받아 온 부분도 대부분 이 정도 수준이었다.

하지만, 추이는 여기서 몇 가지 개념을 더 짚어 나가고 있었다.

"하지만 경공의 고수는 단지 발바닥뿐만이 아닌, 공기와 접촉하는 신체의 모든 면에다가 기륜을 만든다. 공기와 닿는 모든 살갗의 표면에서 기의 수레바퀴가 맹렬하게 돌아가고 있다고 보면 되지. 그렇다면 당연히 발바닥에만 바퀴를 단 것보다 훨씬 더 빠른 속도를 낼 수 있는 것이다."

그것이 가능하다는 증거로, 추이는 아주 약간의 내공만을 사용하여 모든 생도들의 속도를 압도했다.

심지어 지면에서 발을 떼고 있을 때조차도 점점 더 가속도가 붙고 있었다.

"그리고 절정에 이른 경공의 고수들은 체내의 기만 이용하는 것이 아니라 자연 만물의 기를 이용한다. 대표적인 예로

지맥에 흐르고 있는 호연지기(浩然之氣)의 방향을 따라 몸을 싣고 달리는 방법이 있다. 무공을 배우지 않은 일반인을 기준으로 설명하자면, 항상 내가 달리고자 하는 방향으로 거센 바람이 불어서 등을 떠밀어 준다고 생각하면 된다.”

추이의 움직임을 본 생도들은 하나같이 다 넋이 나간 사람처럼 멍해진다.

신선이 아니고서야 어떻게 사람의 움직임이 저렇게 빠르고 표홀하며 또 고아할 수 있단 말인가.

이윽고, 추이는 모든 생도들의 맨 앞에 선 채 말했다.

“여기서 초절정의 단계를 넘어서게 되면 단지 자연의 호연지기만을 이용하는 것이 아니라 천기(天氣) 그 자체를 이용하게 된다. ……다만.”

다만? 다만 뭐?

모든 생도들은 추이의 입만 뚫어져라 바라본다.

마치 천기(天氣)에 관련된 천기(天機)를 엿보려는 듯한 두근거림으로.

하지만 이어지는 추이의 말은 다분히 현실적이었다.

“너희들 중 구할 구푼 구리는 그 경지에 도달하기는커녕 구경조차도 해 보지 못할 것이니 그 이상은 관심 꺼라. 오늘 수업은 여기서 끝이다.”

말을 마친 추이는 거기서 강의를 끝내 버렸다.

생도들은 허탈한 마음으로 입을 뻐끔거렸으나 그 누구도

반박을 할 수 없었다.

오늘도 전원, 추이의 수업을 제대로 따라가지 못했기 때문이다.

하지만.

추이는 단 한 명. 생도들 중 가장 앞에 쓰러져 있는 이에게는 관심을 주었다.

주작관의 사마여리.

그녀는 다른 쟁쟁한 관의 선배들을 모두 제치고 가장 추이를 잘 따라온 생도였다.

"너는 우(優)다."

자신의 수업에서 수(秀)는 없을 것이라 선언한 추이. 그렇기에 우(優) 등급은 사실상의 최고 점수였다.

"가, 감사합니다으우에에에에엑!"

사마여리는 감동한 표정으로 고개를 숙이다가 그만 그 자리에서 토해 버리고 말았다.

하지만 여기 있는 생도들 모두 연무장을 뛰다가 한 번쯤은 토한 적이 있기에 아무도 그것을 이상하다고 생각하지 않았다.

✾

이윽고, 생도들이 하나둘씩 돌아간다.

누구는 다음 수업으로, 누구는 기숙사로 돌아가 휴식하러, 저마다의 길로 뿔뿔이 흩어지는 생도들.

사마여리 역시도 어느 정도 숨을 고른 뒤 기숙사로 돌아가기 위해 몸을 일으켰다.

바로 그때.

"저기."

누군가가 그녀를 향해 손을 내밀었다.

"?"

사마여리는 별생각 없이 고개를 들었다.

그리고.

"……!?"

이내 그녀의 두 눈이 휘둥그레졌다.

검화 남궁율.

등천학관의 생도들 중 최상위 계급에 위치해 있는 그녀가 사마여리를 향해 손을 뻗고 있었다.

"잡아요."

"앗, 그, 그…… 제가 손이 너무 더러운데……."

"괜찮아요. 제 손도 더러우니까."

옅게 웃는 남궁율의 얼굴에 사마여리의 얼굴이 화다닥 달아오른다.

이윽고, 사마여리는 남궁율의 손을 잡고 일어났다.

'이, 이런 선녀 같으신 분이 왜 나에게……?'

사마여리의 가슴이 세차게 뛴다.

머리가 어지럽고 식은땀이 흘렀다.

'호, 혹시 내가 마음에 안 드셔서? 수업 때 너, 너무 나댔나……?'

학기 초부터 신세림 패거리에게 집요하게 괴롭힘당한 탓에 그녀의 대인기피증은 상당히 심해져 있는 상태였다.

타인이 자신에게 관심을 갖고 말을 걸어오면 그것이 비웃음이나 적의로 생각되어 절로 식은땀이 나고 호흡이 가빠진다.

'어, 어, 어떡해. 어떡하지?'

금방이라도 남궁율의 눈매가 차갑게 변할 것 같다.

저 고운 입술에서 비수와 같은 욕설이 나오기라도 한다면 마음이 더는 버틸 수 없을 것 같았다.

바로 그때, 남궁율의 입이 열렸다.

"사마여리 후배님."

"네, 네?"

사마여리가 흔들리는 동공으로 대답했다.

그러자, 남궁율의 입에서 그녀가 전혀 예상하지 못했던 말이 나왔다.

"제 경공 스승이 되어 주시지 않겠어요?"

남궁율.

그녀는 등천학관의 생활에 염증을 느끼고 있었다.

이곳에서 받는 교육도, 같은 교육을 받는 생도들도, 모두
그녀의 권태를 한층 더 심하게 만들 뿐이었다.

"으음. 오늘 반찬은 맛이 없네. 식재료의 질이 떨어져."

"고기에서 잡내가 조금 나는 것 같기도 하고. 에이, 나는
밖에 있는 요릿집 가서 사 먹을래."

"고된 훈련을 끝내고 먹는 식사인데, 맛없는 걸 먹을 수는
없지."

훈련이 끝나고 삼삼오오 모여서 요릿집에 가는 생도들을
보며 남궁율은 예전의 일을 떠올렸다.

혹한이 몰아치던 파촉설산.

한 걸음 한 걸음마다 죽음의 위험이 도사리고 있던 험지
중의 험지.

그때 살기 위해서 어쩔 수 없이 먹었던 꿀꿀이죽.

염장 고기와 젓갈, 된장과 시들어 빠진 시래기 따위를 넣
고 끓였던 그 죽을 맛있게 먹었던 자신.

'……그 전까지만 해도 그런 음식은 입에도 못 댔었는데.'

남궁율은 쓰게 웃었다.

이 빠진 그릇에 담긴 죽을 정신없이 먹었던 그날, 남궁율

은 많은 것들을 배웠었다.

그 당시 그녀 옆에 있었던 한 남자의 얼굴이 떠오르는 것은 당연지사였다.

어디서든 불평 한마디 없이, 묵묵하게, 험한 가시밭길을 헤쳐 나가던 그 뒷모습.

남궁율은 그 남자에게서 풍겨 나오던 거친 야성과 패기, 절대적인 독존(獨存)의 향취를 결코 잊을 수가 없었다.

……그래서일까?

평안하고 안온한 환경에서 고작 땀 몇 방울 흘렸다고 반찬 투정이나 일삼는 귀공자들을 보며, 남궁율은 많은 것을 느끼고 있었다.

그뿐만이 아니다.

뒤이어진 승마 수업에서도 남궁율은 등천학관의 생도들과 그 남자를 비교할 수밖에 없었다.

"어떻습니까, 남궁 소저? 제 말 다루는 솜씨가? 어렸을 적부터 승마를 배웠거든요. 하하하— 이 녀석이 또 엊그제 새로 뽑은 명마인데, 놀라지 마십시오. 바로 서방과의 교역에서 얻은 한혈마(汗血馬)랍니다. 무려 기와집 한 채 가격이지요. 원하신다면 한번 태워 드리도록 하겠습니다. 어떠신지요?"

모용 뭐라고 했던가? 때깔 고운 귀공자 하나가 남궁율의 앞에서 말을 몰고 있었지만 그녀는 아무런 감흥도 느끼지 못하고 있었다.

얼음벌판 위에서도 조금의 흔들림 없이 말을 몰아가던 한 남자의 뒷모습을 떠올리고 있었기 때문이다.

　'……군에 있으셨다고 했지?'

　그때 들었던 그의 말을 떠올리자 남궁율은 왜인지 가슴 한쪽이 아려 오는 것을 느꼈다.

　혹한의 벌판을 향해 말을 몰아가던 그 남자의 모습은 너무나도 크고 든든해 보였지만, 한편으로는 외롭고 쓸쓸해 보이기도 했다.

　그가 지금껏 걸어온 길을, 아마도 고통의 세월이었을 것이라 짐작되는, 그런 과거를 전혀 알지 못하는 자신에게 분함마저 들 정도였다.

　말을 몰아 그의 옆에 서서 힘이 되고 싶었고, 때로는 지친 그가 머리를 기댈 수 있는 쉼터이고 싶었다.

　하지만 당시의 그녀는 너무나도 작고 연약했다.

　마치 잘 조련된 말을 몰며 깨끗하게 정돈된 승마장을 달리는 것이 고작인 저 귀공자 생도들과 다를 바 없이 말이다.

　결국. 남궁율은 생각했다.

　'이대로는 안 돼.'

　그녀는 바뀌어야 했다.

　안온한 환경에서 정체된 실력으로 시간을 낭비할 수는 없다.

　그래서 남궁율은 과감하게 장기 휴학, 혹은 자퇴를 하고 다시 한번 그 남자를 찾아서 강호로 나갈 생각을 하고 있었다.

바로 그때. 남궁율은 처음으로 만나게 되었다.

강호로 나갔을 때 곧바로 실질적인 도움이 될 수 있는 강의를.

'경공과 수업 (二)'. 바로 서문경 부교관의 강의였다.

등천학관을 때려치우려던 남궁율은 이 강의 하나 때문에 당분간 자퇴를 보류하게 되었다.

서문경 부교관의 경공 강의는 심오하면서도 바로바로 실전에 적용할 수 있는 것이었다.

이 강의 하나를 듣는 것만으로도 등천학관에 남아 있을 만한 가치가 있다고 생각될 정도로.

하지만.

'……강의 내용을 완벽하게 따라갈 수가 없어.'

그녀는 며칠 전부터 초조함을 느끼고 있었다.

물론 다른 생도들 역시 서문경의 강의를 따라가느라 매번 죽을 정도로 힘들어하지만, 남궁율은 그 이상을 원하고 있었기에 초조함의 강도가 더욱 심했다.

서문경의 강의를 완벽하게 이해하고 체득하여 심화 과정까지 나아가는 것.

그것이 남궁율이 원하는 바였다.

하지만 혼자 연구해서는 결코 혼자 이상의 결과를 낼 수 없다.

'앞으로 나아가려면 다른 조치가 필요해.'

그녀는 서문경의 강의를 이해하기 위해 함께 토론하고, 문제점을 공유하며, 서로 대안을 제시할 수 있는 동반자를 원했다.

……하지만. 지금까지 만났던 생도들 중 남궁율과 눈높이가 맞는 상대는 없었다.

바로 그 순간.

남궁율은 만났다.

"……저, 저기. 부교관님. 궁금한 점이 하나 있는데요."

처음으로 그녀의 흥미를 끄는 생도를 말이다.

"어디서 들었는데…… 무림맹주님이나 사도련주나 마교주 같은 고수들의 경공술은 초상비(草上飛), 수상비(水上飛), 허공답보(虛空踏步), 능공허도(凌空虛道) 같은 수준을 넘어서 아예 축지법(縮地法), 천상제(天上濟) 같은 것을 쓰신다고…… 그것도 현실성이 있는 이야기인가요?"

처음에는 그저 그런 어중이떠중이들 중 하나라고 생각했다.

하지만.

"충분히 가능하다. 화경(化境), 더 정확히 말하자면 조화경(造化境)의 경지에 이른 자들은 자연의 법칙을 자신에게 유리하게 이용하는 것을 넘어 그것을 왜곡하고 곡해할 수 있다. 세상 만물이 가지고 있는 호연지기는 근본적으로 서로 '얽혀'

있다. 그리고 한번 얽히게 된 호연지기는 물리적으로 떨어지
게 되더라도 항시 같은 성질을 띠게 되지. 이것이 바로 호연
지기 이론의 기본 개념인 '기 얽힘' 현상이다. 얽혀 있는 두
호연지기는 그 중 어떤 것을 관측, 측정하든 간에 그 즉시 같
은 특성을 띠게 되지. 하늘의 별자리들을 자세히 살펴보면
그 즉각적인 변화를 관측할 수 있……."

"아하. 이해했어요. 그러니까, 방금 말씀하신 내용의 핵심
은 '즉시'라는 점이군요? 얼마나 멀리 떨어져 있든 간에 한
지점과 한 지점의 변화를 즉시 이뤄 내는 현상……."

이해하는 것조차 불가능했던 서문경 교관의 가르침을 그
즉시 이해하고, 그것도 모자라 자기 나름대로 개념을 재정립
했으며, 그것을 통해 더욱 심도 깊은 질문을 던지는 그녀의
모습을 보고 남궁율은 충격을 받았다.

'나는 이해도 못 했는데…… 그걸 이해하고 심득을 얻었
어?'

저 생도가 보여 주었던 자세야말로 남궁율이 지금껏 추구
해 오던 목표였다.

'강의를 완벽하게 이해하고 체득하여 심화 과정까지 나아
가는 것' 말이다.

방학 동안 수많은 실전 경험을 쌓고 온 뒤 자신이 일반 생
도들과는 차원이 달라졌다고 생각하던 남궁율.

그녀는 비로소 느꼈다.

천재라고 불리는 이들의 대부분은 그저 자존심 강한 수재들일 뿐이라고 생각했지만…… 이 세상에는 진짜로 존재했던 것이다.

천재(天才). 하늘이 내린 재능이라는 것이 말이다.

'저런 애가 왜 주작관에 있었지?'

저 정도로 말도 안 되는 재능을 타고난 천재가 왜 백호관이 아니라 주작관에 있는지 모를 일이다.

그리고 어째서 지금까지 이름이 알려지지 않았는지 역시도 알 수 없는 사실이었다.

'같이 공부하고 싶다.'

남궁율은 사마여리를 보며 그런 생각을 했다.

그녀가 이론이든 실습이든, 한지가 물을 빨아들이듯 쭉쭉 습득하는 것을 보고 있노라면 부러움을 넘어서 경외감이 느껴질 정도였다.

만약 예전이었다면 질투를 했을 법도 하건만, 지금의 남궁율에게는 목표가 있다.

어서 빨리 성장하여 '그 남자'의 옆에 서고 싶은 마음.

그 커다란 마음 앞에서 질투나 자존심이라는 감정은 한없이 미미하고도 하찮은 것에 불과했다.

그래서 남궁율은 모든 것을 내려놓을 각오를 한 채 그녀에게 말을 걸었다.

"제 경공 스승이 되어 주시지 않겠어요?"

나름대로 큰 용기를 낸 부탁이었다.

　사마여리는 자신의 손을 잡고 고개를 숙이는 남궁율을 보며 눈을 크게 떴다.

　아마도 많이 당황했으리라.

　바로 그때.

　"아앗! 선배님……?"

　남궁율과 사마여리의 뒤에서 한 사람이 더 뛰어나왔다.

　호예양. 그녀가 남궁율과 사마여리를 번갈아 쳐다보며 놀란 표정을 짓고 있었다.

　"저, 저도 같은 부탁을 하러 왔는데……."

　"……."

　"……."

　남궁율, 호예양, 사마여리. 세 여자의 시선이 번갈아 가면서 얽힌다.

　이윽고, 남궁율의 두 눈이 가늘어졌다.

　"……혹시 도산으로 섭외를 하려고 한다거나, 그런 불순한 의도는 아니겠죠?"

　"천만의 말씀입니다. 선배님이야말로 검림으로 등용할 인재를 찾기 위해서 오신 것은……."

　두 여자의 미묘한 대치가 시작되었다.

　바로 그때.

　검(劍) 같은 비늘을 가진 용과 도(刀) 같은 이빨을 가진 호랑이 사이에서 쪼그라들던 사마여리가 외쳤다.

"두, 두 분 다 괜찮아요!"

그녀의 말에 남궁율과 호예양이 시선이 이쪽으로 옮겨 왔다.

아무리 같은 여자라고 해도 이 정도로 아름다운 미인이 둘씩이나 뜨거운 시선을 보내 오면 부담스러울 수밖에 없다.

사마여리는 잔뜩 위축된 듯 시선을 아래로 내리깔며 말했다.

"제, 제가 뭔가를 가르쳐 드릴 능력은 없지만…… 함께 공부하는 것 정도라면야……."

그러자 남궁율과 호예양의 표정이 환해졌다.

"앞으로 잘 부탁해요."

"저도 잘 부탁드리겠습니다!"

"오, 오히려 제가 잘 부탁드려야……."

마침 사마여리 또한 대화를 나눌 사람 하나 없는 학관 생활이 조금은 외롭다고 느껴지던 참이었다.

*

한편.

추이는 수업이 끝난 뒤 강의동 뒤쪽의 관사로 향하고 있었다.

그때.

"……?"

추이는 묘한 광경을 하나 보았다.

수업이 끝나고 나면 항상 도도한 자세로 연무장을 걸어 나가던 남궁율과 호예양.

하지만 그녀들이 사람들의 시선이 없는 곳에서는 두 다리를 쫙 벌린 채 어기적어기적 오리걸음을 걷는다는 것을 추이는 잘 안다.

그런데 오늘은 조금 다르다.

늘 다른 이들의 시선을 피해 어디론가 바삐 숨던 남궁율과 호예양이 같은 자리에 모여 있었다.

그리고 그 중앙에는 어쩔 줄 모르는 표정의 사마여리도 함께다.

"그럼 당장 오늘부터 함께 공부…… 괜찮을까요?"

"저는 언제든지 배울 준비가 되어 있습니다!"

"저도 오늘은 수업 더 없어요…… 좋아요."

남궁율, 호예양, 사마여리.

그녀들은 셋이서 공부 모임을 결성한 모양이다.

이윽고, 모임 장소를 향해 어기적어기적 오리걸음으로 걸어가는 세 여생도를 보며 추이는 묘한 표정을 지었다.

'아무래도 악뇌(惡腦)가 세상에 모습을 드러낼 일은 없겠군.'

사마여리의 밝게 웃는 얼굴을 보니 어느 정도 마음이 놓인다.

'……수고를 덜어서 다행이야.'

그녀를 죽이지 않아도 되겠다는 판단을 내린 추이가 반대쪽으로 걸어간다.

아주 살짝 가벼워진 발걸음으로.

숙련된 조교의 시범 (1)

땅거미가 서서히 해를 몰아낸다.

석훈(夕暉)이 붉게 넘실거리는 지평선.

그것은 강의동의 창문 너머로 병풍 속 그림처럼 펼쳐져 있다.

저벅– 저벅– 저벅–

추이는 바람이 불어올 때마다 흔들거리는 백칠 층의 회랑을 지나 학장실로 향했다.

그때.

"……!"

추이는 복도 건너편에서 이쪽을 향해 걸어오는 그림자 하나를 마주했다.

구예림. 추이의 직속상관. 그녀 역시도 딱 약속된 시간에 맞추어 학장실을 방문하고 있었다.

　추이가 목례를 하자 구예림이 먼저 입을 열었다.

　"그대도 제시간에 왔군."

　"예."

　"함께 들어가지. 어차피 같은 용무인 것 같으니."

　구예림은 추이의 앞에서 걸었다.

　추이는 조용히 구예림의 뒤를 따라 학장실로 향했다.

　당결하의 연구실 겸 학장실은 백칠 층의 가장 외진 곳에 있었다.

　이제 저 앞의 복도를 돌면 바로 학장실이 나올 것이다.

　그때. 앞서 걷던 구예림이 문득 입을 열었다.

　"서문경 부교관."

　"⋯⋯?"

　추이가 고개를 들자, 구예림은 정면을 보는 자세 그대로 말을 이어 간다.

　"현재 내 밑에는 서른세 명의 부교관이 있다."

　"⋯⋯."

　"그대도 그중 하나지."

　"⋯⋯."

　"나는 그 서른세 명이 모두 똑같다고 생각한다."

　"⋯⋯."

추이는 구예림이 무슨 의도로 이런 말을 하는지 알 수 없었다.

그래서 그저 시선을 아래로 향한 채 묵묵히 듣고만 있을 뿐.

그런 추이의 태도를 어떻게 생각했는지, 구예림은 처음의 차가운 목소리와 달리 퍽 누그러진 음성으로 말을 끝맺었다.

"나는 소문만 듣고 섣불리 판단하는 사람이 아니다. 따라서 앞으로 그대의 행실을 보고 그대가 어떤 사람인지 판단할 것이야. 그러니 열심히 하고, 위축된 모습 보이지 마라."

"......?"

추이는 구예림이 무슨 말을 하는 것인지 결국 이해하지 못했다.

그러는 동안, 학장실의 문이 열렸다.

"들어갑니다."

구예림은 문을 두드리지도 않고 벌컥 열었다.

그러고는 안으로 성큼성큼 들어갔다.

"이럴 줄 알았지."

구예림이 노려보는 곳에는 당결하 학장이 앉아 있었다.

"쿠와아앙- 포에에엥...... 쿠와아앙- 포에에엥......."

흔들의자에 앉아 곯아떨어진 당결하는 눈에 수면안대까지 본격적으로 쓰고 있었다.

그녀가 코를 골 때마다 앙증맞은 보라색의 콧물 방울이 커졌다 작아졌다를 반복한다.

"사람 불러 놓고 뭐 하시는 건지."

구예림의 눈살이 대놓고 찌푸려졌다.

그녀는 뒤에 서 있는 추이에게 말했다.

"잠시 귀를 막아라. 기혈이 흔들릴 것이다."

"⋯⋯."

추이는 잠자코 시키는 대로 했다.

굳이 필요 없다고 대답했다가 쓸데없이 미움을 살 필요는 없기 때문이다.

이윽고, 구예림은 내공을 실어 손뼉을 쳤다.

짜—악!

그녀의 손바닥이 부딪치며 막대한 공력이 터져 나왔다.

추이는 생각했다.

'어린 나이에도 내공이 두텁군. 어지간한 부교관들이었다면 고막이 파열되었겠어.'

구예림이 배려해 준 이유를 알 것 같았다.

한편.

"으응? 으으응⋯⋯."

구예림이 내공을 실어 친 손뼉에도 불구하고 당결하는 일어나지 않았다.

"패⋯⋯ 패가 안 조와서 그래⋯⋯ 원래는 더 딸 수 있었엉⋯⋯ 우으응⋯⋯."

꿈속에서도 도박을 하는지 당결하의 손가락이 허공에서 분주하게 밑장을 뺀다.

"정신 차리십시오!"

구예림이 한 번 더 손뼉을 쳤다.

쾅—쾅!

이제는 아예 학장실의 벽과 바닥, 책상이 쩍쩍 갈라졌고 창문의 종이들도 모조리 터져 버렸다.

'헉!? 깜빡했다! 나 혼자가 아니었지!?'

구예림은 황급히 고개를 돌렸다.

뒤에 있는 추이가 내상을 입지는 않았나 싶어서다.

하지만 추이는 태연한 기색이었다.

구예림은 일단 안도의 한숨을 내쉬었다.

'보이는 것보다 내공이 제법인가 보군.'

바로 그때.

"으으응…… 뭐가 이렇게 시끄러…… 내가 깨우지 말랬잖…… 헉!?"

당결하가 기지개를 켜다 말고 의자에서 벌떡 일어났다.

"크, 큰일이다! 누, 누, 눈이 안 보여! 젠장! 내가 저번 판에 눈알을 걸었던가!? 이 개새끼들이 비겁하게 속임수를 써 놓고 내 눈을!? 밑장빼기 한 거 다 안다 이 새끼들아아앙!"

"수면안대를 끼고 계십니다, 학장님."

"헉! 그래용?"

구예림의 말에 당결하가 황급히 수면안대를 벗었다.

싸늘한 표정의 구예림이 당결하를 내려다본다.

당결하는 멋쩍게 웃으며 혀를 빼물었다.

"저 안 잤어용."

"아직 업무 시간입니다, 학장님. 전에 올렸던 서류는 다 확인하셨습니까? 결재가 시급합니다."

"아. 그거. 지금부터 하려고 했는뎅……."

"전부터 급하다고 말씀드렸잖습니까. 교내에 수상한 가루약이 풀리고 있을지도 모른다고 몇 번이고 보고드렸었는데. 후―"

구예림은 화를 꾹꾹 눌러 참는 기색이다.

당결하는 머쓱한 표정으로 딴청을 피웠다.

"어제 과로해서 그랬어용. 맨날 야근에 초과근무야. 나두 사람인뎅…… 추가 근무 수당 한 푼도 못 받구……."

"그건 학장님께서 석 달 치 급여를 가불받으신 뒤 도박장에서 전부 탕진하셨기 때문입니다. 그것도 업무 시간에 말입니다. 그래서 돈에도 시간에도 쫓기고 계신 것이지요."

"히이이잉…… 우리 구 교관은 기억력이 넘 좋아."

당결하는 울상을 지은 채 구예림에게 안겨 응석을 부리려 한다.

당연하게도, 구예림은 당결하를 피해 물러나며 그녀의 이마를 손으로 짚고 밀어냈다.

"왜 부르셨는지, 용건이나 빨리 말씀해 주셨으면 합니다. 제가 좀 바빠서요."

"우리 구 교관은 너무 사무적이야…… 언니는 슬퍼. 우리 서문 부교관은 안 그럴 거지용?"

당결하는 구예림에게 안기는 것이 실패하자 옆에 있던 추이를 향해 달려왔다.

하지만 추이 역시도 당결하를 피해 멀찍이 물러날 따름이었다.

당결하가 어린아이마냥 볼떼기를 부풀렸다.

"다들 증말 너무하신 거 아닌가용? 상관의 애교를 무시하게 되어 있나? 경공 고수들은 원래 그렇게들 다 건방진가용? 아, 여차하면 튀면 되니까? 포항항- 어림도 없지~ 발이 아무리 빠른들 나의 독침에서 도망칠 수 있을까용? 나의 만천화우 한 방이면 너도 한 방, 나도 한 방, 무림맹주도 한 방, 사도련주도 한 방, 마교주도 한 방, 우리 모두가 한 방……."

"한 방 타령은 됐고. 부르신 용건이나 빨리 말씀해 주시면 감사드리겠습니다."

구예림은 시종일관 차갑고 딱딱하다.

그러자 비로소 당결하가 머쓱한 표정으로 용건을 말했다.

"아, 다름이 아니궁…… 관에서 협조 요청을 보내 왔어용."

"……!"

구예림의 표정이 다른 의미로 굳었다.

정수불범하수(井水不犯河水).

우물의 물은 강물을 침범하지 않는 법.

원래 관부와 무림은 서로를 침범하지 않는 것이 관례였다.

조금 더 정확히 말하자면, 관부는 행정력이 닿지 않는 곳에 한해서 무력을 가진 이들에게 어느 정도의 자치권을 허락해 주고 있었다.

그것이 바로 무림맹이나 사도련과 같은 집단들이다.

하지만. 관과 무림이 늘 양분되어 있는 것만은 아니었다.

스스로의 힘으로 해결이 어려운 문제가 생길 경우, 두 집단은 서로 적당한 수준에서 교류하며 손을 빌리고 빌려주곤 했는데, 이번이 바로 그런 경우 같았다.

"요즘 들어 성 전체에 탈세자들이 그렇게 많대용. 군벌, 귀족, 호족, 상인, 그 외 동네에서 방귀깨나 뀌는 각종 세도가들…… 그것들 하나하나를 찾아다니면서 추심을 하는 게 넘 힘든가 봐용."

"저희보고 세금 체납자들에게 징수를 해 오라는 겁니까?"

"아눙! 그런 건 진짜 관리들이 해야 하는 업무지용! 설마 거기까지 부탁하려고용! 그냥 명단에 있는 집들을 찾아가서 체납 사실을 고지하고 징수 통보를 하고 오면 돼용. 요컨대, 그냥 편지 배달이죵. 포항항―"

다행스럽게도 그리 어려운 임무는 아니었다.

명단에 적힌 가문으로 찾아가 편지를 대문 너머로 던져 넣기만 하면 될 테니까.

당결하는 별것 아니라는 듯 손사래를 쳤다.

"직접 마찰을 할 필요도 없고, 관에서도 그냥 보여 주기식으로 편지 한 통 넣는 거니까 대충 해도 돼용. 경공의 고수들이라면 발이 빠를 테니까 성 전체를 한번 쭉 도는 데 한 달이면 족하겠죵?"

"단순한 생각이십니다."

"단지 그뿐만은 아니에용. 교관, 부교관 사이끼리 좀 더빨리 친해지라고~ 그런 것도 있죵~"

구예림의 시선을 피한 당결하가 추이를 향해 눈을 찡긋했다.

"비록 우리 서문경 부교관이 소문은 더러워두…… 일은 참잘해용. 생도들에게 평가도 좋구~ 이참에 둘이 좀 친해져서 구예림 교관이 서문경 부교관의 진면목을 좀 알아줬으면……."

"굳이 그럴 필요는 없습니다. 저는 소문보다는 직접 본 것을 믿는 주의입니다."

구예림이 당결하의 말을 잘랐다.

그제야 추이는 이곳에 오기 전에 구예림이 말했던 내용의 뜻을 알아들었다.

'나는 소문만 듣고 섣불리 판단하는 사람이 아니다. 따라서 앞으로 그대의 행실을 보고 그대가 어떤 사람인지 판단할 것이야. 그러니 열심히 하고, 위축된 모습 보이지 마라.'

구예림이 속해 있는 개방은 수없이 많은 화자(花子)들의 집단이다.

그들은 사회의 맨 밑바닥에 광범위하게 퍼져 있고 자연스럽게 모든 것을 보고 듣는다.

자연스럽게, 육결(六結) 계급의 단두 구예림에게는 수많은 정보가 들어갈 것이다.

하남성의 난양(南阳) 신예현(新野县) 변집향(樊集乡)의 호보의(呼保义) 서문경에 대한 소문마저도 말이다.

'아마 호색한에 파락호라는 정보가 전달되었겠지. 임자 있는 유부녀를 건드렸다가 복수를 당해서 집에 불이 나 얼굴에도 화상을 입었다고 말이야.'

이 소문이 널리 퍼지는 바람에 추이는 등천학관 내에서도 상당히 경멸 어린 시선을 받고 있었던 것이다.

그때.

"자. 그럼 용건은 끝났구용! 수고들 하세용! 저는 야근을 해야 해서!"

당결하는 바쁘다는 듯 구예림과 추이를 향해 손사래를 쳤다.

구예림과 추이는 거의 쫓겨나듯 학장실 밖으로 나왔다.

…쾅!

학장실의 문이 닫혔다.

그 너머로 당결하가 코 고는 소리가 작게 새어 나오고 있었다.

"……."

"……."

약간의 침묵이 흐른 뒤, 구예림이 먼저 입을 열었다.

"아까 학장님의 말씀은 신경 쓸 것 없다."

"예."

"다음 주 수업부터는 대체 강사가 올 것이다, 앞으로 최소 달포 정도는 여정을 떠나야 할 것이니 행장을 준비해 두어라."

"예."

서문경은 대답과 함께 고개를 끄덕였다.

그 모습을 지켜보던 구예림이 미심쩍다는 듯 물었다.

"강호 경험이 있나? 험지를 다녀 본 적은?"

"있습니다."

"여정에 앞서 무얼 준비해야 하는지는 아나?"

"압니다."

"……."

너무도 쉽게 대답하는 서문경이 못 미더운 모양새였다.

이윽고, 서문경은 까닥 목례를 해 보인 뒤 돌아섰다.

그 뒷모습을 보며 구예림은 생각했다.

'아무리 봐도 강호 경험은 따로 없어 보이는데.'

그녀는 개방도이다.

또한 어려서부터 스승을 따라 많은 곳들을 돌아다녀 보았기에 강호 경험이 매우 풍부하다.

그래서 구예림은 강호행에서 가장 힘들고 성가신 것들이 무엇인지 아주 잘 알고 있었다.

'흔히들 강호행 하면 창칼로 무장한 산적, 사파의 고수, 마공을 익힌 살인귀 같은 것들을 두려워하지.'

하지만 구예림은 안다.

강호의 무서움은 그런 것들이 아니라는 것을.

진짜로 무서운 것들은 춥고 더러운 잠자리, 비위생적인 음식, 급하게 밀려오는 설사, 불결한 뒷간, 비바람 몰아치는 밤의 노숙, 새벽의 추위, 달라붙는 날벌레, 몸을 물어 대는 빈대와 벼룩, 듣도 보도 못한 풍토병, 상인들의 바가지 같은 것들이라는 것을.

'서문경 부교관은 딱히 강호 경험이 없는 것으로 아는데.'

구예림은 관첩에 동봉되어 있던 서문경 부교관의 이력서를 떠올렸다.

'……지금이라도 무엇을 챙겨야 하는지 알려 줘야 하나?'

하지만 서문경은 이미 먼 곳으로 가 버렸다.

초보 주제에 상관에게 자문을 구할 생각도 하지 않고 말이다.

그 뒷모습을 보며 잠시 고민하던 구예림은 이내 생각하기를 그만두었다.

'아마 긴 여정에 필요한 것들을 제대로 준비하지 못하겠지. 필연적으로 여정 도중 당황하여 쩔쩔매게 될 일이 있을 것이다.'

그때 도움의 손길을 건네며 상관의 위엄과 관록을 보여 주면 된다.

말하자면, 이번 기회에 묘하게 뻣뻣한 부하의 기강을 잡아 놓을 생각이었다.

바람이 불어오는 황무지.

등천학관을 떠난 두 남녀가 달포 가량의 여정을 시작했다.

구예림과 추이가 성 곳곳에 배달해야 하는 편지의 수는 서른세 통.

상대방을 만날 필요도 없이, 그저 배달 장소의 담벼락 안에 던져 넣기만 해도 되는 간단하면서도 지루한 업무였다.

"강의를 오래 비울 수는 없으니 최대한 빨리 끝낸다."

"……."

구예림의 말에 추이는 고개를 끄덕였다.

추이 역시도 간만에 합법적으로(?) 등천학관 밖으로 나가는 것이니만큼, 이참에 따로 사적인 볼일 몇 개를 처리할 계획이었다.

둘은 학관의 정문을 나서자마자 시가지를 벗어나 거리의 최외곽으로 향했다.

그곳에는 무림맹과 개방에서 공동으로 운영하는 서류소(棲流所)가 있었다.

꽤나 규모가 있는 기와집의 담장 바깥에는 커다란 솟대 두 개가 자리해 있었고, 그 표면에는 나무를 깎아서 파낸 글귀 두 개가 보인다.

-지가로과잠서식(只可路過暫棲息), *불가장천작주거*(不可長川作住居)

잠시 쉬어 갈 수는 있지만 오래 묵을 수는 없다.

먼 길을 떠나는 화자나 나그네들이 잠깐 들러서 재정비를 하는 곳다운 안내문이었다.

구예림은 서류소의 문을 열고 들어갔다.

"이곳에서 말을 빌릴 수 있다."

"……."

추이는 구예림을 따라 서류소 안으로 들어갔다.

안으로 들어와 보니 마당이 꽤 넓다.

딱히 꾸며져 있지는 않았지만 적어도 흙을 다지고 잡초 정도는 뽑는 듯. 깨끗하면서도 약간은 황량한 분위기였다.

여덟 칸의 방들이 ㄱ자 구조로 넷, 넷 나뉘어 있었고 개방 소속으로 보이는 몇몇 거지들이 그 사이를 바쁘게 오간다.

뒤에는 작은 집 한 채가 따로 있었는데 그곳은 아마 단두들의 처자식이 기거하는 곳으로 짐작되었다.

흔히들 거지들은 놀고먹으면서 비바람이나 피하다가 배가 고프면 동냥을 다닌다고 생각하는데, 이는 아주 잘못된 생각이었다.

거지들은 가축을 키우고, 시체의 염을 하며, 농번기의 농사일을 돕거나, 연회의 하객이 되어 웃어 주거나 울어 주거나, 관청의 허드렛일을 맡아 하거나, 돗자리를 짜거나, 나무를 해다 팔거나, 노래를 부르며 춤을 추고 관람료를 받거나, 약재를 캐 오거나, 그 외 온갖 돈 되는 잡일들을 도맡아 했다.

이렇듯, 서류소는 일감을 찾으러 오거나 혹은 일을 마치고 보수를 받으러 온 거지들로 항상 북적였다.

구예림과 추이는 인파를 헤치고 안쪽으로 이동했다.

담장 구석진 곳에는 곡식 창고와 뒷간, 형을 집행하는 뒷마당, 그리고 마구간이 있었다.

마구간에는 돼지 세 마리와 양 한 마리, 그리고 수많은 닭과 오리들이 기거하고 있었고 말은 맨 끝 칸에 두 마리가 다였다.

구예림은 말 두 필을 끌고 나왔다.

그리고 서류소를 관리하는 현급(縣級) 단두에게 육결의 매듭을 보여 주었다.

"현무후 님을 뵙습니다. 부디 아무쪼록 편안한 여정 되시길."

단두를 비롯한 수많은 거지들이 구예림을 향해 예를 표했다.

단지 배분만이 아니라 그녀의 협기(俠氣) 자체를 존중하고 있는 듯한 태도였다.

구예림이 추이를 향해 말고삐 하나를 내밀며 말했다.

"이 말들을 타고 다음 토반옥(討飯屋)이 나올 때까지 가야한다. 말은 그곳에서 반납하면 된다. 만약 그 토반옥에 남은 말이 없다면 거기서부터는 걸어서 가야 하지. 그래서 학장님께서는 경공에 능한 이들을 뽑은 것이다."

"……."

추이 역시도 다 아는 사실이다.

회귀하기 전 수십 년간 강호에서 굴러먹던 몸이니 말이다.

하지만 구예림은 강호초출로 보이는 추이가 여러모로 미심쩍은 모양이다.

"말은 탈 줄 아나?"

"압니다."

추이의 대답을 들은 구예림은 피식 웃었다.

그녀는 어렸을 때 대초원에서 태어났기에 말을 잘 다룬다.

그래서 추이가 말을 몰 줄 안다고 대답한 것을 곧이곧대로 믿지 않았다.

'그래. 명색이 등천학관의 부교관이니 기초적인 승마술 정도는 알겠지. 하지만 말을 타고 달포가량을 이동해 본 적은 없었을 것이다. 무림인들이라고 해도 그런 경험이 있는 이들은 의외로 많지 않거든.'

구예림은 벌써부터 눈에 선했다.

말안장에 앉은 채 엉덩이가 아프다며 신음하는 부하의 모습이 말이다.

＊

그 뒤로 한참의 시간이 지났다.

두 남녀는 마을을 벗어나 산 아래의 인적 드문 신작로를 달리고 있었다.

후두둑— 후두둑— 후두둑—

어느새부터인가 떨어지기 시작한 빗방울은.

쏴—아아아아아아아……

울창한 소나무 숲으로 접어드는 초입 무렵부터 폭우로 바뀌어 있었다.

일모도원(日暮途遠). 날은 저물어 가는데 가야 할 길은 멀다.

엎친 데 덮친 격으로.

…콰르릉!

숲 사이로 나 있던 길 중간에서 별안간 산사태가 벌어졌다.

대량의 흙덩이와 바위들이 길을 가로막는 바람에 두 남녀는 말을 잠시 멈춰야 했다.

앞쪽 마을로 들어가는 길은 끊겼다.

인가에서 비를 피하려면 여기서부터 먼 길을 돌아가야 한다.

지금부터 밤새 말을 달린다면 아침 무렵에는 다음 마을에 당도할 수 있을 것이다.

문제는 그들이 이미 하루 종일 말을 타고 온 뒤라는 사실이었다.

이제 그들은 선택해야 한다.

먼 길을 돌아서라도 계속 말을 몰아 인가에서 숙박을 할지, 아니면 오늘은 일단 이곳에서 야숙을 할지 말이다.

……이윽고. 약간의 침묵 끝에 한 사람이 먼저 입을 열었다.

"아무래도 여기서 잠깐 쉬고 가야겠다."

먼저 휴식을 선언한 이는 구예림이었다.

그녀는 신음을 꾹꾹 참으며 이를 악물고 있었는데, 누가 보지 않았더라면 당장이라도 말안장에 눌려 팅팅 부은 엉덩이를 손으로 어루만졌을 것이 분명했다.

하지만.

"……."

그런 구예림의 앞에 서 있는 추이는 조금의 흐트러짐도 없는 모양새였다.

그의 허리와 목은 처음 출발했을 때와 마찬가지로 뻣뻣하다.

구예림은 무표정한 얼굴과 달리 속으로는 혀를 내두르고 있었다.

'저게 말이 돼?'

그녀는 아주 어렸을 때부터 말을 많이 탔다.

지금은 의절하고 없는 아비가 시켰던 혹독한 수련 때문이었다.

그리 좋은 기억은 아니었으나, 어찌 되었건 간에 구예림의 승마 기술은 아주 뛰어난 수준이었다.

등천학관에서는 비슷한 수준의 이를 찾을 수 없을 정도로 말이다.

하지만 추이는 그런 구예림의 수준을 한참이나 뛰어넘고 있었다.

흡사 한평생을 말안장 위에서 보내 온 사람처럼 말이다.

'말 장사꾼네 집에서 태어나기라도 했나? 어떻게 저렇게 말을 잘 몰지?'

구예림은 신기하다는 듯 추이의 옆모습을 흘끗 바라보았다.

그때.

"⋯⋯?"

시선을 느낀 추이가 이쪽을 돌아본다.

순간 둘의 시선이 한 곳에서 마주쳤다.

"크흠. 큼─"

구예림이 흠칫하며 시선을 돌린다.

그러고는 헛기침과 함께 말을 이었다.

"말이 지쳐서 그런 것이다."

"⋯⋯."

"내가 쉬고 싶어서 그러는 게 아니고. 말이 꼬박 하루 종일 달렸으니까 내일도 달리려면 휴식이 필요할 테니⋯⋯."

구예림은 굳이 묻지도 않은 말을 덧붙이며 소나무 숲 사이로 말을 몰았다.

추이 역시도 조용히 구예림의 뒤를 따라갔다.

쏴아아아아아아⋯⋯

비가 계속해서 내린다.

구예림과 추이는 이내 언덕배기에 있는 커다란 소나무 밑에 자리를 잡았다.

아래에는 바위가 있어서 물이 잘 빠지고, 위로는 잔가지에 달린 솔잎들이 무성하여 빗물이 조금 덜 떨어지는 위치였다.

바닥에는 솔잎과 솔방울들이 잔뜩 쌓여 있었고 언덕 기슭 아래에는 작은 개울이 흐른다.

야숙하기에는 좋은 위치였지만, 근처에 인적이라고는 전혀 없는 곳이라서 민가를 찾는 것은 어려워 보였다.

구예림은 말을 소나무 기둥에 메어 두고는 겉옷을 벗어 물기를 쭉 짰다.

그러고는 다시 한번 슬쩍 추이의 눈치를 살폈다.

"서문 부교관. 지금껏 보니까 말을 꽤 잘 타더군."

"평범한 수준입니다."

"……."

구예림은 순간 '그렇게 말하면 내가 뭐가 되나?'라고 물을 뻔한 것을 꾹 참았다.

지금도 그녀는 아픈 엉덩이를 손으로 문지르고 싶은 것을 상관의 체면 때문에 꾹 참고 있기 때문이다.

'……게다가 젖은 엉덩이를 솔잎이 찔러서 엄청 쓰라려.'

구예림은 앉을 자리의 솔잎들을 손으로 툭툭 털어 냈지만 솔잎이 너무 두껍게 쌓여 있어서 딱히 소용은 없었다.

부슬부슬부슬부슬……

소나무 아래로도 빗방울들이 똑똑 떨어져 내린다.

벌써 언덕의 주위로 물안개가 짙게 꼈다.

방금 전까지 말을 달리던 신작로는 순식간에 황토색 토사가 범람하는 물길로 변해 있었다.

"야숙을 선택하길 잘한 것 같다. 비가 이렇게 많이 내릴 줄이야. 그렇지 않나, 서문 부교관?"

"맞습니다."

구예림의 말에 추이는 무미건조한 대답을 했다.

다른 부교관들은 기회가 있을 때마다 자기가 모시는 교관의 호감을 사기 위해 이런저런 말들을 늘어놓는데, 추이에게는 딱히 그런 태도를 찾아볼 수가 없었다.

구예림은 그런 추이가 약간은 신기하게 느껴졌고 어떤 면에서는 편하기도 했다.

단둘이 있을 때 받는 아부만큼 불편하고 껄끄러운 것이 없었으니까.

아무튼, 구예림은 겉옷을 바닥에 깔고 그 위에 앉았다.

하루 종일 말 위에 타 있느라 많이 고되다.

설마 이런 곳에서 야숙을 할 줄 몰랐던 터라 준비도 덜 되어 있었다.

······하지만.

'그래도 내 강호 경력이 몇 년인데. 이쯤이야.'

구예림은 옆에 있는 추이를 다시 한번 슬쩍 돌아보았다.

비록 말타기 승부—마음속으로 혼자 하고 있었던—에서는 졌지만, 노숙과 야숙에 관련된 것이라면 구예림은 누구에게도 지지 않을 자신이 있었다.

'상관의 위엄을 세울 때가 왔군.'

구예림은 내심 이렇게 생각하면서 물었다.

"오늘은 여기서 숙영해야 하겠는데. 야숙 경험은 있나?"

"나름대로."

"……."

여전히 묘하게 뻣뻣한 기세.

심지어 방금은 말도 좀 짧았다.

구예림은 약간 화가 났지만 꾹 참았다.

지금껏 내내 말을 달리느라 지쳤고, 또 비가 와서 춥고 으슬으슬하다.

여기에 곧 새벽이 되면 더더욱 추워질 것이다.

'그때가 되면 고분고분해질 수밖에 없을 것이다.'

상관은 권위로 찍어 누르는 것이 아니라 실력으로, 자연스럽게 존경받는 것이다.

구예림은 스승이 늘 말하고 행하던 가르침을 떠올리며 마음을 다스렸다.

"좋아. 그러면 눈을 붙일 곳부터 만들지. 나는 야숙을 위한 도구들을 좀 챙겨 왔는데. 그대는 무얼 챙겼나?"

어제 경고해 줄까 말까 하다가 결국 하지 않았던 것들이다.

구예림은 자신이 준비한 봇짐을 꺼내며 약간 의기양양해졌다.

이 안에는 식량, 반합, 화섭자, 여분의 옷가지 등등……

그녀가 육결 매듭을 받기 전, 그러니까 토반부대완(討飯不帶碗)―구걸을 위한 그릇을 따로 들고 다니지 않음―이 되기 전에 썼던 도구들이 담겨 있다.

소싯적에 스승을 따라서 야숙을 많이 해 봤던 구예림은 내심 추이가 난데없는 야숙 상황에 당황하는 것을 기다리고 있었다.

'잠자리를 마련하는 법, 불을 피우는 법, 식량을 준비하는 법, 무엇부터 어떻게 해야 할지 혼란스럽기 그지없겠지.'

그때가 되면 상관의 관록과 노련함으로 이것저것을 도와주며 위엄을 세울 생각이었다.

하지만.

구예림의 예상은 또다시 빗나가고 말았다.

"……어? 서문 부교관. 지금 그것들이 다 뭔가?"

추이가 등에 짊어지고 있던 외끈 자루에서 무언가를 와르르 쏟아 내고 있었기 때문이다.

다음 권으로 이어집니다